PROMISE
À UN AUTRE

SARA BENNETT

PROMISE À UN AUTRE

Traduit de l'américain par Agathe Nabet

J'AI LU

POUR elle

Titre original :
Kissing the Bride
Published by Avon Books,
an imprint of HarperCollins Publishers, New York

Merci à R. pour son amour et son soutien durant toutes ces années.
Je n'aurais jamais pu y arriver sans toi.

Prologue

Londres, début de l'hiver, année 1075

— Lady Jenova prie lord Henry de Montevoy de venir la trouver à Gunlinghorn dès que ses obligations à la cour le lui permettront, déclara le jeune messager d'une voix flûtée.

Lord Henry soupira et remercia le messager, qui se hâta vers les cuisines pour se restaurer. Oh, bien sûr, Henry était toujours content d'aller voir lady Jenova. Il la connaissait depuis l'enfance et la chérissait tendrement. Il ne rechignait jamais à lui rendre visite mais, en ce moment précis, il avait des préoccupations bien plus importantes.

En effet, le roi Guillaume était parti de l'autre côté de la Manche contrer les rebelles du Maine et régler ses affaires en Normandie. Or, en son absence, tout était à craindre. Les puissants d'Angleterre étaient restés à Londres et, toujours avides d'obtenir davantage de terres et de pouvoir, commençaient à comploter. La cupidité s'était réveillée dans les cœurs et menaçait de s'y développer en toute liberté…

Henry avait toujours aimé se trouver au cœur de la mêlée, utiliser son intelligence pour résoudre les problèmes du royaume, mais ce n'était pas seulement la pensée de s'extraire de l'atmosphère de la cour, avec ses intrigues et ses tensions, qui le contrariait. Il n'avait jamais vraiment apprécié l'isolement de la campagne, ni les quatre jours de chevauchée qui séparaient Londres de Gunlinghorn, au sud du pays.

Il ne retrouverait pas en province l'atmosphère animée de Londres, l'art de la conversation, la compagnie de belles femmes, autour de vins fins... Avec ses yeux d'un bleu-violet dans un visage presque parfait et son corps athlétique, lord Henry passait pour être le plus bel homme d'Angleterre, même à trente-quatre ans. Sous cette belle apparence se cachait un esprit vif, et ceux qui ne voyaient en lui qu'un séducteur ne tardaient pas à s'apercevoir de leur erreur.

Officiellement, Henry était le conseiller privé du roi Guillaume. Les puissants barons avaient appris à le considérer soit comme un ami qui leur serait précieux en temps de troubles, soit comme l'ennemi de leurs manigances.

Les femmes, quant à elles, le voyaient toutes d'un œil favorable, quelles que soient les circonstances, car Henry avait aussi la réputation d'être un excellent amant... et peu de dames pouvaient résister au désir de brandir un tel trophée.

Jenova était la seule femme de sa connaissance à ne pas être sensible à son charme. C'était une des raisons pour lesquelles Henry lui restait si attaché. Auprès d'elle, il se sentait à l'aise. Il pouvait être lui-même, sans avoir rien à prouver.

La dernière fois qu'il lui avait rendu visite à Gunlinghorn, elle lui avait dit adieu en lui recommandant d'être sage. Henry avait ri et lui avait baisé la main, puis l'avait quittée sans même un regard en arrière. Avait-il été « sage » ? À sa façon à lui, sans doute, mais il savait que Jenova n'aurait pas été d'accord. Pourtant, elle acceptait ses défauts. Elle l'acceptait tout entier, même s'il n'était pas parfait.

Une telle amitié, que ce soit avec un homme ou une femme, était vraiment exceptionnelle, et Henry en était conscient.

Il soupira de nouveau. Il ne pouvait pas faire autrement que d'aller la voir… Veuve d'un cousin du roi, Jenova bénéficiait toujours de la protection du souverain. En outre, elle ne lui aurait pas demandé de venir si elle n'avait pas eu besoin de lui. En partant le lendemain à l'aube, il serait à Gunlinghorn dans quatre jours. Si toutefois le beau temps se maintenait… Cela lui laissait quelques heures pour régler les affaires qu'il avait à la cour – et une soirée avec Christina, sa maîtresse du moment. Son fidèle assistant, Leon, resterait à Londres et le tiendrait au courant si cela se révélait nécessaire.

À Gunlinghorn, il serait contraint d'être sage, car il n'était pas question de lutiner les dames d'atour de Jenova. La châtelaine était toujours, de l'avis de Henry, exagérément stricte lorsque des seigneurs en visite courtisaient celles qui étaient sous sa responsabilité – alors même que certaines de ces dames semblaient très désireuses de se distraire…

Henry sourit en songeant à l'air sévère que prenait parfois Jenova. Elle avait été si fantasque, enfant ! Mais la vie les avait séparés et elle avait grandi, puis épousé Mortred. Lorsque ce dernier était mort, les yeux verts de Jenova avaient perdu leur éclat, comme si la nuit avait envahi son âme. Il lui avait fallu du temps pour surmonter sa tristesse.

Son fils devait avoir cinq ans, maintenant. Henry tenta en vain de se souvenir du visage du petit garçon. En dehors d'une caresse sur ses cheveux de temps en temps, Henry ne lui avait guère prêté attention. À vrai dire, les enfants l'intéressaient peu. Il n'y avait pas de place pour eux dans sa vie. Et quant à en avoir lui-même, c'était exclu ! Cette seule pensée le faisait frissonner. Non, il ne voulait pas d'une telle responsabilité, pas après l'enfance qu'il avait vécue…

Chassant ses sombres pensées d'un haussement d'épaules, Henry s'interrogea. Pourquoi Jenova exigeait-elle qu'il se rende promptement auprès d'elle ? Son fils était-il malade ? À moins qu'elle-même ne soit souffrante ? Non, elle le lui aurait dit clairement. Elle avait peut-être besoin de ses conseils...

Pourtant, se dit Henry en souriant avec ironie, Jenova ne l'avait jamais vraiment pris au sérieux ! Enfin, ce n'était pas tout à fait vrai. Lorsqu'il lui donnait son avis sur des questions importantes ayant trait à la culture de ses terres, à la gestion et à la défense de son domaine, elle en tenait compte, généralement. Mais une fois, lorsqu'il avait tenté de lui dire qu'une robe rouge lui irait mieux que la jaune qu'elle portait, elle avait ri aux larmes.

— Vous êtes donc femme de chambre, maintenant, Henry ? avait-elle finalement demandé, une fois calmée. Peut-être devrais-je vous demander des nouvelles des modes de la cour...

Sur ce, elle avait de nouveau éclaté de rire. Vexé, Henry n'était plus jamais intervenu dans ce domaine. Pour Jenova, il demeurait le garçonnet qui la suivait partout, toujours à son service. Qu'il soit devenu un grand du royaume ne changeait rien à cette image. D'une certaine façon, s'était-il dit, même si l'attitude de la jeune femme était frustrante, elle était aussi étrangement réconfortante.

Jenova n'était pas comme les autres femmes, et il ne l'avait jamais traitée comme les autres non plus.

— Reynard ! appela-t-il.

— Oui, milord ?

Reynard avait quitté lord Radulf l'année précédente pour entrer au service de lord Henry. Il se redressa sur le siège où il sommeillait paisiblement, dans la chaleur du feu qui flambait dans la cheminée. Sous son apparence de grande canaille ébouriffée et ses yeux sombres souvent somnolents se cachait un guerrier loyal et vif, et Henry le savait pertinemment.

— Nous partons demain à la première heure pour Gunlinghorn. Fais le nécessaire, veux-tu ? Je ne pense pas que nous restions très longtemps.

— Qui se trouve à Gunlinghorn, milord ?

Henry sourit.

— Une amie de longue date, répondit-il.

Et soudain, il se rendit compte qu'il était impatient d'entreprendre ce voyage. Cela faisait longtemps qu'il n'avait pas vu Jenova. Oui, beaucoup trop longtemps à son goût ! Tant pis pour les affaires du royaume, elles attendraient. Pour l'instant, il se préparait à redevenir le preux et jeune chevalier toujours au service de sa dame, comme à l'époque de leurs jeux d'enfants…

1

Dans l'ensemble, le temps fut clément. Au sud de Londres, il leur fallut traverser la vaste forêt d'Anderida, mais Reynard veilla à louer les services d'un guide, conscient qu'il était aisé de se perdre dans les sentiers glacés, d'autant qu'il avait commencé à neiger. Mais c'était une neige fine qui, finalement, ne ralentit pas la petite troupe d'hommes rassemblés derrière lord Henry.

Ce dernier, frissonnant malgré son épaisse pelisse, songeait avec nostalgie au corps chaud et doux de Christina. Il revoyait ses longs cheveux sombres coulant dans son dos pâle et satiné lorsqu'elle lui avait versé du vin, la veille, ses mouvements gracieux et languissants, son sourire quand elle s'était tournée vers lui... Oui, c'était un fameux spectacle de la voir seulement vêtue de ses boucles d'ébène.

Il n'était pas amoureux d'elle, et elle non plus. D'ailleurs, il n'était pas question d'amour dans le contrat tacite qu'ils avaient conclu. Pour Henry, les femmes comme Christina étaient une véritable commodité. Quelle importance qu'elle ne brille pas par sa conversation puisqu'elle le satisfaisait au lit ? Quant à Christina, fille d'un petit noble ambitieux, elle était tout à fait satisfaite de son logement confortable, de ses beaux vêtements et de ses bijoux.

— Il faut que je quitte Londres demain, lui avait-il dit en buvant une gorgée de vin.

— Où partez-vous, milord ? avait-elle demandé sans montrer d'émotion particulière.

— Dans les Downs, au sud du pays. À Gunlinghorn, plus exactement.

Elle avait écarquillé les yeux d'un air effaré.

— Oh, milord, je ne puis vous suivre ! La campagne est infestée de sauvages !

— Alors, il vaut mieux que tu ne viennes pas.

D'autant, avait-il songé alors, qu'il ne comptait nullement l'emmener ! Mais la réaction de Christina en disait long sur ce qu'elle éprouvait pour lui. Elle l'aimait bien ou, du moins, elle aimait le confort qu'il avait les moyens de lui offrir, mais cela n'allait pas plus loin. Elle n'avait nulle envie d'affronter les périls d'un voyage pour rester en sa compagnie. De plus, elle ne semblait même pas jalouse !

Pourquoi les femmes étaient-elles si inconstantes ? se demanda-t-il en poursuivant son chemin dans la forêt enneigée. Elles étaient toujours impatientes d'entrer dans son lit mais, lorsque venait le moment de se séparer, elles versaient à peine quelques larmes factices. Était-ce à cause de lui ? Était-il trop froid, trop égoïste ?

Non, se dit-il. Ses maîtresses ne lui avaient jamais fait le moindre reproche de ce genre, et il restait toujours en excellents termes avec ses anciennes amantes. Le problème était ailleurs, et Henry avait récemment commencé à comprendre qu'il lui manquait quelque chose.

Mais quoi, au juste ?

Il avait beau être intelligent, riche et puissant, il l'ignorait.

Dans sa jeunesse, il n'avait guère eu le loisir de s'interroger sur sa solitude. Tout ce qu'il voulait, alors, c'était une femme consentante dans son lit. Mais maintenant… « Je dois vieillir », se dit-il, dégoûté. Ou peut-être était-ce de voir ses amis en couple qui le mettait mal à l'aise. Radulf et Lily, Gunnar et Rose, Ivo et Briar… tous si heureux, tous parfaitement satisfaits de ce qu'ils avaient, tous si amoureux.

En les voyant, il se sentait seul. Sans doute parce qu'il n'avait jamais été aimé de personne depuis qu'il était né. Peut-être aussi parce que, au fond de lui-même, il avait peur d'un sentiment aussi fort. Car cela signifiait partager tous ses secrets avec une autre personne, et donner plus de lui-même qu'il n'y était préparé ou qu'il n'était capable d'offrir.

Orphelin de père à l'âge de cinq ans, abandonné par sa mère, il ne considérait pas l'amour comme essentiel. D'autant qu'à treize ans, il avait brutalement été obligé de devenir un homme.

« Qu'est-ce que cela peut faire que je n'aie à mes côtés ni une Lily ni une Briar qui m'adore aveuglément ? » se demanda-t-il, furieux de cet accès de faiblesse. Bien des hommes lui enviaient son sort, son physique et sa fortune. Il était le confident du roi et avait toutes les femmes qu'il voulait – oui, toutes, car les femmes ne repoussaient jamais lord Henry de Montevoy, il était bien placé pour le savoir !

Non, décidément, il n'avait pas de temps pour l'amour. C'était même le dernier de ses soucis. Il préférait la compagnie de femmes comme Christina, c'était moins compliqué. Et beaucoup plus sûr à bien des égards !

Au sortir de la forêt, Henry et sa petite troupe continuèrent leur route sans encombre. Ils parcoururent la région fertile du Weald avant d'arriver enfin en vue des collines des Downs balayées par les vents, où la rivière Gunlinghorn prenait sa source. Ils suivirent son cours à bonne allure, malgré la fatigue due à plusieurs jours de chevauchée. Tout autour, les pluies d'hiver avaient transformé les mares en petits lacs, et les prairies s'étendaient à perte de vue entre des champs encore inondés. Henry regarda un oiseau aquatique aux longues pattes voler très bas au-dessus de l'eau, entouré d'une volée de linottes plus petites. Gunlinghorn avait toujours été une terre d'abondance, aussi bien à l'intérieur que sur la côte. Avant l'arrivée des Normands, on y vivait même avec un certain faste, que Jenova avait su conserver. De ce point de vue, Gunlinghorn était vraiment un petit coin de paradis !

Le château se dressait au sommet d'une haute colline qui surplombait la vallée. Du haut du donjon, on dominait même les falaises de la côte d'Angleterre, et on pouvait contempler la mer que les Normands avaient traversée pour conquérir le pays.

Le donjon avait été construit avec les arbres coupés dans les forêts qui entouraient la vallée de Gunlinghorn. En ce moment, on remplaçait les solides palissades de bois par des pierres de la région. La bretèche, au-dessus du pont-levis, était déjà terminée. Jenova tenait à protéger ce qui lui appartenait, et c'était Henry qui lui avait suggéré de renforcer ses défenses, la dernière fois qu'il lui avait rendu visite. Voir qu'elle avait suivi son conseil lui procura une bouffée de plaisir tout à fait inattendue.

Le tablier du pont-levis de Gunlinghorn s'ouvrit aisément à son nom. Henry, suivi de ses hommes, entra dans la cour intérieure. Il y régnait une animation témoignant de la prospérité du lieu. À mesure qu'il se rapprochait de l'écurie, de nombreuses personnes lui souhaitèrent la bienvenue. Il avait presque l'impression de rentrer chez lui... On le connaissait, ici, et on l'aimait bien. Gunlinghorn avait été pour lui ce qui se rapprochait le plus d'un foyer, se dit-il soudain, le cœur étrangement serré.

Dans la grande salle du donjon, plusieurs domestiques s'inclinèrent très bas devant lui, leurs voix réduites à des murmures. Henry les remarqua à peine. Enveloppé dans la chaleur de la salle, les narines titillées par un arôme de viande rôtie en provenance des cuisines, il sentait peu à peu la tension du voyage le quitter. Il ne se détendait jamais à Londres, car baisser la garde pouvait être dangereux. Mais ici, à Gunlinghorn, il avait envie de s'abandonner à une douce sensation de bien-être.

Il s'avança en souriant vers le feu qui flambait dans la cheminée et accepta le vin chaud que lui tendait une servante. Il avala d'un trait la boisson brûlante et sentit aussitôt la chaleur se répandre dans son corps glacé. Puis il entreprit d'ôter ses gants et de secouer la neige de ses bottes. Plusieurs chiens vinrent le renifler avec une curiosité amicale.

— Henry !

La voix familière de Jenova s'éleva au-dessus du remue-ménage. Henry, en pivotant lentement, réalisa soudain à quel point cela lui avait manqué de l'entendre et à quel point son cœur se réjouissait de voir sa vieille amie, qui se dirigeait vers lui dans une robe de la couleur de la mousse des sous-bois. L'ourlet de sa longue chemise d'un blanc délicat tournoyait élégamment autour de ses chevilles, tandis qu'une ceinture d'or sertie de joyaux ornait ses hanches galbées. Un voile blanc et soyeux recouvrait sa tête et retombait sur ses épaules. Henry la regarda traverser la grande salle, fasciné par le sourire qui éclairait les yeux verts de la jeune femme.

Pourquoi n'avait-il jamais remarqué son teint de porcelaine ? Il savait que ses cheveux bruns, sous son voile retenu par un cercle d'or, étaient épais et bouclés – le genre de chevelure dans laquelle un homme avait plaisir à plonger les doigts. De longs cils noirs ourlaient ses yeux d'un vert sombre pareil à celui d'une forêt secrète, et ses sourcils formaient deux arcs parfaits. Son regard devenait-il presque noir sous l'effet de la passion, lorsqu'elle était dans les bras d'un homme ? se demanda-t-il soudain.

Elle ne devait pas manquer de prétendants – et pas seulement à cause de sa fortune. Jenova était une très belle femme. Certes, il avait connu des beautés, mais Jenova avait vraiment quelque chose de spécial… Quelque chose d'unique et qu'il n'avait jamais remarqué auparavant.

— Je ne vous attendais pas si tôt, mon ami ! s'écria Jenova.

— J'ai pensé qu'il était inutile de vous envoyer un messager vous annonçant ma venue, car je serais arrivé avant lui.

Elle saisit fermement les mains de Henry et lui sourit en plongeant les yeux dans les siens.

Pendant un instant, un bref instant, il eut l'impression qu'elle regardait au plus profond de lui-même et sentit son cœur bondir dans sa poitrine. Troublé, il porta la main fraîche de la jeune femme à ses lèvres et savoura l'odeur fleurie qui se dégageait de ses doigts délicats. Lorsqu'il redressa la tête, une lueur amusée pétillait dans les grands yeux verts qui l'observaient.

— Je pensais que vous seriez retenu par une de vos intrigues à la cour, Henry.

— Rien ne saurait être aussi important que vos souhaits, Jenova.

Et pour une fois, il pensait sincèrement ce qu'il disait. Mais elle éclata de rire. Jenova ne prenait jamais ses compliments au sérieux, se rappela-t-il avec irritation. Mais la seconde suivante, il avait oublié sa rancœur. Qu'elle accorde ou non foi à ses compliments importait peu, puisqu'ils étaient amis.

— Vous semblez aller fort bien, remarqua-t-il.

Elle était grande, pour une femme, car elle pouvait le regarder dans les yeux sans lever la tête.

— Fort bien, en effet, répondit-elle. Mais allons nous asseoir, voulez-vous ? Dès que mes sentinelles m'ont annoncé qu'elles vous avaient aperçu, j'ai demandé qu'on vous prépare à manger, et je sais que vous voudrez prendre un bon bain chaud avant. Il sera bientôt prêt. Vous voyez, nous ne sommes pas tout à fait barbares, à Gunlinghorn !

— Je suis heureux de l'entendre.

Elle lui fit une grimace et pivota. Henry la suivit. La jupe de Jenova se balançait doucement au rythme de ses pas, et elle se tenait très droite. C'était vraiment une femme gracieuse et agréable à regarder, se dit Henry, mais ce qui était encore plus agréable, c'était qu'il ne la désirait absolument pas. Il ne ressentait aucun besoin de la mettre dans son lit au plus vite et de la faire sienne. Et cela, c'était infiniment reposant !

Jenova le conduisit dans une alcôve en partie cachée par un paravent brodé. Elle s'installa gracieusement sur un siège et arrangea sa jupe autour d'elle tandis que Henry s'asseyait près d'elle, souriant de la voir faire tant de manières. Elle semblait éviter de le regarder. Qu'avait-elle de si difficile à confier à son plus vieil ami ?

— Vous m'avez fait quérir, et me voici, dit Henry en contenant son impatience. Dites-moi, à présent, Jenova... De quoi s'agit-il ?

Elle leva la tête, et une lueur d'excitation fit scintiller ses beaux yeux verts.

— Oh ! Henry ! J'envisage de me remarier.

Henry la dévisagea avec stupeur. Lui qui avait toujours la repartie prompte et ne manquait jamais l'occasion de faire une plaisanterie se retrouvait soudain incapable de dire quoi que ce soit. Pire encore, un flot d'émotions lui serrait la gorge et semblait l'empêcher de respirer.

Il ressentait... oui, une sorte de peur. Pourquoi ? Et pourquoi était-il tellement surpris par cette nouvelle, tellement... déçu ? Jenova avait aimé Mortred, mais il était mort depuis deux ans, et plus d'un baron ambitieux avait dû jeter son dévolu sur elle depuis. Certes, elle avait dit à Henry, peu après la mort de Mortred, qu'elle n'avait pas l'intention de se remarier, et grâce à sa parenté avec le roi, il lui avait été possible de tenir sa résolution. L'affection bienveillante de Guillaume lui avait permis de garder sa liberté, et Jenova était restée veuve, maîtresse de ses terres selon son bon vouloir. En fait, songea Henry en souriant, Jenova n'avait-elle pas toujours fait ce qu'elle voulait ?

Il tenta de chasser l'étrange impression qui l'avait envahi, lui d'ordinaire si calme et rationnel. Peut-être s'inquiétait-il simplement pour le bonheur la jeune femme. Oui, c'était cela, le problème, se dit-il avec soulagement.

Jenova fronçait les sourcils d'un air perplexe.

— Vous ne semblez guère enchanté, Henry, fit-elle avec amertume. Et je ne vous ai pas encore dit son nom… Je ne pourrai donc pas compter sur vous pour mon banquet de mariage ?

Henry parvint à rire, mais cela lui fut beaucoup plus difficile qu'il ne l'aurait imaginé.

— Pardonnez-moi, Jenova, mais vous m'avez pris de court… J'ignorais tout à fait… Vous avez été veuve si longtemps que je m'étais habitué à votre état. Je n'avais pas compris que vous souhaitiez en changer. Qui est l'heureux élu ?

— Je ne lui ai pas encore dit oui, mais il s'agit de Baldessare.

Henry dut faire un effort surhumain pour continuer à sourire. Jenova lui jeta un regard perspicace. Puis elle rougit légèrement et commença à parler du mari qu'elle avait choisi.

Mais Henry ne l'écouta pas. C'était inutile : il connaissait lord Baldessare. Ce gros homme truculent était un rustre avide qui n'aimait rien tant que guerroyer, et il avait deux fois l'âge de Jenova. Comment pouvait-il attirer une femme comme elle ? Car il ne rêvait pas : il y avait de l'affection dans la voix de Jenova lorsqu'elle parlait de lui.

Cette fois, il n'y comprenait plus rien.

— Fort bien, mon amie, dit-il, interrompant le bavardage agité de la jeune femme. Mais n'est-il pas un peu trop vieux pour vous ?

Jenova se tut et le regarda avec stupéfaction avant d'éclater de rire.

— Oh ! Henry ! Que vous êtes sot ! Non, je ne parlais pas du père ! Je songe à épouser le fils, Alfric. Il est plus jeune que moi, en vérité, et très aimable. Je suis certaine que nous nous entendrons bien.

— Vous voulez dire que vous le mènerez par le bout du nez, répliqua-t-il.

Jenova eut la grâce de paraître un peu honteuse.

— Eh bien, oui, peut-être… Mais je ne voudrais pas d'un homme qui me gouverne, Henry. J'ai dirigé Gunlinghorn seule pendant longtemps, j'ai l'habitude d'être indépendante. Je n'aimerais pas céder les rênes du domaine à quelqu'un d'autre.

Cette dernière remarque sonnait comme un avertissement. L'avait-elle fait venir pour lui demander d'acquiescer à tout ce qu'elle disait ? Eh bien, songea-t-il dans un soudain sursaut de colère, qu'il soit pendu s'il avait fait toute cette route juste pour la flatter !

— Ma chère Jenova, commença-t-il en s'efforçant de paraître aussi amical que possible, je ne veux pas vous critiquer, mais vous marier avec l'intention de traiter votre époux comme l'un de vos serfs augure mal de votre bonheur futur.

Jenova sourit froidement et plissa les yeux.

— Et bien sûr, vous êtes un expert en matière de mariage, Henry.

— Vous savez bien que non, mais j'ai vu tant de couples déçus… ou de mariages qui finissaient dans l'amertume.

— Henry, je ne me marie pas par amour, expliqua-t-elle d'une voix patiente. Je veux simplement avoir un compagnon, et si j'épouse un homme qui cède à tous mes souhaits, je serai certainement beaucoup plus heureuse.

Mais Jenova méritait beaucoup plus, songea Henry, attristé. Elle semblait se croire indigne d'un vrai bonheur. Indigne de la sorte d'amour que les amis de Henry avaient trouvé. Peut-être, songea-t-il, ignorait-elle qu'un tel amour était possible. Peut-être que, comme lui, elle ne l'avait jamais rencontré… Mais non, c'était faux, car elle avait aimé Mortred, ou du moins l'homme qu'elle croyait qu'il était. Henry avait tout fait pour qu'elle n'apprenne pas la vérité sur son époux. Et il était presque certain d'avoir réussi. Après tout, Jenova avait fait le serment de ne jamais se remarier quand Mortred était mort.

Mais pourquoi avait-elle changé d'avis ?

Il ouvrait la bouche pour le lui demander quand il se ravisa. Cela ne le regardait pas. Il n'était pas ici pour donner une leçon sur l'amour à Jenova. C'était une femme intelligente. Elle savait ce qu'elle voulait, et si elle désirait épouser le jeune Baldessare, qui était Henry pour la contrarier ?

D'ailleurs, qui sait si elle n'était pas vraiment amoureuse de lui, malgré ses dénégations ? Henry jeta un bref coup d'œil à Jenova. Elle avait rougi en parlant d'Alfric, ses yeux brillaient d'un éclat étrange et elle arborait un petit sourire mystérieux. Elle paraissait parfaitement heureuse. Obéissait-elle à l'attirance des sens ? C'était surprenant, songea-t-il, mais peut-être avait-il une fausse image d'elle. En tout cas, savoir Jenova amoureuse du fils de lord Baldessare lui était particulièrement désagréable.

Jenova tentait vainement de s'empêcher de sourire. Henry semblait grincheux. Il n'approuvait pas son projet de remariage, mais il essayait de ne pas le montrer. S'il avait été proche de Mortred, elle aurait compris son manque d'enthousiasme, mais ce n'était pas le cas. Henry n'avait pu manquer d'être au courant des turpitudes de son époux.

Le sourire de la jeune femme mourut sur ses lèvres. Pourquoi, d'ailleurs, Henry ne lui avait-il jamais dit la vérité ? Pourquoi l'avait-il laissée se complaire dans le chagrin sans la mettre au courant ? Et pendant deux ans, encore ! Était-ce parce qu'il ne trouvait rien à redire à la conduite de Mortred ? Ou bien parce qu'il cherchait à la protéger d'une vérité qui ne pourrait que la blesser ?

Elle connaissait trop bien Henry pour ne pas pencher pour cette dernière explication. Oui, elle le connaissait depuis l'enfance, lorsqu'on avait envoyé le jeune garçon vivre chez elle en raison d'une lointaine parenté avec son père. « Henry a été abandonné par sa mère », avait expliqué le père de Jenova, comme si cela dénotait un grave défaut chez le jeune garçon – comme s'il était responsable de cet abandon.

Elle gardait encore très présent dans sa mémoire le souvenir de l'enfant qu'il avait été et, parfois, l'homme qu'il était devenu l'irritait et l'intriguait. La plupart du temps, elle avait tendance à ne pas le prendre au sérieux – elle le connaissait si bien ! –, mais il lui donnait de bons conseils, qu'elle suivait le plus souvent.

Quant à son éventuel fiancé, Jenova devait admettre que Henry n'avait pas tort. Elle avait choisi Alfric parce qu'il ne lui refusait rien. N'aurait-il pas été stupide de la part d'une femme de se donner à un homme qui n'aurait pas considéré ses désirs comme des priorités absolues ?

Mais il y avait une autre raison qui la poussait à vouloir se remarier : la vengeance, si tant est qu'on puisse se venger d'un mari mort. En tout cas, Jenova désirait mettre un terme au deuil d'un homme qui ne méritait pas le temps qu'elle avait passé à le pleurer. Et puis, la solitude lui pesait de plus en plus, malgré ses occupations.

Qu'est-ce que Henry pouvait comprendre à cela ? se demanda-t-elle, irritée. Il n'avait sans doute jamais l'occasion de se sentir seul. D'après les rumeurs qu'elle avait entendues, et ses propres observations, elle savait que Henry ne manquait pas de compagnie féminine. Il ne comprenait rien à sa solitude, au poids que représentait Gunlinghorn sur ses épaules et à sa tristesse de ne pouvoir partager ses joies et ses peines avec un compagnon. Il n'y avait personne pour rire ou pleurer avec elle, personne contre qui se serrer la nuit dans l'obscurité et se réveiller au matin, au seuil de longues journées solitaires.

Mais plus que tout, Jenova savait que ce qui lui manquait, c'était la complicité et l'affection qui avaient autrefois fondé sa relation avec Mortred. C'était cela qu'elle attendait d'Alfric – qu'il lui sourie et lui prenne la main pour la conduire à table, qu'il l'embrasse et la serre dans ses bras quand elle n'avait pas le moral. Elle n'avait pas besoin d'une grande passion. Seulement de quelqu'un qui l'aimerait sincèrement, ou qui jouerait assez bien son rôle pour le lui faire croire !

Elle repoussa ces pensées mélancoliques. D'ordinaire, elle n'avait pas le temps de s'apitoyer sur son sort – la gestion du domaine ne lui laissait guère le loisir de méditer sur sa condition de femme seule. Et si elle épousait Alfric, elle n'aurait plus besoin de méditer là-dessus.

— J'espère que vous serez courtois avec Alfric, dit-elle en adressant à Henry un long regard sévère. Il va venir tout à l'heure, et je ne veux pas qu'il se sente mal à l'aise.

Henry leva vers elle son regard d'un bleu si particulier et lui décocha un sourire un tantinet espiègle.

— Je ne l'intimiderai pas, ma douce amie, si c'est ce que vous craignez.

Jenova l'examina encore un instant, essayant de déchiffrer ses pensées. Mais, bien sûr, c'était impossible.

C'était ce qu'il y avait d'exaspérant chez lui. En apparence, il était charmant et facile à vivre, mais on découvrait vite en lui des profondeurs cachées. Fort bien, songea Jenova, il ne lui restait plus qu'à espérer qu'il tienne parole !

— Merci, dit-elle en souriant. Il y a autre chose dont je voudrais vous parler.

— Vraiment ?

— Cela concerne lord Baldessare, le père d'Alfric. Il m'a envoyé son clerc, qui est aussi prêtre, avec une requête… non, une exigence, précisa-t-elle, une lueur de colère dans les yeux. Il veut inclure une clause dans le contrat de mariage spécifiant qu'au cas où Alfric mourrait, il deviendrait lui-même le tuteur de mon fils et le protecteur de Gunlinghorn.

Henry fronça les sourcils.

— Le tuteur de votre fils ? Si vous étiez une faible femme, je comprendrais, mais c'est loin d'être le cas. Et le protecteur de Gunlinghorn ? Vous vous êtes très bien passée de protection, jusqu'ici. Pourquoi auriez-vous soudain besoin de la sienne ?

— C'est ce que je me demande, répondit Jenova, soulagée de voir qu'il était aussi contrarié qu'elle par l'exigence de Baldessare. Peut-être parviendrez-vous à découvrir quelle idée il a en tête, car j'avoue que cela me dépasse.

— C'est un vieux guerrier, dit Henry. Il pense peut-être que toutes les femmes sont faibles et incapables de s'occuper de leurs terres. Si nous parvenons à le persuader que vous êtes aussi intelligente et avisée que belle, il renoncera à cette clause.

— De toute façon, je refuse tout à fait cette condition, s'exclama-t-elle, heureuse d'entendre les louanges de Henry. Si j'épouse Alfric et qu'il lui arrive malheur, j'entends diriger mon domaine seule, comme aujourd'hui, jusqu'à ce que mon fils soit en âge de me remplacer. Je ne veux pas que des étrangers, des gens qui ne connaissent rien à Gunlinghorn et n'ont aucun attachement à ces terres, mettent leur nez dans mes affaires.

— Alfric est-il de santé fragile ? demanda Henry. Peut-être son père sait-il quelque chose que vous ignorez.

Jenova secoua la tête.

— Non, je ne crois pas. Il semble vigoureux et robuste. Mais vous pourrez en juger par vous-même, Henry. Je suppose que vous en savez plus que moi sur les mensonges et les astuces que pratiquent les hommes de pouvoir.

Était-ce un compliment ? se demanda Henry. Sinon, qu'insinuait-elle ?

— J'ai le sentiment que Baldessare ne veut pas que Gunlinghorn lui échappe, insista-t-il.

— Même si j'épouse son fils, le domaine ne lui reviendra en aucun cas.

— Et Alfric est un homme qui vous obéira, Jenova, remarqua Henry en se levant. Mais songez que, si vous pouvez le dominer, d'autres le peuvent aussi. Je vais aller prendre un bain et changer de vêtements. Je vous verrai donc tout à l'heure, ainsi que votre fiancé.

Jenova le regarda traverser la salle en souriant. En dépit de la poussière du voyage, il restait splendide. Mais Henry avait toujours été beau. Jamais elle ne l'avait vu épuisé. Elle aurait aimé qu'il soit un peu moins parfait. Un peu moins idéal, en quelque sorte, plus proche du commun des mortels. Mais ce n'était pas une pensée très charitable, et elle la chassa.

Le valet de Henry, un grand gaillard au teint basané appelé Reynard, lui emboîta le pas. Il portait l'emblème de Henry sur sa tunique, un phénix entouré de flammes. Puis les deux hommes disparurent dans l'escalier du donjon.

Jenova était heureuse que Henry soit à ses côtés pour recevoir les Baldessare. Il était renommé pour sa diplomatie, et elle savait aussi que, dans une telle situation, il lui donnerait franchement son opinion. Même s'il n'était pas d'accord avec elle, elle pourrait compter sur sa sincérité. C'était encore une chose qui lui manquait : avoir un homme franc et loyal à ses côtés, pour l'épauler au besoin. Alfric avait tendance à la flatter, à lui dire ce qu'elle voulait entendre. Et même si c'était très gentil et qu'il semblait sincère, Jenova préférait la vérité, même brutale.

« Vous êtes aussi intelligente et avisée que belle », avait dit Henry. La trouvait-il vraiment belle, ou était-ce juste de la galanterie ? Il avait sans doute l'habitude de flatter les femmes – et de leur accorder d'autres faveurs qui devaient les rendre folles de bonheur. Soudain, l'image de son corps musclé et nu, couvrant presque entièrement celui d'une femme sous lui, s'imposa à son esprit. Elle revit les belles mains fortes de Henry, les cheveux bouclés et bruns sur sa nuque… et s'imagina plonger les doigts dans cette courte chevelure, tandis qu'il posait sur elle ses lèvres chaudes et insistantes, effleurait la courbe de ses seins, s'emparait d'un mamelon tendu, avant de remonter jusqu'à sa bouche et de l'embrasser avidement, lui arrachant un petit cri…

Jenova se leva brusquement, en état de choc. Comment pouvait-elle imaginer des choses pareilles ? Ce que faisait Henry avec ses maîtresses ne la regardait pas. Cela l'intriguait, certes, mais elle ne devait pas s'abandonner ainsi à la curiosité. Cela la mettait dans un tel émoi ! Tout son corps frissonnait de désir.

Elle respira profondément et repoussa bien loin toutes ces pensées. Assez ! se dit-elle. C'était à Alfric qu'elle devait songer, non ? Henry était son ami, point final. C'était dangereux de jouer ainsi avec son imagination, et aussi tout à fait stupide.

Lorsqu'elle fut certaine d'avoir repris ses esprits, Jenova regagna ses appartements pour se préparer elle aussi. Son destin se jouait peut-être aujourd'hui, et elle voulait être à la hauteur de l'événement.

2

Le fils de lord Baldessare arriva sur un cheval d'un blanc de neige, à la tête d'une troupe d'hommes aux visages sombres et fermés. Il était vêtu d'une superbe et coûteuse tunique de laine bleue et de chausses en cuir noir et souple. Les éperons de ses bottes brillaient de mille feux. C'était un beau jeune homme blond aux yeux bruns et mélancoliques. Lorsque Jenova s'avança pour l'accueillir, le regard qu'il tourna vers elle était plus celui d'un chien pour son maître que celui d'un fiancé pour sa future épouse.

Henry réprima un soupir. Si Jenova voulait un esclave pour mari, alors elle avait bien choisi ! Il regarda Alfric baiser les doigts de Jenova et murmurer des compliments ridicules avec des regards pleins de sous-entendus.

Reynard, qui se tenait derrière Henry, marmonna une remarque désobligeante dans sa barbe.

— Allons, Reynard ! murmura Henry, feignant de le morigéner. Nous ne pouvons tous être des hommes d'esprit. Et la dame semble sensible à ses attentions.

En effet, Jenova avait rougi.

— C'est peut-être une leçon pour toi et moi, reprit-il. Ne soyons pas si malins et talentueux si nous voulons avoir du succès auprès des dames : elles préfèrent de beaucoup les sots.

— Je n'ai pas besoin d'aide en ce qui concerne les dames, milord, répliqua Reynard d'un ton arrogant.

Henry se retourna et le contempla de la tête aux pieds. Reynard était grand et massif – un véritable ours –, mais, avec sa carrure et son beau visage, les femmes semblaient s'agglutiner autour de lui comme des mouches. Même Christina le regardait avec intensité, lorsqu'elle pensait que Henry ne la voyait pas.

— Lord Henry !

Jenova était enfin parvenue à se dégager des mains fiévreuses de son fiancé, et son regard se posait maintenant avec insistance sur Henry, lui demandant de jouer son rôle. Henry s'avança en souriant, mais il ne ressentait déjà que mépris pour le fils de Baldessare. Jenova fit les présentations.

— Lord Alfric, voici mon plus vieux et plus cher ami, lord Henry de Montevoy.

Alfric tourna les yeux vers le nouveau venu et parut aussitôt en proie à une jalousie intense. En un éclair, le beau et charmant jeune homme avait laissé la place à un petit garçon à qui on enlevait son jouet et qui n'allait pas tarder à hurler ou à pleurer. Même son sourire était devenu grimaçant.

Alfric avait donc si peu confiance en Jenova pour être à ce point jaloux d'un vieil ami ? Ou bien était-ce la réputation de Henry auprès des femmes qui l'avait suivi jusqu'à Gunlinghorn ?

Malgré ces pensées, Henry continua de sourire, mais uniquement pour faire plaisir à Jenova. Il s'inclina dans un bref salut et se déclara ravi de rencontrer Alfric. Puis, pour faire bonne mesure, il ajouta :

— Comme lady Jenova l'a dit, nous sommes des amis de longue date.

Alfric parut soulagé, mais pas complètement rassuré.

— Enchanté, lo… lord Henry, bégaya-t-il. J'ai entendu parler de vous, bien sûr. Votre nom est célèbre dans tout le pays.

Henry haussa les sourcils.

— Vraiment ? Vous me flattez, lord Alfric.

— Non, non, n'en croyez rien ! On vous co... connaît pa... partout. Mon père parle souvent de vous. En fait, une fois, à la cour, lorsqu'il a réclamé une parcelle de terre à l'ouest du pays, vous...

Alfric s'interrompit brusquement, cramoisi, et détourna les yeux, visiblement gêné.

— C'est là que... qu'il a fait votre connaissance, reprit-il péniblement. À Londres, à la cour. C'est ce que je vou... voulais dire.

Reynard émit un grognement qui se transforma en petite toux. Henry l'ignora.

— Naturellement, dit-il sans se démonter. Je me souviens très bien de votre père.

« Et de cette terre à l'ouest », ajouta-t-il en lui-même, préférant se taire pour épargner Alfric, qui semblait sur le point d'exploser de terreur ou de gêne, ou des deux.

Désemparée, Jenova considéra l'expression innocente de Henry et fronça les sourcils, comme si elle lui reprochait d'avoir mis Alfric dans cet état. Ce qui était fort injuste, se dit Henry. Puis, affichant un sourire éblouissant, elle prit Alfric par le bras et, tout en lui parlant à voix basse, le conduisit vers le donjon.

Henry les suivit. Cette fois, il ne souriait plus. Alfric lui avait remis en mémoire la venue de son père à la cour. Baldessare avait réclamé une terre qui ne lui revenait pas, et le roi avait demandé à Henry ce qu'il en pensait. Celui-ci avait alors déclaré connaître ce domaine et, pour plaisanter, avait ajouté qu'il aimerait bien l'avoir aussi. Le roi, plus pour punir Baldessare de son audace que pour récompenser Henry, avait aussitôt donné la terre à ce dernier. Baldessare était parti furieux, en jurant de se venger.

Il avait dû changer d'avis, car la vengeance n'avait jamais eu lieu. Mais il y pensait toujours, apparemment, et son fils aussi. Connaissant lord Baldessare, Henry imaginait très bien qu'il n'avait oublié ni l'affront ni la perte de la terre convoitée.

Dans la grande salle, les tables étaient déjà dressées. Le repas fut succulent, et Jenova avait même prévu un jongleur pour distraire les convives. Elle se surpassait pour satisfaire son prétendant, qui jetait pourtant fréquemment des regards nerveux vers Henry. Et lorsqu'il s'adressait à lui, il se mettait à bégayer de plus belle. Mais, à part ces signes d'affolement, il n'y eut aucun incident. Henry discuta plaisamment avec certains membres de la suite de Jenova, ses dames d'atour, son intendant et sir John, le chevalier en charge de la garnison de Gunlinghorn.

Jamais le domaine ne lui avait paru aussi élégant et opulent. C'était le genre d'endroit où il aurait rêvé de vivre lorsqu'il était enfant. Un enfant abandonné, songea-t-il avec ironie. Fils d'un petit noble, Henry avait perdu son père à l'âge de cinq ans. Sa dévote de mère avait alors décidé d'aller vivre dans un couvent. Elle avait voulu être nonne dès l'adolescence, mais sa famille l'avait obligée à se marier. Une fois son mari mort, elle avait aussitôt suivi son penchant, sans une pensée pour son fils, qu'elle considérait davantage comme le fruit du péché que comme la chair de sa chair. Elle s'en était débarrassée le plus vite possible, et il n'avait plus jamais eu de ses nouvelles.

Henry avait ensuite mené une existence nomade, ballotté de-ci de-là, dépendant toujours de quelque parent éloigné. Il avait perdu le compte des châteaux de Normandie où il avait séjourné. Pour ne pas sombrer dans la tristesse, il avait alors décidé de considérer son sort comme une aventure, qui lui permettrait plus tard de devenir un puissant chevalier. Puis, un jour, on l'avait conduit dans un château bien différent des autres, où il avait été absorbé par les ténèbres, sans espoir de s'en échapper. Il avait treize ans lorsqu'il avait pu quitter cet enfer. Il avait saisi la chance que la fortune lui offrait, n'écoutant que son instinct. Tel un phénix, il avait pu renaître de ses cendres et, quatre ans plus tard, avait été fait chevalier en récompense de sa bravoure lors d'une petite escarmouche. Il n'avait plus jamais regardé en arrière.

Oui, il était fier de ce qu'il était devenu, de la vie qu'il s'était construite, de l'homme qui avait succédé au jeune garçon abandonné. Son passé était plein de coins sombres, de souvenirs enfouis dans sa mémoire – et pour toujours, espérait-il. Désormais, seul le présent comptait.

Un présent qui avait commencé dès que Guillaume le Conquérant s'était lancé à la conquête de l'Angleterre, déclarant qu'elle lui revenait de droit. Peu importait pour Henry que les prétentions du Normand soient légitimes ou non : il n'avait vu que la chance qui s'offrait à lui. Il avait compris que servir l'ambition de Guillaume lui permettrait se hisser plus haut encore dans la société, et c'était ce qui s'était passé. Il s'était tenu aux côtés de Guillaume lors de la bataille de Hastings et l'avait aidé à obtenir la victoire. Depuis ce jour, le roi appréciait sa compagnie et son esprit brillant. Oui, Henry avait été bien récompensé de ses efforts.

Oh, il était tout à fait conscient que sa condition pouvait changer aussi rapidement que les humeurs du roi Guillaume. Sa position serait toujours précaire, et il ne serait jamais assez prudent. C'était une des raisons pour lesquelles, bien qu'il eût toute confiance en Leon, son lieutenant, il n'aimait pas rester trop longtemps loin de la cour. Les allégeances pouvaient changer, les favoris tomber en disgrâce, et Henry n'avait aucune envie d'être victime de ces infortunes.

Peut-être aurait-il mieux fait de rester à Londres, d'ailleurs... À la cour, comme dans tout le pays, la situation était incertaine, et certains barons anglo-normands étaient prêts à saisir la première occasion de prendre le pouvoir. C'était le travail de Henry de surveiller ces intrigues et d'y mettre un terme si cela se révélait nécessaire. Leon le préviendrait si les choses se gâtaient, il le savait. Pourtant, il ne pouvait s'empêcher d'être inquiet.

Jenova ignorait tout cela, bien sûr. Elle lui avait demandé son aide, et parce que c'était son amie et qu'il voulait lui faire plaisir, il était venu. Bigre ! songea-t-il avec ironie. Si faire plaisir à Jenova consistait à lui permettre d'épouser un pantin comme Alfric, il serait peut-être plus avisé de lui causer de la peine ! C'était vraiment ce qu'elle voulait ? Un mari qui la regarderait avec des yeux de merlan frit et lui obéirait au doigt et à l'œil ?

Mais de quel droit se permettait-il de juger le choix de Jenova ?

Lui-même, lorsqu'il cherchait une nouvelle maîtresse, ne souhaitait rien d'autre qu'un corps et un esprit dociles. Ce ne devait d'ailleurs guère être différent quand il s'agissait d'une épouse. Certes, l'idée d'engager son cœur ne lui était jamais venue à l'esprit. Christina était jolie et aimable, et elle ne tenait pas plus à lui qu'il ne tenait à elle. N'était-ce pas une situation parfaite ? Pourquoi Jenova aurait-elle fait des choix différents ? Pourquoi n'aurait-elle pas eu le droit d'agir comme lui ?

— Eh bien ? demanda Jenova lorsque Alfric fut enfin parti et qu'elle se retrouva seule avec Henry.

Elle avait encore les joues empourprées, et une boucle de cheveux s'échappait de son voile. Elle avait soudain l'air d'une très jeune fille, et non d'une châtelaine marquée par le veuvage et la maternité. Henry ressentit le besoin urgent de repousser la mèche de cheveux du front de la jeune femme et dut serrer le poing pour s'en empêcher. Toucher Jenova ne lui semblait pas une bonne idée…

— Alors ? insista Jenova d'un ton impatient. Que pensez-vous d'Alfric ?

— Ce que je pense de lui ? répéta Henry en faisant mine de réfléchir. Quelle importance, ce que je pense de lui, si vous l'aimez ?

Jenova lui donna une petite tape sur le bras.

— Cessez de me taquiner, Henry ! Je tiens à connaître votre opinion sur mon futur mari.

— Très bien. Je pense qu'Alfric est entiché de vous, Jenova, et que, tant qu'il sera amoureux, il sera très facile à manœuvrer.

— Tant qu'il sera amoureux ? répéta Jenova en se rembrunissant.

— Aucun amour n'est éternel, mais certains durent plus longtemps que d'autres. J'ignore si le fait qu'il soit jaloux de moi est bon signe ou non.

— Jaloux ? Que voulez-vous dire, Henry ? Alfric n'a aucune raison d'être jaloux.

— Vous n'avez donc pas vu le regard qu'il m'a jeté lorsque vous nous avez présentés l'un à l'autre ? Il était jaloux, Jenova. Il pensait que vous et moi étions...

Jenova plissait de plus en plus ses yeux verts, comme une chatte en colère, et Henry se mordit la lèvre pour ne pas prononcer le mot « amants ».

— Disons, gente dame, qu'il pensait que nous étions plus que des amis.

Jenova éclata d'un rire cristallin.

— Vous n'êtes pas sérieux, Henry ! Il va falloir que j'explique à Alfric que, s'il y a deux personnes en Angleterre qui ne risquent pas d'avoir une liaison, c'est vous et moi !

Henry n'avait aucune envie de partager la joie de la jeune femme. Qu'y avait-il là de si amusant ? Et que lui reprochait-elle, au juste ? Il n'était certainement pas moins viril qu'Alfric ! Henry sentit une étrange colère monter en lui. Il était bien plus courageux que ce gamin aux yeux bovins, et elle le savait ! Pourquoi Jenova trouvait-elle si risible l'idée qu'ils puissent être amants ? Il avait bien envie de lui prouver que c'était possible, au contraire !

Il repoussa aussitôt cette pensée. Ce serait stupide et cruel. Si Jenova l'avait vexé, c'était par mégarde. C'était son amie, et une telle amitié valait bien mieux que quelques nuits de passion qui les sépareraient à jamais.

Mais, pendant un instant, une vision paradisiaque lui envahit l'esprit. Jenova, sa somptueuse chevelure répandue sur son corps nu et pâle, lui tendait les bras. Ses yeux verts assombris par le désir étaient levés vers ceux de Henry, et elle souriait.

Grâce à Dieu, cela ne dura que le temps d'un éclair, et Henry reprit son souffle.

Jenova peignait les longues et lourdes mèches auburn qui lui tombaient jusqu'au creux des reins. Sur ses tempes frisottaient des boucles plus courtes, qu'elle rejeta en arrière. La lueur du feu faisait ressortir les chaudes nuances acajou de sa chevelure, sensuelle et épaisse comme une fourrure.

Elle songea à Alfric et sourit. Certes, il était jeune, mais le temps se chargerait de lui apporter la maturité dont il manquait, et elle veillerait à le former. Henry avait raison : même si elle n'aimait guère le reconnaître, Alfric était maladivement jaloux des autres hommes. C'était probablement à cause de sa jeunesse et de son père dominateur, songea-t-elle. Avec le temps, il prendrait confiance en lui.

Il était tellement différent de Mortred ! Et elle ne voulait pas d'un autre homme comme son premier mari, qu'elle avait aimé et pleuré alors qu'il l'avait trahie. D'ailleurs, c'était une des raisons pour lesquelles elle épousait Alfric. Pour se venger de Mortred. Mais c'était son secret... Personne, pas même Henry, ne devait savoir à quel point elle avait été blessée. De toute façon, Henry ne l'aurait pas comprise. Il ne permettait jamais aux émotions d'interférer avec ses affaires, et le mariage n'était-il pas un contrat d'affaires ?

Elle passa longuement le peigne dans ses cheveux, se rappelant l'expression de Henry lorsqu'elle avait éclaté de rire à l'idée qu'ils puissent être amants. Elle n'aurait pas dû rire, ce n'était pas très gentil. Mais cette pensée lui avait paru tellement bizarre qu'elle n'avait pu s'en empêcher. Ils formaient un couple si improbable !

Pendant un instant, il avait semblé blessé, puis sa bonne humeur était revenue. C'était ce qu'il y avait de merveilleux, chez lui : il avait si bon caractère que peu de choses le mettaient de mauvaise humeur. Enfant déjà, il était adorable. La vie ne l'avait pas changé, grâce à Dieu !

Jenova savait qu'elle avait de la chance de l'avoir pour ami. C'était bien plus précieux que de l'avoir pour amant. Elle avait toujours eu un peu de peine pour les femmes qu'il séduisait, même si elles ne semblaient pas se plaindre de l'aventure. Et il y en avait toujours qui souhaitaient prendre la place de celle qui était partie.

Était-il donc un si bon amant ?

Cette curieuse pensée venait à peine de pénétrer son esprit qu'elle imagina Henry nu, une lueur ardente dans ses yeux d'un bleu-violet, penché sur elle. Elle secoua la tête, mal à l'aise. Non, non ! Cela ne marcherait jamais ! Henry était un de ses rares amis, et elle ne voulait pas gâcher une relation aussi précieuse. Autrefois, alors qu'ils n'étaient encore que des enfants, ils s'étaient embrassés un après-midi dans un pré, et cela avait été très agréable. Mais cela faisait si longtemps qu'il valait mieux oublier cet épisode.

Si elle l'avait réellement blessé en se moquant de lui, elle s'en excuserait le lendemain. Et pour se faire pardonner, elle lui proposerait une promenade à cheval. La vallée de Gunlinghorn et les collines qui l'entouraient s'étaient couvertes de neige dans la nuit, mais ce serait très tonifiant. Henry avait toujours aimé faire du cheval dans le domaine.

La cour devait déjà lui manquer, avec ses rumeurs et ses commérages, cette constante stimulation de l'esprit et des sens, songea-t-elle. C'était le monde qui plaisait à Henry… Il s'y épanouissait, c'était sa vie. Il était donc important que, pendant son séjour à Gunlinghorn, elle continue à lui procurer les activités qu'il aimait.

Oui, le lendemain, ils iraient se promener à cheval.

Jenova se leva de bonne heure, fit sa toilette, revêtit sa robe la plus chaude et chaussa des bottes fourrées. Une fois prête, elle se hâta de gagner la grande salle. Henry était déjà levé, comme elle l'avait deviné. Il lui sourit, attablé devant une chope de bière, une miche de pain et du fromage. En le rejoignant, Jenova fut soudain envahie d'un étrange sentiment. Pourquoi n'avait-elle jamais remarqué qu'il avait des dents si belles et si blanches ? Ni que les petites rides qui émaillaient ses paupières devenaient si attirantes lorsqu'il souriait ?

Pendant un instant, elle oublia ce qu'elle voulait dire. Mais elle se reprit bien vite. Ce n'était pas comme si elle n'avait jamais vu Henry auparavant ! Pourtant, pendant un instant, il lui avait semblé observer un inconnu. Un bel inconnu, si désirable…

— J'ai pensé que nous pourrions aller nous promener à cheval, ce matin, Henry, dit-elle en s'efforçant de calmer les battements de son cœur. Je ne suis pas sortie depuis des semaines et, même s'il fait froid, je crois que le temps ne changera pas avant quelques heures.

Le sourire de Henry s'élargit.

— Cela me plairait beaucoup, Jenova, mais… Alfric viendra-t-il aussi ?

— Non, Henry. Juste vous et moi.

Henry hocha la tête et débita très vite ce qui sembla tout de suite à Jenova être un discours préparé :

— J'ai réfléchi à votre mariage, Jenova. Il est fort probable que le roi n'approuvera pas votre union avec un Baldessare. Peut-être devriez-vous attendre qu'il rentre de Normandie avant de…

Jenova l'interrompit d'un geste.

— Non, Henry. Pas aujourd'hui. Nous en parlerons, mais pas maintenant. Pour l'instant, j'ai l'intention d'oublier tous les Baldessare et de profiter de cette promenade. Je vous en prie ! ajouta-t-elle.

Henry resta un moment silencieux. Depuis la veille, il réfléchissait à ce mariage, et plus il y pensait, moins l'idée de voir Jenova s'allier à cette famille lui plaisait. De plus, il était certain que le roi Guillaume n'approuverait pas cette union. Mais Jenova avait raison. Ils pouvaient en parler plus tard. Et la perspective d'une promenade à cheval en sa compagnie était fort plaisante.

— Entendu, dit-il en se levant gaiement. Allons-y !

— Maman, maman ! Je peux venir aussi ?

L'enfant qui courait vers eux avait une couronne de cheveux bouclés de la même couleur que ceux de Jenova. Il plongea dans les jambes de sa mère, qui éclata de rire et le serra dans ses bras. Comment s'appelait le fils de Jenova, déjà ? se demanda Henry. Peter ? John ? Il allait sûrement commettre une bévue…

— Raf, tu deviens de plus en plus fort, s'exclama Jenova.

Raf lui décocha un grand sourire et leva les yeux vers Henry. Il semblait un peu méfiant, à présent, comme s'il devinait que Henry n'appréciait guère la compagnie des enfants. Celui-ci soupçonnait Jenova d'avoir dit à son fils de ne pas ennuyer leur hôte, et il en était reconnaissant à la jeune femme. Dieu merci, elle avait dit son prénom devant lui, et il aurait l'air moins indifférent.

— Bonjour, Raf, déclara-t-il d'une voix faussement joviale.

Le petit garçon s'inclina brièvement pour le saluer.

— Enchanté, lord Henry. J'espère que vous vous portez bien.

Henry ne put retenir un sourire et regarda Jenova se pencher vers l'enfant pour lui murmurer quelque chose à l'oreille. Pendant un instant, Raf sembla boudeur, puis il acquiesça avec un soupir résigné. Une jeune femme dodue, l'air anxieux, attendait, plus loin dans la salle. À l'évidence, elle avait reçu l'ordre d'éloigner Raf des adultes. Le petit garçon alla la rejoindre en traînant légèrement les pieds, non sans jeter un autre regard à Henry. Cette fois, ses yeux verts étaient suppliants et, pour un peu, Henry l'aurait rappelé. Les garçonnets comme Raf lui rappelaient tellement sa propre jeunesse !

Il baissa les yeux. Lui-même n'avait guère profité de son enfance... Très tôt, son existence avait été difficile, et il avait été très seul. Mais il ne s'était pas résigné et avait décidé de profiter de la moindre chance qui s'offrirait à lui. Comment aurait-il pu savoir qu'il tomberait dans les griffes de créatures malfaisantes qui bouleverseraient sa vie à jamais ?

La main chaude de Jenova effleura la sienne, l'arrachant à ses souvenirs.

— Venez, Henry ! dit-elle avec douceur, comme si elle avait lu dans ses pensées. Partons tant qu'il fait beau !

Les chevaux n'avaient pas été montés depuis un moment, et ils étaient aussi enthousiastes que Henry et Jenova à l'idée de sortir dans l'air vif du matin. Pendant quelque temps, les deux amis chevauchèrent au pas, Reynard et une petite troupe d'hommes dispersés derrière eux. Lorsqu'ils atteignirent le sommet de la colline de Gunlinghorn, ils s'arrêtèrent, le souffle court, et contemplèrent le panorama.

Par un temps aussi froid et clair, on pouvait voir à des kilomètres de distance. Henry regarda avec satisfaction la riche vallée qui s'étendait à ses pieds, avec sa large rivière et ses prés, et, dominant l'ensemble, la masse sombre du château. Ce n'était peut-être pas Londres, mais, pour Henry, c'était tout aussi plaisant. S'il avait dû vivre à la campagne, il aurait choisi Gunlinghorn.

Puis il se souvint que, bientôt, il ne serait plus le bienvenu ici. Car le maître de ces terres serait Alfric, avec ses yeux jaloux. L'idée que ce jeune homme boudeur dirige Gunlinghorn parut soudain si insupportable à Henry qu'il prit une décision : si le mariage se faisait, il ne reviendrait jamais !

Aussitôt, une autre pensée lui vint : Gunlinghorn lui manquerait infiniment. Et Jenova encore plus... Il la regarda, le cœur serré. Avait-elle conscience, elle aussi, que c'étaient peut-être les derniers moments qu'ils passaient ensemble ? Mais Jenova souriait en contemplant son domaine, l'esprit visiblement occupé de tout autre chose. Puis elle tourna vers lui un regard où il retrouva l'ardeur intrépide de leur enfance.

— Allons jusqu'à la mer ! s'écria-t-elle, avant de lancer son cheval au galop en riant aux éclats.

Elle fila sur la pente de la colline et entra dans le bois, le capuchon de sa pelisse rejeté en arrière par sa course folle. Elle ne regarda pas une fois derrière elle, certaine qu'il la suivrait. Et elle avait raison : comme autrefois, il la suivait sans hésiter, se dit Henry en galopant derrière la jeune femme. C'était si bon de retrouver la liberté insouciante de leur enfance !

Bientôt, ils atteignirent le port de Gunlinghorn, et le village qui s'étendait de part et d'autre de l'estuaire de la rivière. Jenova tirait un revenu non négligeable des vaisseaux marchands qui entraient et sortaient du port. Malgré sa petite taille, c'était un abri relativement sûr le long d'une côte dangereuse, si bien qu'il ne manquait jamais de bateaux pour venir y accoster. Autour des quais de bois s'étaient installées des habitations et des auberges, dont la clientèle était majoritairement composée de marins, de marchands et de négociants.

— Milord, la sœur de mon père vit ici, dit Reynard en désignant un bâtiment dont l'enseigne représentait un chien noir. Elle s'appelle Matilda. Ai-je votre permission d'aller la voir ? Si vous le souhaitez, ajouta-t-il en se tournant vers Jenova, elle nous servira à manger et de la bière. Son auberge a bonne réputation, et je crois que c'est mérité.

Henry haussa les sourcils d'un air interrogateur.

— J'ignorais que tu avais de la famille à Gunlinghorn, Reynard.

— Mon père construisait des bateaux, milord. Il a vécu ici pendant un temps sous le règne du roi saxon, Édouard, qu'on appelait Le Confesseur. Ma tante s'est mariée et mon père est rentré seul en Normandie.

— Je serais heureuse de profiter de l'hospitalité de votre tante, intervint Jenova. Je connais Matilda, et vous dites vrai. Son auberge est fort réputée, et avec raison.

Matilda était une petite femme ronde aux cheveux sombres et frisottés. Elle serra Reynard dans ses bras et leur apporta rapidement des gâteaux frais sortis du four. Une fois rassasiée, Jenova alla s'asseoir près du feu, savourant ce moment dénué de formalisme. Il était rare qu'elle se permette de s'éloigner toute une journée de Gunlinghorn et de négliger à ce point ses multiples occupations. Elle jeta un regard à Henry, assis en face d'elle. Il lui sourit aussitôt, partageant cet instant de grâce en la dévisageant sous ses paupières mi-closes.

— Il y a longtemps que nous n'avions pas fait l'école buissonnière, dit-il. Si je me souviens bien, votre mère ne vous permettait jamais de rester inactive très longtemps. Elle veillait à vous apprendre à être une grande dame.

— C'est vrai. Et cela vous contrariait.

— Elle ne m'aimait pas, dit Henry d'un ton détaché. Elle avait peur que vous ayez trop d'affection pour moi.

— Comprenez-la, Henry, toutes les jeunes filles étaient amoureuses de vous ! C'est la faute de votre beau visage.

Il rit, mais Jenova décela quelque chose d'étrange dans ses yeux. Quelque chose qu'elle ne reconnaissait pas.

— Mais pas vous, n'est-ce pas ? dit-il enfin. Vous n'étiez pas amoureuse de moi. Au lieu de vous extasier devant ma beauté, vous me faisiez faire toutes vos courses, et je n'étais que trop content de vous servir.

— Vous étiez libre de refuser, Henry.

Il lui sourit de nouveau, et elle se sentit immensément troublée.

— Je ne vous refuserai jamais rien, ma douce, vous le savez bien. Je suis à vous, corps et âme, et ferai selon votre bon vouloir.

Cette déclaration accrut encore le trouble de la jeune femme. Soudain, elle se sentit au bord du malaise. Sans doute était-elle trop proche du feu, à moins qu'elle n'ait mangé trop des délicieuses pâtisseries de Matilda. Elle s'éventa d'un geste de la main et s'agita sur son banc, mais sans pouvoir quitter des yeux son compagnon, ses traits purs, sa bouche sensuelle, ses épaules athlétiques, ses hanches étroites et ses longues jambes étendues devant lui. Ses mains aux doigts longs et rudes étaient élégamment croisées sur ses genoux. Quelle sensation éprouverait-elle si ces mains caressaient sa peau nue ? se demanda-t-elle, fascinée.

Par chance, ses folles rêveries furent interrompues par l'arrivée d'un homme d'armes.

— Lady Jenova ? demanda l'homme d'une voix pressante. Un bateau vient d'échouer sur un banc de sable dans l'estuaire de la rivière. Les matelots demandent de l'aide.

— De quel bateau s'agit-il ? demanda Henry avec intérêt.

— Il vient de Bruges, milord. Il transporte du vin, de l'huile et des tissus. Il serait aisé de le tirer hors du sable en attachant des cordes sur le quai. La marée monte, il faut en profiter. Avons-nous votre permission de les aider ?

Henry faillit répondre, mais il se ravisa et interrogea Jenova du regard : il venait tout à coup de se rappeler qu'ils étaient dans un port qui appartenait à la jeune femme. C'était donc à elle de décider.

Elle lui sourit, appréciant sa considération. Peu d'hommes se seraient souciés de ce qu'elle pensait.

— Naturellement ! dit-elle. Prenez tous mes hommes d'armes et autant de villageois que vous pourrez trouver.

Le soldat s'éloigna, et Henry se leva en s'étirant, avant de tendre la main à la jeune femme.

— Venez, ma douce amie ! Allons voir ce vaisseau de Bruges.

Dehors, l'air paraissait encore plus froid qu'avant, et le vent faisait claquer leurs manteaux. L'embarcation était coincée sur un étroit banc de sable, penchée d'un côté et déjà léchée par la marée montante. Le vaisseau était assez trapu, et la marchandise, stockée sur le pont, était abritée sous des bâches de toile huilée. Plusieurs membres d'équipage étaient en train de jeter des cordes aux hommes debout sur la rive, tandis que Reynard donnait des ordres précis.

— Je ne crois pas qu'on ait besoin de nous ici, dit Henry en observant Jenova, pelotonnée dans sa pelisse. Avez-vous froid ?

Jenova hocha la tête.

— Oui, Henry. Il est déjà tard… Je crois qu'il est temps pour moi de rentrer au château. Si vous préférez rester, je rentrerai seule, n'ayez crainte. Je l'ai déjà fait, je ne risque absolument rien. Il y a longtemps que Mortred a chassé les brigands de nos terres.

— Je viens avec vous. Reynard se débrouille très bien sans moi.

Jenova sentit une vague de plaisir la submerger à l'idée de rentrer en sa compagnie au château. C'était vraiment excessif ! Que lui arrivait-il ? Ce n'était pourtant pas la première fois qu'elle se retrouverait seule avec Henry ! Elle regarda le ciel. Des nuages sombres menaçaient au nord, mais ils semblaient encore très loin. De toute façon, elle avait tellement envie de galoper aux côtés de Henry qu'elle se moquait du danger.

— Très bien. Nous passerons par l'est, le long des falaises. Cela vous plaira, Henry. C'est un endroit sauvage et dangereux.

— Alors, nous l'apprécierons ensemble, dit Henry avec un sourire qui rendit ses yeux plus bleus que jamais. À nous deux, nous pouvons affronter le danger et la nature !

Comment devait-elle prendre cette remarque ? se demanda Jenova tandis que Henry l'aidait à se mettre en selle. Comme une menace ou bien comme une promesse ?

3

Les falaises étaient vertigineusement hautes. En dessous d'elles, la mer grise grondait en tourbillonnant. Henry et Jenova suivaient les bords escarpés sans ralentir l'allure, effrayant les oiseaux et les quelques villageois qui cherchaient des œufs. Ce paysage sauvage rappelait à Henry la maison d'enfance de Jenova, en Normandie, où la mer battait pareillement de hautes falaises. Peut-être, songea-t-il, était-ce pour cela qu'elle aimait tant Gunlinghorn, et pour cela aussi qu'elle était si heureuse d'y vivre.

Mais il semblait y avoir une faille dans son bonheur… Sinon, pourquoi aurait-elle voulu se remarier ? Il revoyait Mortred, ses cheveux sombres et ses yeux clairs, son visage ravagé par les cicatrices de la variole. Il avait un peu le caractère de Henry – c'était un homme sûr de lui, intelligent et audacieux. Mais sa vie avait été beaucoup plus facile, car il avait grandi sous la protection du roi Guillaume et n'avait jamais eu à se battre comme Henry.

La mère de Jenova avait voulu que sa fille épouse Mortred à peine sortie de l'enfance, mais la jeune fille avait refusé. Mortred s'était alors marié avec une autre, qui était morte quelque temps après sans laisser de descendance. Mortred avait de nouveau demandé la main de Jenova et, cette fois, elle était tombée amoureuse de lui. Henry était certain qu'à cette époque, Mortred aimait lui aussi sa fiancée. Il avait même cru qu'il lui serait fidèle – enfin, il l'avait espéré de tout son cœur.

Malheureusement, cela n'avait pas été le cas.

Pendant leur mariage, il y avait eu d'autres femmes, beaucoup d'autres, mais au moins Mortred avait-il caché ses liaisons à Jenova. Comment aurait-elle pu savoir, à l'abri des murs de Gunlinghorn, qu'il la trompait autant ? Henry s'était indigné de la conduite de Mortred, mais il avait tout fait pour cacher la vérité à Jenova. Chaque fois qu'il avait menti ou protégé Mortred, c'était à elle qu'il pensait. Jamais cela n'avait été pour soutenir son mari.

Aurait-il agi différemment de Mortred, si c'était lui qui avait épousé Jenova ? Lui aurait-il été fidèle ? Sans doute que non... Mais il aurait été discret, et surtout soucieux de ne pas la blesser.

Une mouette vola au-dessus de lui, poussa un cri et plongea, comme pour emporter avec elle les pensées de Henry. Le vent marin lui fouettait le visage, lui piquait les yeux et plaquait ses vêtements contre lui, mais jamais il ne s'était senti aussi vivant ni aussi insouciant. Ici, à Gunlinghorn, il n'avait rien à faire, personne à voir, aucune rumeur à éclaircir, aucune intrigue à démêler, aucun assassin à craindre. Quel calme ! Quelle sérénité ! Mais n'était-ce pas trompeur ? Pouvait-il réellement s'abandonner à ce bien-être ?

Jenova était elle aussi plongée dans ses pensées, mais elles étaient beaucoup plus prosaïques. Elle comptait mentalement combien il restait de barriques de viande séchée dans les réserves du donjon. Y en aurait-il assez jusqu'au printemps ? C'était pratiquement certain, car elle était très économe. Mais il fallait aussi prévoir ce dont on aurait besoin pour l'année entière. Beaucoup de personnes dépendaient de la bonne gestion de leur châtelaine, et Jenova ne voulait pas risquer de les affamer.

Cela, Mortred ne l'avait jamais compris. Ou bien c'était simplement qu'il songeait moins aux autres qu'elle... Il était comme Henry : il préférait la vie et l'animation de la cour, ainsi que la compagnie du roi, à la campagne. Et, comme elle l'avait découvert récemment, il avait un net penchant pour les femmes faciles qui se trouvaient à Londres. Le bonheur domestique n'était pas fait pour Mortred, semblait-il. Mais elle avait été trop amoureuse de lui, trop confiante pour le voir.

Jamais plus elle ne se remettrait dans une telle situation !

Comme elle levait la tête pour observer une mouette qui tournoyait au-dessus d'elle, un flocon de neige se posa doucement sur sa joue. Ils s'étaient beaucoup éloignés du château, ce matin, allant presque à l'extrême limite des terres de Gunlinghorn. Soudain, elle comprit que le temps changeait plus vite qu'elle ne l'avait prévu. Les lourds et sombres nuages les avaient pratiquement rattrapés. Déjà, un épais brouillard masquait les collines au nord et commençait à s'étendre sur la forêt qui les séparait de la vallée de Gunlinghorn. Bientôt, la tempête aurait tout recouvert de neige.

Jenova poussa une exclamation. À force de rêvasser, elle n'avait pas remarqué le danger qui approchait !

— Nous devons rentrer au plus vite, dit-elle nerveusement en regardant Henry par-dessus son épaule. Il commence à neiger.

Henry fronça les sourcils en contemplant les nuages. La neige tombait de plus en plus vite.

— Oui, dépêchons-nous, murmura-t-il. Passez devant, Jenova, je vous suis.

Elle acquiesça et se dirigea sans plus attendre vers la forêt.

Il faisait de plus en plus froid et ils avaient beau galoper à toute allure, la neige devenait si dense qu'elle les aveuglait. Jenova frissonnait et ne sentait déjà plus ses pieds. Bientôt, ils seraient forcés de s'arrêter. C'est alors qu'elle aperçut le vieux chêne tordu et rabougri qui s'élevait au-dessus d'un petit rejeton et signalait la clairière près de la tour d'Uther. La tour était une bâtisse utilisée aux beaux jours par les forestiers qui travaillaient dans les bois de Gunlinghorn. Cependant, des gens s'en servaient aussi parfois en hiver pour s'abriter, et on veillait à ce qu'elle soit en bon état toute l'année. Ils y seraient en sécurité, songea-t-elle, soulagée. Ils devaient absolument s'abriter de la tempête, et ce serait l'endroit idéal.

Enfin, elle le supposait.

Un doute étrange la faisait hésiter, comme si elle allait prendre une décision aux conséquences insoupçonnées, en restant seule avec Henry au milieu de la tempête.

— Jenova ?

Elle tourna la tête vers Henry.

— On ne peut pas s'arrêter ici, poursuivit-il, les yeux plissés pour se protéger des flocons gelés qui lui picotaient le visage. Il nous faut trouver un abri.

Henry dépendait d'elle, songea Jenova. Il comptait sur elle pour trouver un refuge. Il la suivait, comme il l'avait promis, et elle n'avait pas le droit de le mettre en danger.

— Justement, répondit-elle, il y a une cabane, là-bas !

Elle désigna un point sombre entre les arbres nus, et Henry hocha la tête, pressant les flancs de son cheval pour la suivre et se penchant sous les branches pour éviter leurs griffures.

Soudain, la tour d'Uther se dressa devant eux. C'était une petite tour trapue, à laquelle s'adossait un solide petit cottage en bois et en pierre. On aurait dit que l'ensemble était sorti du sol par magie. Une épaisse couche de neige recouvrait déjà le toit et s'amassait devant la porte.

Henry mit pied à terre et dégagea le seuil en rejetant la neige à pleines mains.

— Venez vite ! ordonna-t-il en se retournant. Vous allez mourir de froid !

Il avait raison, elle devait le rejoindre… Mais elle avait l'impression de brûler tous les ponts derrière elle. De pénétrer dans l'inconnu. Tremblante, elle le suivit dans le petit cottage. Comme tout était silencieux, ici, alors que la tempête faisait rage au-dehors !

Jenova cligna des yeux dans l'obscurité avant de pouvoir distinguer la forme de la pièce. Le sol était en terre battue, mais il y avait de la paille fraîche contre un mur. Pendant que Henry conduisait les chevaux dans la tour, Jenova entreprit de faire un feu.

Ses mains étaient aussi engourdies que ses pieds, et lorsque le bois s'enflamma enfin, elle se laissa tomber par terre avec un soupir de soulagement. Quand Henry revint, son manteau blanc de neige, le feu flambait et répandait une douce chaleur.

— J'aurais dû être plus prudente, avoua-t-elle pendant qu'il refermait la porte derrière lui. J'avais vu la tempête approcher, mais je pensais que nous aurions le temps de rentrer... Et puis, c'était si agréable de chevaucher ainsi !

Il défit les liens de son manteau et le rejeta en arrière, puis l'étendit sur le tas de bois pour le faire sécher.

— Moi aussi, je m'amusais bien, déclara-t-il.

Il alla rejoindre la jeune femme près du feu et la dévisagea intensément, comme s'il voulait lire dans ses pensées.

— C'était pareil quand nous étions enfants, reprit-il avec un sourire espiègle. Vous vous rappelez ? Nous partions nous promener à cheval et nous oubliions l'heure. Votre mère nous grondait toujours. Nous sommes tous deux fautifs, Jenova, mais maintenant, Dieu soit loué, nous sommes en sécurité. Cette maisonnette est un abri tout à fait inespéré... Où sommes-nous ?

— À la tour d'Uther. Selon la légende, Uther était un roi qui régnait jadis sur ce coin de l'Angleterre. Un Breton, je crois, qui tenait tête aux Romains. Il aurait fait bâtir cette tour pour prévenir les Romains de ne pas aller plus loin. On parle aussi de son amour pour la femme d'un capitaine de la légion romaine. C'était peut-être là que les deux amants se rencontraient.

— L'endroit n'est guère romantique, remarqua Henry.

— Moi, je trouve que si !

— Il existe des lieux de rendez-vous plus gais, vous en conviendrez ! Il n'y a même pas de lit, ajouta-t-il en regardant autour de lui.

Jenova secoua la tête d'un air désapprobateur.

— Ils étaient amoureux, Henry. C'est un état d'esprit.

— Un état d'esprit ou une folie ?

Elle tenta de sourire, mais le froid qui pénétrait par les interstices de la porte la fit frissonner. Et, malgré le feu, ses jambes demeuraient glacées. Parviendrait-elle jamais à se réchauffer ?

— Vous avez froid aux pieds ? s'inquiéta Henry en s'agenouillant devant elle.

— Je ne les sens plus, gémit-elle.

— Laissez-moi faire.

Il ôta ses bottes à la jeune femme, les plaça devant le feu pour les faire sécher, puis frotta dans ses mains les pieds glacés et gracieux de Jenova. Ensuite, il fit de même avec ses mains, rouges de froid. Il se taisait, visiblement concentré sur sa tâche, les sourcils froncés. C'était très agréable… Jenova appréciait beaucoup la façon ferme et douce dont il la touchait, très réconfortante, presque sensuelle.

Son corps tout entier se détendait peu à peu sous ces massages, et une étrange langueur s'emparait d'elle.

— Merci, Henry, murmura-t-elle. Vous êtes très bon avec moi.

Il leva la tête vers elle. Les flammes du feu dansaient dans ses yeux bleus.

— Pourquoi ne le serais-je pas ? Nous sommes de vieux amis, n'est-ce pas ?

Il était tellement beau, tellement séduisant… Pour un peu, elle aurait oublié qu'il s'agissait de son compagnon d'enfance et se serait laissé envahir par le trouble de ses sens, comme n'importe quelle femme.

Seigneur ! songea-t-elle, alarmée. Il l'attirait beaucoup trop !

L'émoi l'envahissait. Un trouble qu'elle n'avait pas ressenti depuis longtemps… Trop longtemps, sans doute. Elle frissonna.

— Vous avez encore froid ? demanda Henry d'un air inquiet.

Il serra les mains de la jeune femme dans les siennes, et elle remarqua une cicatrice en zigzag sur le dos de sa main. « Comment se fait-il que j'ignore d'où vient cette cicatrice ? » se demanda-t-elle.

Finalement, il y avait bien des choses qu'elle ignorait à son sujet. Dans son arrogance, elle avait cru qu'elle le connaissait vraiment, mais elle s'était trompée. Elle avait oublié les longues années durant lesquelles la vie les avait séparés.

— Jenova ? insista-t-il, intrigué par le silence de la jeune femme.

Elle se reprit et parvint à sourire.

— Je me sens mieux, mais je n'arrive pas à me réchauffer complètement, répondit-elle.

Il parut contrarié. Était-ce à cause d'elle ou à cause du froid ? Avant qu'elle puisse lui poser la question, il souleva le manteau de la jeune femme pour qu'il les recouvre tous les deux et l'attira contre lui. Jenova fut tellement surprise qu'elle en oublia de protester. Puis, lorsqu'il resserra son étreinte, elle se sentit si bien contre lui qu'elle n'eut plus aucune envie de s'écarter. Oui, c'était merveilleux d'être blottie contre Henry.

— Vous n'allez pas tarder à vous réchauffer, murmura-t-il.

Ses lèvres effleurèrent la chevelure de la jeune femme, et elle sentit son cœur bondir dans sa poitrine. Son corps était soudain devenu brûlant.

« Ce n'est pas raisonnable », songea-t-elle, affolée. Mais elle ne pouvait plus réfléchir. Henry était son ami, son plus vieil ami, et pourtant, en écoutant la voix de basse qui résonnait dans son torse et le battement de son cœur contre son oreille, elle ne parvenait plus à lutter contre le désir qui l'envahissait.

Elle frissonna de nouveau, mais le froid n'avait plus rien à voir dans son malaise. Non, elle se réchauffait très vite, beaucoup trop vite, même…

Assurément, il était grand temps qu'elle se remarie, songea-t-elle. Elle n'avait pas encore réalisé à quel point cela lui manquait d'être dans les bras d'un homme.

— Jenova ?

La voix inquiète de Henry lui fit lever la tête. Ils se dévisagèrent longuement, et Jenova finit par s'humecter les lèvres du bout de la langue, étrangement assoiffée. Henry tressaillit, et elle sentit tout son corps se raidir contre elle. Elle savait qu'il comprenait ce qui devait se lire sur son visage. Seigneur, que leur arrivait-il ?

Son cœur se mit à battre la chamade. Une voix intérieure lui disait de s'écarter, de s'éloigner, de s'arracher à cette chaude et troublante étreinte. Mais elle en était incapable, et surtout, elle n'en avait aucune envie.

Soudain, Henry poussa une sorte de gémissement et baissa la tête pour s'emparer de la bouche de la jeune femme. Trop surprise pour s'écarter, Jenova sentit ses lèvres s'animer immédiatement sous les siennes. Le baiser de Henry était doux, mais tellement troublant… C'était Henry et, en même temps, ce n'était pas l'homme qu'elle connaissait, qu'elle avait cru connaître.

Elle finit enfin par s'écarter et posa machinalement les doigts sur ses lèvres.

Il la dévisagea avec ardeur, le souffle précipité, les yeux pleins de surprise et de désir. Un désir brûlant, intense, impérieux…

— Je ne sais pas ce qui se passe, Henry, dit-elle d'une voix tremblante.

— Je vous ai embrassée, répliqua-t-il d'une voix rauque, avant de se détourner pour remettre du bois dans le feu.

Elle sentit immédiatement le froid là où Henry l'avait tenue enlacée. Était-ce cela qui la faisait frissonner ? Ou bien étaient-ce ses sens qui la trahissaient ?

— Il n'y a rien d'extraordinaire à cela, ma douce, poursuivit-il d'un ton léger.

Jenova eut un rire amer.

— Ce n'était donc qu'un baiser entre deux vieux amis ? J'aurais cru…

Mais Henry continua de s'occuper du feu sans répondre, et Jenova se morigéna mentalement. Elle s'était trompée. Henry n'éprouvait pas le moindre désir pour elle. Pourquoi l'aurait-il désirée, d'ailleurs ? Il avait assez de femmes à Londres pour satisfaire ses besoins. En fait, elle devait paraître tellement malheureuse, transie de froid, que Henry, dans un élan d'affection, l'avait embrassée. Au temps pour elle et son imagination excessive !

Henry plaça une autre bûche sur le feu avec une attention extrême, comme si sa vie dépendait de la précision de ses gestes. Il était tout à fait conscient du trouble de Jenova. Que diable devait-elle penser, à présent ? Et quel démon s'était emparé de lui ? Mais elle lui avait paru si vulnérable, si délicieuse qu'il n'avait pu se retenir.

Il n'avait jamais désiré Jenova auparavant. Jamais. Il n'avait rien à prouver, avec elle. Sa présence affectueuse lui suffisait. Alors, pourquoi tout était-il soudain devenu différent ?

C'était à cause de la tempête, sans doute. Il avait cédé à un moment d'égarement.

Il jeta un regard par-dessus son épaule. La chevelure humide de Jenova se répandait sur ses frêles épaules, et son visage était livide et las. Cette fois, il ne ressentit rien, aucune étincelle de désir, à son grand soulagement.

Puis il fronça les sourcils et l'observa un peu plus attentivement. Elle était vraiment trempée. Sa robe collait à son corps, et elle serrait ses bras autour de sa poitrine pour se réchauffer. D'ailleurs, elle avait approché ses pieds le plus près possible des flammes pour faire sécher ses bas mouillés.

— Il faut vous déshabiller, remarqua-t-il. Vous allez attraper du mal avec ces vêtements humides. Mon manteau est presque sec, à présent. Vous pourrez vous draper dedans pendant que vos habits sécheront.

Il parlait d'instinct, sans réfléchir, malgré la sensation brûlante qui lui serrait la gorge. Que craignait-il, à la fin ? Jenova avait besoin qu'on s'occupe d'elle. Pourquoi l'aurait-il laissée grelotter dans ses habits mouillés ? Il avait toujours pris soin d'elle.

Jenova pencha la tête sur le côté, comme si elle avait des doutes sur la conduite à suivre, elle aussi.

— Je ne sais pas, Henry...

— Vous allez attraper la mort, Jenova ! Vous voulez rentrer à Gunlinghorn, n'est-ce pas, et épouser votre cher Alfric ?

Ce fut sans doute son ton, amical et moqueur, qui la fit obtempérer. À moins que ce ne soit le nom d'Alfric.

Jenova se détendit. Henry avait raison, elle ne devait pas rester dans ses vêtements mouillés. Mais, après leur baiser, elle ne parvenait plus à y voir clair.

Bon... Elle n'allait tout de même pas se conduire en prude avec un homme qu'elle connaissait pratiquement depuis toujours ? Elle souleva les bras pour défaire les liens de sa robe sur sa nuque, mais ses doigts gourds refusaient de lui obéir. Henry la regarda faire un instant. Soudain, n'y tenant plus, il s'agenouilla près d'elle et défit rapidement les attaches. Puis il lui ôta sa pelisse.

— Maintenant, ordonna-t-il, déshabillez-vous... Je vais chercher mon manteau.

Mais il marqua une pause, les yeux posés sur les pieds humides de la jeune femme, et brusquement dénoua rapidement les bas retenus au-dessus des genoux. Il évita de regarder ses longues jambes fines et galbées, conscient que, s'il y prêtait attention ne serait-ce qu'une seconde, il serait perdu.

— Fort bien, dit-il d'une voix grave. Ôtez le reste, maintenant.

Il alla chercher son manteau et le lui tendit, avant d'aller étaler la pelisse et les bas de laine sur le tas de bois. Lorsqu'il revint vers le feu, il tourna résolument le dos à la jeune femme. Peu de temps après, un bras nu sortit de sous son manteau et déposa le reste des vêtements humides devant lui. Sa robe, une chemise de laine et une autre chemise de soie, qu'elle devait porter à même la peau...

Soudain, il se sentit défaillir et dut lutter pour contenir le désir qui l'envahissait.

Lorsqu'il eut terminé de tout étaler sur le tas de bois, il rassembla son courage et se tourna vers Jenova. Elle était assise près du feu, ses cheveux répandus autour d'elle pour les faire sécher, les mains tendues au-dessus des flammes. Il aurait juré qu'elle tremblait. Pourtant, cette fois, il hésitait à aller vers elle.

— Nous sommes encore des enfants, dit-il en souriant. Trop occupés à nous amuser pour remarquer que le temps se gâte.

— Nous avons tou... toujours eu une mauvaise influence l'un sur l'autre, bégaya-t-elle en claquant des dents. Vous vous rapp... rappelez lorsque ma mère tentait de nous séparer ?

— Oh, oui ! Nous trouvions toujours le moyen de lui filer sous le nez.

Henry se retrouva soudain plongé dans le passé. Ses souvenirs devaient être différents de ceux de Jenova, car la mère de la jeune femme ne l'avait jamais aimé. Elle avait une façon de pincer les lèvres quand elle le regardait ! Comme s'il dégageait une odeur pestilentielle qu'elle seule pouvait sentir. Mais Jenova n'en avait jamais fait qu'à sa tête, ignorant les menaces et les avertissements de sa mère.

Elle avait toujours admiré Henry, ne le jugeant jamais, l'acceptant comme il était. Et en remerciement d'une telle confiance, il avait permis qu'elle soit humiliée par son mari sans intervenir auprès de Mortred. Il n'aurait pu la blâmer si elle avait douté de son amitié.

— Vous avez toujours été bonne avec moi, Jenova. Probablement plus que je ne le méritais.

Les reflets du feu jetaient des paillettes d'or dans les yeux verts de la jeune femme.

— Oh ! Henry ! murmura-t-elle. Vous étiez tellement mignon. Jamais je n'aurais pu vous faire le moindre mal, ni vous tourner le dos. Ç'aurait été comme... abandonner mon poney préféré !

La comparaison le fit sourire, mais il était touché. Elle l'avait aimé, et lui aussi l'avait aimée, c'était indéniable. Seulement, le temps avait passé, et ils avaient grandi. Il avait commis des actes qu'elle ne pouvait que réprouver et mené une vie à l'opposé de la sienne. Pendant ce temps, elle s'était mariée, avait eu un fils avec Mortred et était devenue la châtelaine de Gunlinghorn. Ils étaient aussi différents l'un de l'autre que la lune et le soleil, et tout aussi éloignés.

Pourtant, le lien qu'ils avaient tissé durant leur enfance était indestructible.

Jenova était son point d'ancrage, réalisa-t-il. Il avait besoin d'elle car elle lui rappelait ses origines, et la personne qu'il était réellement. Voir la joie et l'admiration dans les yeux de la jeune femme l'aidait à croire en lui-même.

Avec une grâce féline, Henry s'approcha de Jenova. Ce qui se passerait maintenant, seul le destin en déciderait, se dit-il. En tout cas, rien ne pouvait l'empêcher d'attirer la jeune femme contre lui et de la réchauffer. Il la sentit frissonner et lui murmura des mots tendres, en l'enlaçant de ses deux bras pour qu'elle se pelotonne contre lui. Ses longs cheveux humides lui chatouillaient les narines, et il y enfouit son visage, enivré par leur parfum.

— Suis-je toujours mignon ? demanda-t-il enfin, pour rompre le silence.

Jenova eut un petit rire nerveux, et il sentit les doigts glacés de la jeune femme lui caresser la joue.

— Bien sûr, cher Henry. Vous serez toujours mignon, à mes yeux.

Il s'écarta de quelques centimètres pour la dévisager. Elle souriait, pâle, nue sous son épaisse chevelure, jeune, vulnérable, sans défense… Son corps souple et mince palpitait contre le sien, et il sentait ses seins lourds sous le manteau, contre son bras. Ses mamelons étaient tendus, à cause du froid, et il aurait voulu les réchauffer dans sa bouche.

Il ferma les yeux, mais cela ne servit à rien. Au contraire, il était encore plus conscient des hanches rondes de la jeune femme contre sa cuisse… Dans quelques instants, elle ne manquerait pas de remarquer son érection, mais comment contrôler son désir ? Il aurait dû s'écarter d'elle, il le savait, mais il n'en avait pas la force. La sensation était trop intense, trop parfaite pour la rompre…

— Henry ?

Il rouvrit les yeux et rencontra le regard interrogateur de Jenova. Cette fois, la tentation était irrésistible. Il l'avait sentie dès son arrivée à Gunlinghorn, et il avait eu beau la combattre, il devait s'avouer vaincu. Il était trop tard, à présent, pour renoncer à cette folle attirance…

Jenova l'avait compris, elle aussi. Ses yeux verts se voilèrent de désir, et elle entrouvrit les lèvres. Pour protester ? se demanda-t-il en se penchant vers elle pour effleurer ses lèvres des siennes. En tout cas, elle n'en eut pas le temps, car leurs bouches s'unirent d'elles-mêmes, d'un commun accord.

Et cette fois, aucun d'eux ne put interrompre la magie de ce baiser.

4

Les lèvres de Henry étaient tendres et passionnées, et Jenova s'ouvrait à lui comme une fleur. Prise de vertige, elle était incapable de résister au désir impérieux qui s'emparait d'elle. Pourtant, la voix de la raison lui intimait d'arrêter, de s'éloigner des bras puissants et chauds qui l'enlaçaient. Comment pouvait-elle se conduire ainsi, elle, lady Jenova, une veuve fière et respectée ? Décidément, elle était restée trop longtemps seule, pour perdre ainsi la tête avec son vieil ami !

Mais elle avait beau se morigéner, ce baiser était bien trop merveilleux pour qu'elle y mette un terme.

D'elles-mêmes, ses mains allèrent se nouer derrière la nuque de Henry, pour l'attirer plus près encore. Elle sentit la main de Henry glisser sous le manteau et se refermer sur la rondeur de son sein. Elle gémit de plaisir.

— Henry... murmura-t-elle.

Mais il ne la laissa pas poursuivre et se pencha pour entourer le mamelon de la jeune femme de ses lèvres, de sa langue... Jenova se cambra, la tête renversée en arrière, contemplant sans les voir les poutres de la charpente, tandis qu'une sensation voluptueuse la traversait comme une flèche. Elle aurait dû le repousser, mais chaque caresse diminuait un peu plus la force de sa volonté.

Elle n'avait plus froid.

Elle se redressa, laissa glisser ses mains sur la tunique de Henry et tira impatiemment sur les liens qui en fermaient le col. Henry s'écarta quelques instants et fit passer sa tunique par-dessus sa tête, puis sa chemise, les jetant par terre. Jenova caressa alors sa peau nue, dorée par les reflets du feu. Son torse était musclé et puissant, et elle sentait sous ses doigts de nombreuses cicatrices. Puis elle laissa descendre sa main sur la fine toison de son ventre, et plus bas encore.

Lorsqu'elle toucha le velours de son haut-de-chausses et glissa la main sous le tissu, ce fut au tour de Henry de gémir et de se cambrer en arrière, comme pour l'encourager à poursuivre sa voluptueuse exploration. Jenova le contemplait avec ravissement. Il n'était pas très grand, mais athlétique, et son corps musclé n'avait pas une once de graisse. Il était si beau, si bien fait, si séduisant... Elle comprenait que les femmes de la cour recherchent sa compagnie !

Elle baissa les yeux. À l'évidence, Henry la désirait avec ardeur.

Délicatement, elle caressa son sexe dressé. Il étouffa une exclamation et tressaillit, mais demeura immobile. Il ne se jeta pas sur elle pour la prendre sur-le-champ, comme elle s'y attendait vaguement. Il la laissa continuer, les yeux clos, une expression d'extase sur le visage, et Jenova lui en fut reconnaissante. Cela faisait si longtemps qu'elle n'avait pas touché un corps d'homme !

Elle s'interrompit un instant pour défaire l'attache des chausses de Henry et écarta le tissu pour le faire glisser le long des cuisses musclées de son compagnon.

Il était quasiment nu, à présent, et elle s'écarta, médusée.

Certes, elle n'avait pas eu d'homme depuis longtemps, mais sa mémoire ne pouvait la trahir à ce point. Elle se rappelait tout de même la taille de la chose, et ce qu'elle voyait là était bien loin des proportions qu'elle avait connues. Elle tendit lentement la main. Ses doigts ne pouvaient même pas en faire le tour ! Peut-être que si elle les pressait un peu plus fort...

Henry poussa un cri sourd et se redressa en posant la main sur celle de la jeune femme. Ses yeux brûlaient de désir.

— Doucement, mon ange, murmura-t-il d'une voix rauque.

Elle obéit, caressant lentement la chair gonflée, tumescente et si sensible… Henry ferma à moitié les yeux.

— Jenova ! gémit-il. Je veux répandre ma semence en vous… profondément…

Elle battit des cils, affolée, pantelante, et le laissa glisser un bras autour de sa taille pour la coucher sur la terre nue, où il avait étendu son épais manteau. Mais une fois qu'il fut sur elle, elle ne redouta plus rien, enveloppée dans sa chaleur, consumée par le désir…

Elle caressa fébrilement ses épaules, son dos, chercha de nouveau l'évidence de sa virilité passionnée, tandis qu'il la couvrait de baisers ardents.

— Je ferais mieux d'arrêter, chuchota-t-elle.

Mais ses doigts ne lui obéissaient plus, tout occupés à leurs lancinantes caresses.

— Non ! murmura Henry. Pas maintenant, Jenova, pas maintenant…

Il se pencha sur ses seins et caressa leur rondeur laiteuse de ses lèvres, de sa langue, taquinant les mamelons dressés jusqu'à ce que leur tension soit presque douloureuse. Elle se cambra, l'encourageant en poussant de petits cris étouffés, et crut défaillir de plaisir lorsqu'elle sentit la caresse des doigts de Henry entre ses cuisses. Elle était humide de désir. Cela faisait si longtemps, si longtemps…

Henry s'empara de sa bouche avec passion, et son genou écarta davantage les cuisses de la jeune femme. Elle se sentit trembler d'impatience. Les mains de Henry avaient répandu en elle un feu que lui seul pourrait éteindre. Elle avait depuis longtemps cessé de penser aux conséquences de leur acte.

Pourtant, c'était dangereux, beaucoup trop dangereux.

Il entra un peu en elle, doucement d'abord, comme pour lui laisser le choix de s'écarter si elle le désirait. Jenova se pressa contre lui, et il la pénétra tout entière. Maintenant, c'était elle qui le suppliait de ne pas arrêter. Non qu'il en eût l'intention, d'ailleurs. Et même s'il l'avait voulu, c'était trop tard. Il avait plongé en elle comme dans un océan de délices, et ceux-ci s'étaient refermés sur lui, le retenant prisonnier… L'odeur de Jenova l'enivrait, leurs corps s'emboîtaient à la perfection. Avait-il jamais ressenti pareil plaisir ? C'était tellement plus fort que d'étreindre une de ses maîtresses passagères ! Avec Jenova, il avait l'impression d'être un dieu, d'avoir atteint le paradis.

Il bougeait lentement en elle, sentait la tension longuement retenue de la jeune femme. Elle n'avait pas eu d'amant depuis Mortred, songea-t-il, pas même cet idiot d'Alfric. Il ferait tout pour empêcher cette union. Il voulait être le seul à jouir de ce trésor, le seul à faire pleurer Jenova de plaisir…

La chevelure de la jeune femme s'emmêlait peu à peu tandis qu'elle ondulait sous lui, et il enfouit le visage dans les mèches parfumées.

— Je ne vous fais pas mal ? murmura-t-il.

Elle étouffa un petit rire et le serra encore plus fort contre lui.

— Oh, non, Henry ! Pas du tout…

— Pas même comme ça ?

Elle gémit de plaisir et il intensifia ses va-et-vient, lui arrachant des cris tandis que leurs corps s'emballaient dans une danse primitive, folle et ardente, jusqu'à ce que l'extase les submerge. Mais Henry ne put s'empêcher de regretter leur hâte. Il aurait voulu la caresser jusqu'à ce qu'elle le supplie de la prendre, il aurait voulu sentir son corps sous sa langue, millimètre par millimètre… Où était passée son expérience des femmes ? Avec Jenova, il oubliait tout. Il ne songeait qu'à la posséder, encore et encore…

Ils s'aimèrent de nouveau, haletants, couverts de sueur, jusqu'à ce que leurs corps soient épuisés de plaisir.

Tout devint alors silencieux dans le petit cottage. La tempête faisait rage autour d'eux, et pourtant, ils étaient merveilleusement apaisés.

Mais, à un moment donné, Henry sentit le cœur de Jenova s'emballer contre lui. Elle se raidit, et il comprit : elle avait repris contact avec la réalité. Une autre tempête les attendait, maintenant, bien plus menaçante que celle des éléments déchaînés.

Qu'avait-elle fait ? se demandait Jenova. Comment avait-elle pu être aussi imprudente ? Confuse, atterrée, elle n'osait pas ouvrir les yeux. Henry était son ami ! Ce qu'ils venaient de faire allait terriblement compliquer leur relation... voire la détruire à jamais !

Comment pourrait-elle le regarder dans les yeux, maintenant ? Comment pourrait-elle lui parler sans arrière-pensée ? Comment rester près de lui sans se rappeler qu'elle avait fait preuve d'un tel libertinage ?

Elle sentit les larmes lui monter aux yeux. Elle aurait dû le repousser. Il lui aurait suffi de plaisanter, cela aurait désamorcé la situation avant qu'ils n'aillent plus loin. N'avait-elle pas réussi à se tirer de situations bien plus délicates ?

Mais elle avait perdu la tête, et lui aussi. Ils avaient tout oublié, hormis le plaisir qu'ils se donnaient l'un à l'autre... Et elle devait reconnaître qu'elle n'avait jamais éprouvé cela, pas même avec Mortred, qu'elle avait pourtant aimé de toute son âme. Jamais elle ne s'était sentie aussi vivante, comme si une créature sauvage et libre s'était soudain éveillée en elle, rejetant les règles établies avec dédain.

Évidemment, songea-t-elle, Henry était un séducteur accompli. Il avait eu plus de femmes qu'il n'y avait d'arbres dans la forêt de Gunlinghorn... Il savait quelles caresses lui feraient tout oublier, et lui-même devait être incapable de résister à l'appel de la chair.

Jenova soupira et s'écarta. Mieux valait s'habiller au plus vite, et partir. Puisqu'elle ne pouvait effacer ce qu'ils avaient fait, elle s'efforcerait de l'oublier. De passer à autre chose.

Elle saisit ses vêtements sur le tas de bois. Ils n'étaient pas tout à fait secs, mais elle n'allait pas rester nue près de Henry plus longtemps ! Elle serra ses habits contre elle et se retourna face à son ami. Il s'était assis et la regardait, apparemment très à l'aise. Soudain, l'attention de la jeune femme fut attirée par les cicatrices sur sa peau. Toutes ces blessures ! Comme il avait dû souffrir... et elle n'en avait jamais rien su.

Il se taisait toujours. Sans doute attendait-il qu'elle parle, qu'elle prenne une décision. Jenova sentit sa gorge se nouer. Ainsi, il lui donnait tout pouvoir, s'en remettait entièrement à elle. Peu d'hommes étaient capables d'une telle confiance.

— Cela ne doit plus arriver, Henry, dit-elle d'un air grave.

Elle avait pris sa voix autoritaire de châtelaine, et pourtant, ses mains tremblaient.

— Nous sommes amis depuis si longtemps, poursuivit-elle. Ce serait ridicule de penser qu'on pourrait changer cela. Ce serait même une aberration, et je suis certaine que nous serons tous deux très soulagés de ne plus y penser.

Henry notait les différentes émotions qui se peignaient sur le visage de la jeune femme. Regret, confusion, peur de l'inconnu... Jenova n'avait jamais pu cacher ses sentiments. À l'évidence, elle s'était laissé entraîner par ses sens. À l'évidence aussi, elle ne le croyait pas capable d'autre chose que d'amitié.

Et il ne le méritait pas plus, il le savait au plus profond de lui-même. Non, il n'était pas digne de Jenova. Mais il ne pouvait s'empêcher de penser à Alfric. Aurait-elle été aussi mal à l'aise si c'était Alfric qui s'était trouvé en ce moment avec elle à la tour d'Uther ?

Il retint un petit rire amer. Ce vieil Henry était autorisé à lui donner des conseils sur les fortifications du château, à l'aider à résoudre ses problèmes avec Baldessare, mais il n'avait pas le droit d'être son amant ! Et pourtant, elle s'était donnée à lui. Et avec quelle volupté ! Alfric aurait-il su la combler à ce point ?

Il se mordit la lèvre. Pourquoi se montrait-il aussi injuste, aussi arrogant ? Après tout, c'était Alfric que Jenova songeait à épouser, et non son ami d'enfance. Henry s'était toujours senti à l'aise avec elle parce que c'était la seule femme qu'il ne désirait pas. Il pouvait être lui-même, avec elle, il n'avait pas à jouer son rôle de séducteur.

Et maintenant ? Comment faire pour que leur amitié survive à ce moment d'égarement ? L'affection de Jenova comptait plus pour lui que n'importe quel plaisir physique. Et tant pis si, dans ses bras, il avait éprouvé les sensations les plus intenses de sa vie. Tout valait mieux que la perdre à jamais.

— Vous avez raison, Jenova, cela ne doit pas se reproduire, déclara-t-il d'une voix ferme.

Il pensait sincèrement ce qu'il disait, et pourtant, il avait soudain l'impression qu'aucun d'eux ne serait capable de tenir sa résolution. Il s'habilla rapidement, sans regarder sa compagne. Pourquoi avait-il quitté le port en dépit du mauvais temps qui menaçait ? Était-ce pour se retrouver seul avec elle, pour saisir une occasion comme celle-ci ? Depuis qu'elle lui avait dit qu'elle comptait épouser ce nigaud d'Alfric, il se sentait jaloux et frustré. Avait-il malgré lui voulu lui montrer ce que c'était, un homme véritable ? Était-il retors à ce point ?

Il avait commis des actes horribles, dans sa vie, des choses dont il n'osait parler à personne, mais il avait toujours traité Jenova comme un trésor. Jamais il ne l'aurait blessée intentionnellement. Et pourtant, aujourd'hui, il avait peut-être détruit leur amitié de toujours.

— Henry ? demanda-t-elle timidement.

Il leva la tête, tenant encore la botte qu'il venait d'enfiler, et vit que les yeux de la jeune femme étaient pleins de larmes. Un étau lui enserra le cœur. Il faillit se lever et la prendre dans ses bras, mais il resta assis, pétrifié. Il n'osait pas…

Elle s'essuya la joue d'un geste rageur.

— Henry, pouvons-nous revenir en arrière ? Avons-nous brisé notre précieuse amitié ? Je ne veux pas vous perdre !

Lentement, il tendit la main pour effleurer la joue de la jeune femme. Il aurait voulu plus, tellement plus… Mais il n'avait pas le droit, lui, lord Henry de Montevoy, de toucher cette femme au cœur pur et bon.

— Pourquoi me perdriez-vous ? demanda-t-il d'un ton gentiment moqueur. Nous sommes amis depuis l'enfance. Nous le resterons jusqu'à la tombe. Nous oublierons ce moment, je vous le promets. Nous n'en parlerons plus jamais.

Un sourire de soulagement éclaira le visage de Jenova.

— Oui, Henry, nous n'en parlerons plus, déclara-t-elle. Et nous finirons par oublier, n'est-ce pas ? Tout redeviendra comme avant.

Leurs regards se croisèrent, soudain lourds de désir, en dépit de ce qu'ils venaient de dire. Ce fut comme une caresse mutuelle, silencieuse et intense. Le sourire de Jenova mourut sur ses lèvres, et Henry prit une expression cynique. Ils savaient tous deux, maintenant, qu'ils ne pourraient pas oublier. Malgré leurs unions frénétiques, ils n'étaient pas rassasiés l'un de l'autre.

Ils se détournèrent et finirent de s'habiller en silence, tandis qu'au-dehors, la tempête se calmait enfin.

5

Dans la grande salle de Gunlinghorn, un tronc de la grosseur d'un homme brûlait dans l'immense cheminée, dégageant une fumée chaude et agréable.

Heureusement, la table à laquelle étaient assis Henry et Jenova était près du feu, car la chaleur n'atteignait pas tous les coins de la salle. Dehors, dominant le bruit du festin, le vent hurlait. Le mauvais temps était revenu dès qu'ils avaient atteint le château, et il avait recommencé à neiger. En dépit de la lumière des innombrables chandelles, l'obscurité triste de l'hiver régnait tout autour d'eux.

Henry n'aurait pu rentrer à Londres même s'il l'avait voulu. Étrangement, pour un homme si intégré à la cour, il n'avait aucune envie d'y retourner. Son regard se posa sur les gens assemblés dans la salle. À l'une des tables, Reynard était penché sur son assiette, non loin de ses hommes. Henry écoutait distraitement leur bavardage, mêlé au bruit des plats et des cuillères. Ici, il oubliait presque le reste du monde…

Lorsque Jenova se pencha pour sourire à une de ses dames d'atour, son voile glissa de ses épaules et découvrit une boucle de cheveux bruns. Henry la contempla en silence et laissa son esprit vagabonder tandis qu'un serviteur remplissait son verre de vin. Il n'était à Gunlinghorn que depuis la veille, mais l'homme occupé qu'il était à Londres lui paraissait déjà être un étranger.

Il avait presque oublié à quel point la vie de la cour était tumultueuse. Pendant que le roi Guillaume s'affairait de l'autre côté de la Manche, ses barons se sentaient pousser des ailes. L'archevêque Lanfranc, qui assurait la régence, faisait de son mieux, mais il ne pouvait contrer toutes les ambitions de certains des jeunes nobles. Henry était pratiquement certain que Roger, comte de Hereford, et Ralph, comte de Norfolk, complotaient contre le monarque. Pour l'instant, il ne s'agissait que de paroles, et ils étaient assez intelligents pour dissimuler leurs intentions. Mais Henry ne serait pas tranquille tant que le roi ne les aurait pas ramenés dans le droit chemin. La seule présence de Guillaume suffirait assurément à les faire taire une fois pour toutes.

— Gardez un œil sur mon royaume, Henry, lui avait dit le roi avant de partir. J'ai confiance en vous. Faites ce qui est nécessaire, si besoin.

Le roi Guillaume savait que, derrière le beau sourire de Henry, se cachait une nature inflexible, sur laquelle il pouvait compter en temps de crise. Henry était capable de détruire quiconque se dressait contre son roi ; il l'avait déjà fait, d'ailleurs. Il avait depuis longtemps fait de terribles compromis avec sa conscience, et Guillaume ne pouvait l'ignorer.

Alors, comment un homme aguerri tel que lui pouvait-il se sentir tellement désorienté à cause de Jenova et de leur bref moment de passion, cet après-midi-là ? Il ne pouvait ni se contenter de la joie qu'elle lui avait donnée, ni chasser ses regrets. Jenova était sa seule faiblesse, son talon d'Achille.

Sa conscience, en quelque sorte. Si toutefois il lui restait encore une conscience.

— Lord Henry ?

Henry tourna la tête et s'aperçut que le fils de Jenova avait pris place près de lui. Au début du repas, il avait remarqué le jeune garçon assis près de sa mère, à l'autre bout de la table, où les dames d'atour le cajolaient.

Henry lui jeta un regard embarrassé. Pourquoi l'enfant l'avait-il rejoint ? Il connaissait si peu ce petit garçon au visage étroit et vif, aux grands yeux verts si semblables à ceux de sa mère. Il semblait malingre, ce qui était mauvais signe à une époque où seuls les enfants les plus vigoureux arrivaient à l'âge adulte.

C'était peut-être pour cela que lord Baldessare voulait ajouter cette clause dans le contrat de mariage. Il savait que le domaine resterait sans doute sans héritier direct.

— Lord Henry ? insista le garçonnet en tirant sur la manche de velours brun de Henry, brodée de rouge au poignet.

À la cour, Henry était réputé pour son élégance et, même à la campagne, il prenait soin de sa toilette. Il lissa sa manche et se força à sourire. Comment s'appelait ce petit, déjà ? Ah, oui, Raf.

— Vous viendrez me voir monter à cheval, demain, lord Henry ? Maman dit que je suis trop jeune, mais j'ai cinq ans, vous savez.

Il était bien gringalet, pour ses cinq ans ! se dit Henry. En fait, on avait l'impression que le moindre souffle de vent pouvait l'emporter.

— Vous viendrez ? insista Raf.

Henry ne se sentait pas d'humeur à batailler avec un enfant.

— Bien sûr, dit-il poliment, sans la moindre intention de tenir sa promesse.

Pourquoi diable Raf voulait-il qu'il le regarde monter à cheval ? Le confondait-il avec quelqu'un d'autre ? Alfric, peut-être ? Pourtant, Henry ne se souvenait pas d'avoir vu le jeune fat prêter une attention particulière à l'enfant, lorsqu'il était venu au château.

— Je viendrai vous chercher lorsque ce sera l'heure.

— L'heure de quoi ? marmonna Henry, qui n'écoutait qu'à moitié.

— De me voir monter à cheval ! s'exclama Raf avec un sourire radieux, comme s'il offrait à Henry un divertissement exceptionnel.

— Ce ne sera pas nécessaire, protesta Henry.

— Si, je viendrai en personne !

Il avait un joli sourire, se dit Henry. Son visage s'animait, faisant oublier son aspect chétif. Il tenait donc de son père… Le sourire de Mortred était moins innocent, certes, mais c'était bien le sien. Mortred, qui passait ses jours et ses nuits dans les maisons closes…

Soudain, Raf décampa pour aller rejoindre sa mère. Henry le regarda tirer Jenova par la manche comme il l'avait fait avec lui, et la jeune femme se pencha pour l'écouter.

Depuis quand le profil de Jenova était-il si parfait ?

Henry avait eu l'intention d'observer sa réaction aux propos de son fils, mais il était distrait par la courbe délicieuse de sa bouche. Comme il aurait voulu presser ses lèvres contre les siennes, glisser sa langue dans sa bouche pour en goûter la saveur exquise… Jenova avait le goût de framboises sauvages.

Il sentit une étrange chaleur l'envahir. Jenova était assise à l'autre bout de la table, mais il avait l'impression que son parfum arrivait jusqu'à lui. La chaleur de son corps devint excitation, puis frustration. C'était de la folie ! Pourquoi se tourmentait-il ainsi, alors qu'il n'y avait pas la moindre chance qu'il la tienne de nouveau dans ses bras ?

Il but une gorgée de vin afin de tenter de se calmer, puis balaya la salle du regard. Il y avait beaucoup de jolies femmes, à ce banquet, et certaines étaient de vraies beautés. Pourquoi Jenova les surpassait-elle toutes, à ses yeux ? Il avait juré de ne plus penser à elle de cette façon, de ne plus la toucher, de ne plus se perdre en elle en regardant ses lèvres s'entrouvrir sur un gémissement de plaisir…

Henry finit son verre d'un trait. Lorsqu'il le reposa, il sentit que Jenova l'observait. Elle avait posé la main sur l'épaule de son fils, qui avait dû lui répéter leur conversation, car la jeune femme paraissait mécontente. De toute évidence, elle avait compris que Henry ne comptait pas tenir sa promesse.

Il soutint le regard plein de colère qu'elle lui lançait et leva son verre pour la saluer. Combien de temps lui aurait-il fallu, songea-t-il, pour transformer cette mauvaise humeur en désir ardent ? Oui, combien de temps, s'il n'avait pas juré de ne plus la toucher ?

Seigneur, jamais il n'aurait dû venir à Gunlinghorn ! S'il avait eu le bon sens de refuser, il n'aurait pas perdu la tête et mis en péril leur précieuse amitié. Tout était compliqué, maintenant, et, par-dessus le marché, il devait feindre de ne pas avoir connu l'extase dans les bras de son amie !

Comment un homme comme lui avait-il pu s'exposer à une telle déconvenue ? C'était incroyable. Après tout, le roi s'adressait à lui pour résoudre ses problèmes, non ? Il avait gagné des batailles, fait plier des volontés, écrasé des révoltes. Mais, devant Jenova, tout cela ne lui servait à rien...

Ne pas penser à elle était tout simplement impossible. Ce soir, elle portait une robe couleur de feuilles mortes aux manches vert sombre, qui s'harmonisait parfaitement avec ses yeux. Il ne pouvait pas plus cesser de penser à elle que d'arrêter volontairement de respirer. Tout son être voulait la toucher, la caresser, la posséder... Oui, il la désirait ardemment, sans mesure !

Henry était dans un tel état d'excitation qu'il n'aurait pu se lever, malgré sa longue tunique, sans que les gens remarquent son trouble. Ce n'était pas la joyeuse assemblée des gens du château qu'il voyait, mais le cottage de la tour d'Uther, la danse des flammes et le corps nu de Jenova contre lui. Il se rappelait chacun de ses petits soupirs, de ses gémissements, la façon dont elle s'était ouverte à lui, le tremblement de sa voix lorsqu'elle l'avait supplié de ne pas s'arrêter...

Henry poussa un profond soupir. Il avait promis à Jenova de ne plus penser à ce qui s'était passé. Il devait donc absolument se contenir. À l'autre bout de la table, elle riait, désignant le jongleur en murmurant quelque chose à l'oreille de son fils. Il y avait aussi des acrobates, des chanteurs et un petit homme qui feignait de tomber sur tout le monde. Jenova semblait trouver cela très amusant, car son rire mélodieux résonnait dans la salle, faisant sourire tous ceux qui l'entouraient.

Henry ne voyait qu'elle, n'entendait qu'elle. Il buvait du regard ses joues rosies d'animation, la ligne pure de son front, son petit menton entêté et la façon dont sa robe soulignait sa poitrine. Il se souvenait encore du poids de ses seins dans ses mains…

Il ferma les yeux, faisant un effort surhumain pour ne pas gémir de volupté.

C'était ridicule, à la fin ! Il se conduisait comme un gamin malade d'amour, obsédé par ses sens. Comment pouvait-il la désirer autant ? Il l'avait possédée, et normalement, cela lui suffisait. Mettre une femme dans son lit prouvait qu'il l'avait conquise, qu'il n'était plus l'enfant abandonné d'autrefois, celui dont personne ne voulait et qui allait de parents en parents selon le bon vouloir des uns et des autres. Cela prouvait qu'il était un homme attirant et puissant qui n'avait besoin de personne.

Alors, pourquoi était-ce si différent avec Jenova ?

Il n'avait jamais eu envie de partager la vie d'une femme, lui qui n'avait eu de famille que jusqu'à ses cinq ans. Son père était mort aux croisades et, peu de temps après, sa mère l'avait abandonné pour vivre sa passion mystique. Lorsqu'elle était partie dans son couvent, Henry avait juré de ne jamais donner son cœur à une femme.

Et maintenant qu'il avait la vie qu'il voulait, il n'avait pas l'intention de laisser à une autre créature égoïste et fière la possibilité de le blesser. Égoïste, Jenova ? Il fronça les sourcils. Non, elle ne l'était pas. Au contraire, elle avait toujours été généreuse et attentionnée.

Pourquoi leur relation avait-elle changé ? Pourquoi avait-il eu besoin d'unir sa chair à la sienne ? Avait-il inconsciemment voulu écarter un rival ?

Cela ne lui ressemblait pas. La jalousie n'était pas pour lui un sentiment familier. Il ne savait même pas aimer ! Jenova et lui étaient amis avant tout, il ne devait pas l'oublier. Et si son amie était momentanément devenue aussi sa maîtresse, cela ne se reproduirait pas. Il l'avait promis.

Mais il lui semblait qu'il ne connaîtrait pas de paix avant de la tenir de nouveau dans ses bras… même s'il savait d'ores et déjà qu'il aurait tout de suite envie de recommencer ! À l'instant où cette pensée lui traversait l'esprit, Jenova applaudit les ménestrels et se tourna vers lui en souriant, désireuse de partager sa joie. Mais ce qu'elle vit dans les yeux de son vieil ami figea son sourire sur ses lèvres. Elle posa la main sur sa gorge, comme si elle manquait d'air, et battit des cils, affolée, avant de trouver la force de détourner le regard. Henry, cependant, avait eu le temps de voir que sa main tremblait et qu'elle se mordillait nerveusement la lèvre inférieure pour cacher le trouble qui l'avait envahie.

Elle non plus ne pouvait donc oublier ce qui s'était passé dans la tour d'Uther, se dit-il. Et elle aussi était déchirée entre le désir de recommencer et la nécessité de n'en rien faire…

Si seulement il ne s'était rien passé ! songeait Jenova. Elle s'était juré de ne plus y penser, et elle avait cru y parvenir… jusqu'à ce qu'elle se tourne vers Henry et rencontre son regard brûlant rivé sur elle. Il la désirait avec une telle intensité qu'elle ne pouvait plus se mentir : elle le désirait tout autant !

Au lieu de s'effacer, les moments de plaisir qu'ils avaient partagés envahissaient sa mémoire, et elle n'avait qu'une envie : les revivre, encore et encore, dans le moindre détail. C'était sûrement parce qu'elle était restée chaste trop longtemps, se dit-elle. Cela n'avait rien à voir avec Henry. Il s'était trouvé là au bon moment et, à sa place, n'importe quel homme aurait agi ainsi.

Si elle s'était retrouvée avec Alfric, il se serait passé la même chose.

La conclusion de cette déplorable aventure s'imposait d'elle-même : elle devait organiser son mariage le plus vite possible, afin d'en finir avec cette obsession. Peut-être Alfric accepterait-il de l'épouser sur-le-champ. Si elle lui disait que c'était urgent, il renoncerait même aux absurdes exigences de son père et réglerait rapidement les formalités.

Jenova pinça les lèvres pour ne pas éclater de rire. Elle s'imaginait frappant à la porte d'Alfric après avoir chevauché longuement dans la neige et le suppliant de l'épouser sans attendre, en criant : « Qui sait à quel homme je vais me donner, la prochaine fois, si vous ne m'épousez pas ? »

Puis toute joie la quitta. C'était absurde. Ce n'était pas Alfric qu'elle voulait, ni un autre homme. Ce n'était pas Alfric qui lui avait donné ce plaisir inouï. C'était Henry, et personne, dans toute l'Angleterre, ne pourrait jamais le remplacer. Il s'était passé quelque chose de rare entre eux. C'était comme s'ils avaient allumé une étincelle et que rien ne pouvait plus arrêter l'incendie qui les consumait.

Jenova, châtelaine du domaine de Gunlinghorn, avait perdu tous ses repères. Quelle attitude adopter ? Comment résister à la tentation ?

— Regarde, maman ! s'exclama son fils en désignant les jongleurs.

Jenova lui sut gré de changer le cours de ses pensées torturées. Raf était un petit garçon adorable, et elle avait pour lui de grandes espérances. Bébé, il avait souvent été malade, mais il s'était battu et avait survécu. Elle l'avait soutenu de toutes ses forces. Malgré sa maigreur, il était devenu vigoureux, et son intelligence s'éveillait avec toute la vivacité de son âge. Il saurait affronter son destin comme il avait affronté la maladie, elle en était certaine.

Au milieu du repas, elle l'avait vu aller dire quelque chose à Henry – lequel, elle le savait, n'appréciait pas les enfants. Il pouvait se montrer très égoïste, parfois, mais cela n'ôtait rien à ses talents de guerrier et de conseiller du roi. C'était un homme bon, juste, intelligent, et d'un charme indéniable.

Jenova s'était sentie attirée par lui plus d'une fois, mais elle en avait ri. Ce n'était pas un amant pour elle, avait-elle pensé alors. Au fil des années, leur amitié s'était consolidée. Jamais Henry ne lui avait fait défaut. Comment aurait-elle pu deviner que, cette fois, tout serait différent ?

Elle dévisagea de nouveau Henry, et son cœur bondit dans sa poitrine. Il la regardait aussi ! Une joie immense l'envahit, mêlée de crainte. Ce regard était tellement ardent, tellement lourd de désir ! Avait-il oublié sa promesse ?

Elle pâlit, puis rougit aussitôt. Qu'avait-elle à se comporter comme une vierge effarouchée ? Certes, Henry la dévorait des yeux, et il était évident qu'il se rappelait aussi nettement qu'elle les moments passionnés qu'ils venaient de vivre. Mais ce n'était pas une raison pour perdre toute contenance devant ses gens.

Jenova se détourna brusquement et rabattit son voile sur son visage.

— Vous ne vous sentez pas bien, lady Jenova ? lui demanda Agetha, une de ses dames d'atour.

— Je suis un peu fatiguée, c'est tout, répliqua Jenova dans un murmure, n'osant plus regarder Henry.

Elle qui avait toujours eu tellement de sens pratique, qui avait toujours fait ce qu'il fallait, ne parvenait plus à avoir une conduite digne de la châtelaine de Gunlinghorn !

Mortred lui-même n'avait guère eu une conduite digne du maître de Gunlinghorn, songea-t-elle brusquement. Il lui avait menti, traitant leur mariage et leur amour avec le plus grand mépris. Après tout, pourquoi ne serait-elle pas libertine, elle aussi ? Son futur mariage avec Alfric était en partie destiné à lui permettre de dire adieu à la femme en elle que Mortred avait bafouée. Et s'il existait une autre forme de vengeance, qui l'aiderait à effacer de sa mémoire les humiliations de son époux ? Et si elle cédait à cette passion interdite ?

Vouloir rester chaste avec Henry tenait de la gageure, et, en réalité, cela ne faisait que renforcer leur désir. Si elle s'abandonnait à cette folie, elle finirait rapidement par s'en lasser. Elle se vengerait ainsi de Mortred, mais d'une façon bien plus agréable qu'en se mariant avec Alfric…

— Lady Jenova ? insista Agetha en la fixant d'un œil désapprobateur. Vous semblez distraite.

Jenova plongea le regard dans les yeux bleus un peu globuleux de sa suivante.

— Je réfléchissais à un problème, Agetha. Mais maintenant, j'ai trouvé la solution.

Voyant qu'Agetha semblait sur le point de la questionner plus avant, Jenova se tourna vers un serviteur et demanda qu'on remplisse les pichets de vin. Elle ne parlerait de sa décision à personne. Cela ne regardait qu'elle.

Et Henry…

Étendu dans l'obscurité, Henry cherchait en vain le sommeil. La raison de son insomnie se trouvait à l'étage en dessous, probablement endormie, tout alanguie dans son lit, mais il ne pouvait la rejoindre. Il était un invité dans le château de Jenova, et il avait promis de la laisser tranquille. Il était donc hors de question qu'il se rue dans sa chambre au milieu de la nuit comme un ours en rut !

Il n'aurait pas dû la regarder ainsi, à table. Même s'il était vexé qu'elle ait décidé de le repousser, il n'aurait pas dû la provoquer. Mais il avait voulu qu'elle sache que lui, au moins, n'oubliait pas leur moment de passion. Pendant une fraction de seconde, il avait presque cru qu'elle ressentait la même chose que lui. Puis elle s'était détournée, et le charme s'était rompu.

Qui eût cru que le grand séducteur Henry de Montevoy en arriverait là un jour ? Lui à qui aucune femme ne résistait avait été contraint de renoncer à celle qui lui donnait le plus de plaisir !

Henry gémit et se tourna dans son lit, maudissant l'érection qu'il ne pouvait apaiser. Certes, il aurait pu envoyer Reynard lui chercher une prostituée, mais il ne voulait pas d'une femme vénale. Pour la première fois de sa vie, il préférait ne pas satisfaire son désir.

Soudain, il entendit la porte de la chambre s'ouvrir très doucement. Aussitôt, il se pencha et saisit son épée, qu'il gardait toujours près de son lit, puis rejeta la couverture. Il se leva, entièrement nu, campé devant son lit, attendant l'intrus.

À cet instant, la flamme d'une chandelle vacilla dans l'ouverture de la porte, éclairant une fine silhouette. Deux longues tresses brunes encadraient un visage dont il ne voyait que la tache pâle dans l'obscurité. La femme avait jeté un châle sur ses épaules. Malgré cela, Henry distingua la forme du corps de Jenova sous la chemise, tandis qu'elle entrait sans bruit dans la chambre et se tournait à demi pour fermer la porte.

Henry contemplait avec ravissement sa taille étroite, les pointes roses de ses seins sous le tissu fin, l'ombre brune nichée entre ses jambes.

— Jenova ? murmura-t-il. Pourquoi êtes-vous venue ?

— Vous le savez bien.

— J'espère que vous ne vous êtes pas imaginé que je serais fort et que je vous renverrais dans votre chambre. J'en suis incapable.

Elle s'approcha, et il sentit son parfum. Son corps se raidit aussitôt, sa gorge se dessécha.

— Jenova, gémit-il, je vous en prie !

— Je ne vous demande pas d'être fort, dit-elle d'un ton tranquille.

N'avait-elle donc aucune idée du supplice qu'elle lui infligeait ? Elle était si près qu'il mourait d'envie de la saisir dans ses bras et de la jeter sur le lit !

— Vous avez allumé un feu en moi, poursuivit-elle. J'ai cru pouvoir l'éteindre, mais... je vois que c'est impossible. Nous devons au contraire nous abandonner à cette folie. Une fois que nous aurons assouvi notre désir, nous serons délivrés.

Le raisonnement de Jenova était très sensé, mais Henry devinait que ce n'était pas la seule raison qui l'animait. Il y avait autre chose dans les yeux verts qui le contemplaient... Que lui cachait-elle ? Il tenta d'y réfléchir, mais en vain. Jenova venait lui offrir son corps, et il ne pouvait tout simplement pas résister...

Avant qu'elle ait pu changer d'avis, il lui tendit les bras, et elle s'y glissa en souriant, éteignant la chandelle d'un souffle.

Jenova l'avait rejoint, de son plein gré ! Elle était à lui, et il n'allait certainement pas se priver du plaisir qu'elle lui donnait. La vie ne faisait pas de tels cadeaux si souvent !

6

Impossible de revenir en arrière, maintenant, songea Jenova, tremblant de désir sous le tissu fin de sa chemise. Même si elle l'avait voulu, Henry ne l'aurait sûrement pas laissée partir… Elle sentait son érection contre elle, urgente, ardente. Comme elle posait la main sur son sexe pour le caresser, il s'empara de sa bouche, tout en glissant les mains dans ses longs cheveux. À cet instant, elle fut certaine d'avoir pris la bonne décision.

En regagnant sa chambre, ce soir, elle avait lutté encore contre le désir de le rejoindre. Pourquoi ne pas attendre le matin ? La nuit portait conseil, disait-on. Et puis, elle était tout de même la châtelaine de Gunlinghorn. Pouvait-elle donner la priorité à la passion sur la raison ?

Elle avait fait les cent pas dans sa chambre, pesant le pour et le contre, avant de comprendre qu'attendre ne servait à rien. Ce qui s'était passé entre Henry et elle dans la tour d'Uther avait changé sa vision des choses ; elle n'avait plus la volonté de résister. Elle désirait Henry, elle le voulait immédiatement et, pour une fois dans sa vie, elle se permettrait d'avoir du plaisir. Quel mal y avait-il à cela ?

Les mains de Henry suivirent la courbe de son dos à travers le châle soyeux, et il attira les hanches de la jeune femme contre lui, s'encastrant exactement entre les jambes de Jenova. Elle gémit, le corps frémissant de plaisir.

Il recula alors, soucieux de ne pas brûler les étapes, et saisit les seins ronds de Jenova dans ses mains pour caresser leurs pointes dressées. Jenova se cambra aussitôt et noua les bras autour de la nuque de Henry.

— Vous êtes si belle, murmura Henry. Pourquoi ne m'en suis-je jamais rendu compte avant ?

— Vous êtes très beau, répliqua-t-elle. Mais moi, je l'ai toujours remarqué.

Il rit, surpris, et frotta sa joue rugueuse contre le satin de sa gorge.

— Pas au point de me trouver irrésistible, murmura-t-il. N'est-ce pas, ma douce ?

— Si vous voulez dire que je ne me suis jamais pâmée à vos pieds, c'est exact. Ce n'est pas mon genre.

— Pas même si je fais ceci ? insista-t-il.

Il recula et, sans quitter la jeune femme des yeux, caressa la chair soyeuse entre ses jambes, explorant les plis délicats, glissant un doigt dans l'intimité humide.

— Non, pas même avec ça, répliqua-t-elle d'une voix rauque.

Il sourit et continua sa voluptueuse caresse.

— Il y a un feu en vous qui ne peut s'éteindre, chuchota-t-il. À moins…

— À moins ? répéta Jenova dans un souffle.

— À moins qu'un homme fort et vigoureux ne s'en charge.

— Un homme comme vous ?

Où trouvait-elle la force de répondre, quand tout son corps était entraîné dans un vertige de folles sensations ? Ses jambes la soutenaient à peine. Henry se pencha pour déposer une myriade de baisers dans son cou, la faisant frissonner d'excitation. Elle caressa son torse, son dos, s'émerveillant de la dureté de ses muscles. Il avait un corps de soldat. Il avait beau s'habiller comme un courtisan, prétendre être un chevalier, Henry était avant tout un guerrier.

— C'est ici, le cœur du brasier, murmura-t-il en enfonçant un doigt en elle, tout en continuant à presser le fin bouton de chair qui la faisait frémir de plaisir.

Elle bougea contre lui, la bouche entrouverte, et lorsqu'il se pencha pour prendre la pointe d'un de ses seins dans sa bouche, un cri lui échappa :

— Henry !

— Allons sur le lit, ma douce, chuchota-t-il.

Il s'écarta et repoussa le châle ainsi que la chemise de la jeune femme. Sa peau laiteuse, si pure, si claire, luisait dans l'ombre comme une matière précieuse. Elle recula, se laissa tomber sur le lit tandis qu'il s'agenouillait devant elle.

Devait-elle lui permettre tout cela ? se demanda-t-elle. N'allait-elle pas devenir l'esclave de leur passion ? Mais elle n'eut pas le temps d'y réfléchir plus avant. Il écarta doucement ses cuisses, posa sa bouche brûlante sur son intimité moite, et Jenova cessa tout à fait de penser. Tout son corps vibrait de volupté tandis que la langue de Henry caressait sa chair. Elle s'arc-bouta et cria, sans se soucier de qui pouvait l'entendre. Et avant qu'elle ait pu se remettre du plaisir qui l'avait traversée, il entrait en elle, répandant de nouveau dans son esprit le brouillard délicieux de leur passion.

Tous ses doutes s'effacèrent, laissant place à la magie des sens. Elle n'était plus qu'une femme, appelée Jenova, que Henry entraînait vers des hauteurs insoupçonnées. Lorsqu'elle reposa enfin calmement entre ses bras, elle tenta de revenir à la réalité.

— Je crois que je n'ai jamais eu autant de plaisir. Oh, j'ai été comblée de multiples façons… mais jamais ainsi, Henry. Pas même avec Mortred. Vous connaissez des secrets qu'ignorent les autres hommes. Vous m'avez jeté un sort, et c'est pour cela que je ne peux pas vous résister.

Henry ne put s'empêcher de rire.

— Si c'est ce que vous voulez croire, ma douce, alors oui, je suis un sorcier ! répondit-il en effleurant paresseusement de ses doigts la peau satinée de la jeune femme.

Il l'embrassa et la fit rouler sur lui afin qu'elle le chevauche.

— Je n'ai aucun secret de séduction, Jenova, chuchota-t-il, de nouveau sérieux. Je ne jette pas de sortilège… La magie vient de nous deux, ensemble.

— Est-ce que cela finira ?

Il crut déceler une certaine crainte dans la voix de sa compagne.

— Bien sûr, Jenova. C'est un feu de paille que celui de la passion. Bientôt, il s'éteindra, et nous serons las l'un de l'autre.

Elle lutta contre le chagrin.

— Nous devons donc savourer chaque seconde de notre histoire, n'est-ce pas ?

— Oui, Jenova. Profitons-en, car elle durera peu.

Il effleura sa bouche de ses lèvres, doucement d'abord, puis avec un désir croissant. On aurait dit qu'il voulait la dévorer, songea Jenova, et elle ne demandait pas mieux. Toujours au-dessus de lui, elle le laissa prendre possession de son corps, mais c'était elle, maintenant, qui bougeait sauvagement dans une danse folle, au rythme de leurs gémissements voluptueux. Ils gravirent de nouveau les sommets de l'extase, éblouis comme devant la découverte d'un monde nouveau, et sombrèrent ensemble dans un sommeil béat, où leurs membres entremêlés se cherchaient encore.

Henry se réveilla au petit jour. Pour la première fois depuis des années, il n'avait pas fait de cauchemar, cette nuit. La pâle lumière du matin filtrait entre les fentes des volets, traçant des rayures sur le lit. Il crut tout d'abord que c'était la lumière qui l'avait réveillé, puis il sentit une main chaude, serrée dans la sienne, qui le tirait hors du lit. Qui osait le réveiller après une nuit aussi passionnée ? Il était épuisé, il avait besoin de dormir… Mais on ne cessait de le tirer et il finit par se redresser, hirsute, les paupières lourdes.

Un petit garçon se tenait près du lit. Ses yeux verts scintillaient d'impatience, et il souriait avec une détermination obstinée qui lui rappelait quelqu'un… L'enfant avait la bouche de Jenova.

— Lord Henry, chuchota-t-il. Vous m'avez dit de vous réveiller pour que vous puissiez me voir monter mon poney !

Comment aurait-il pu faire une promesse aussi ridicule ? Henry ferma les yeux. Il se souvenait vaguement de cette histoire, mais c'était avant que Jenova vienne dans sa chambre et le laisse exténué, comme un naufragé échoué sur une plage. Il sourit en se rappelant la volupté de la nuit, et l'enfant se méprit, prenant son sourire pour un encouragement.

— Lord Henry ! insista-t-il. Venez ! Vous avez promis !

Sûrement pas, se dit Henry en soupirant. Mais il avait peut-être donné cette impression au garçonnet, et de toute façon, ce dernier ne le laisserait pas tranquille. Il se leva donc, à regret, et commença à s'habiller.

Il était vraiment très tôt. Seuls quelques serviteurs étaient déjà levés lorsque Henry et Raf pénétrèrent dans la grande salle. Dehors, dans la cour, l'air était vif, rougissant les joues de l'enfant et amenant des larmes aux yeux de Henry. Comment pouvait-il se laisser entraîner ainsi, lui, le conseiller du roi, le vainqueur de tant de batailles ? Tout ce qu'il voulait, c'était rester dans son lit bien chaud et penser à Jenova.

Devant l'écurie, un maréchal-ferrant qui conduisait un cheval vers la forge salua respectueusement Henry d'un signe de tête, avant d'adresser un sourire affectueux à Raf. Deux servantes, les bras pleins de linge à laver, pouffèrent et plongèrent dans de brèves révérences devant Henry mais roucoulèrent devant Raf. Malgré sa mauvaise humeur, Henry ne put s'empêcher de sourire. Apparemment, Raf était très populaire à Gunlinghorn ! C'était bon signe, pour celui qui deviendrait un jour le maître du domaine. Dans l'écurie, l'air sentait le renfermé et l'odeur forte des chevaux.

Ils passèrent devant plusieurs stalles. Raf connaissait le nom de chacun de leurs occupants et apprit à Henry qui montait tel ou tel, et combien de fois par semaine. Il était très informé pour un si jeune enfant, mais Henry ne s'en étonna pas. Lui aussi avait hanté les écuries quand il était petit. Mais jamais il n'avait réveillé personne pour l'y accompagner…

— C'est lui, mon poney ! s'exclama fièrement Raf en s'arrêtant devant la dernière stalle du bâtiment.

Henry retint une grimace. Le poney en question était adulte depuis belle lurette et tenait plus du cheval de trait que de l'étalon ! Rien à voir avec une monture digne de l'héritier de Gunlinghorn… Si Mortred avait été vivant, nul doute qu'il n'aurait pas ridiculisé son fils avec ce canasson. Jenova devait avoir peur que son fils se fasse mal, pour lui donner une monture aussi placide.

Henry tenta de dissimuler sa réprobation, car Raf le dévisageait avec attention. Mais c'était trop tard.

— Il ne vous plaît pas, dit l'enfant, les yeux pleins de larmes.

Henry était terrifié. « Ne pleure pas ! songea-t-il. Pour l'amour du Ciel, ne pleure pas ! »

— Mais si ! Il est très beau, vraiment. Et… sûrement très loyal. Tranquille aussi, je suppose.

L'enfant lui jeta un regard soupçonneux.

— Oui, très tranquille, reconnut-il. C'est bien, pour un cheval ?

— Dans certains cas, oui. Et… est-il lent, aussi ?

— Maman dit que c'est très bien d'aller lentement et que même le fils d'un lord doit grandir un peu avant de pouvoir monter un cheval rapide.

Tout en récitant ses sages propos, il contemplait l'étalon de Henry d'un air envieux. Henry se souvenait d'avoir regardé ainsi un destrier chez un parent qui l'avait recueilli. Comme il aurait aimé monter ce cheval, alors ! Il venait errer tous les jours dans l'écurie, obsédé par le désir de galoper sur une telle monture. Dans cette maison, personne ne le remarquait, personne ne semblait se soucier de lui, et le jour où il s'était retrouvé seul avec l'étalon, il n'avait pu résister à la tentation.

Dans un instant d'audace folle, il avait grimpé dans la stalle et sauté sur le dos de l'animal, tentant de l'enserrer entre ses jambes. Le destrier, fort irascible et beaucoup trop nerveux pour lui, avait foncé hors de la stalle, écrasant sa porte au passage. Accroché à sa crinière, Henry avait fait une course folle autour de la cour, avant d'être projeté sur un tas de fumier. Humilié, il avait été la risée de tous les serviteurs, et le seigneur du château l'avait battu comme plâtre pour le punir de sa témérité.

Cela faisait bien longtemps qu'il n'avait plus pensé à cet épisode ! Ce n'était pas son meilleur souvenir, certes, mais ce n'était pas le pire non plus. Cela lui rappelait qu'il avait été jeune, comme Raf. Il s'était cru invincible et avait voulu grandir trop vite. Il aurait pu se tuer. Si le seigneur du château avait été plus observateur, il lui aurait permis de monter le destrier avec un cavalier plus expérimenté.

Henry contempla le petit garçon fasciné par l'étalon. Fallait-il prendre le risque que cette histoire se répète avec le fils de Jenova ? Peut-être pouvait-il faire pour Raf ce que le lointain parent de son enfance n'avait pas fait pour lui…

— Aimerais-tu monter sur mon cheval ? demanda-t-il sans y réfléchir davantage.

Le visage de l'enfant s'illumina.

— C'est vrai ? Je peux ?

Si Henry avait été tenté de changer d'avis, l'expression de Raf l'en aurait empêché. Comment refuser cette faveur à un enfant aussi enthousiaste ? Sa mère n'y verrait sûrement pas d'inconvénient… Si ses souvenirs étaient bons, Jenova était aussi téméraire que lui-même, autrefois, et montait les chevaux de son père pour de longues promenades qui ne cessaient d'inquiéter le pauvre homme.

Mais Jenova était aimée de ses parents, et ils lui passaient beaucoup de choses. Il en avait été bien autrement pour Henry.

— Viens, alors, bougonna-t-il en se dirigeant vers la stalle de l'étalon.

Le cheval s'avança pour renifler la main de Henry, à la recherche de quelque friandise.

— Comment s'appelle-t-il ? demanda Raf, captivé.

— Lamb, répondit Henry en souriant.

— Et il est gentil ?

— Je suis certain qu'il le sera avec nous.

Raf acquiesça. L'enfant avait confiance en lui, songea Henry, soudain anxieux. Il n'avait aucune envie d'être un ange gardien, ni de servir de nounou au fils de Jenova. Ce n'était pas un rôle à sa hauteur, et il ne voulait pas de cette responsabilité. Et pourtant, n'était-ce pas exactement ce qu'il s'apprêtait à faire ?

— Tiens-toi à l'écart pendant que je le selle, ordonna-t-il.

Lamb était d'excellente humeur et sortit de l'écurie sans faire ses ruades habituelles. À l'entrée, Henry remarqua un panier de chatons près de la porte. Leur mère fit le gros dos d'un air menaçant, mais Lamb feignit de ne pas la voir et sortit calmement dans la cour.

Une fois dehors, Henry installa le garçonnet sur la selle. Raf dut s'accrocher au rebord, car il glissait.

— Tiens bien les rênes ! ordonna Henry en faisant avancer doucement l'étalon.

Raf lui adressa un sourire éblouissant. Avait-il manqué à ce point de compagnie masculine, pour trouver tant de plaisir à faire le tour de la cour au pas, sur un étalon ? Henry regarda autour de lui. Seuls deux ou trois domestiques vaquaient à leurs occupations...

Pourquoi ne pas conduire l'enfant jusqu'à la porte du château ? Ce serait une promenade plus intéressante, et ils ne gêneraient personne.

Henry mit le pied dans l'étrier et sauta en selle derrière Raf.

— Tu es prêt ? demanda-t-il en glissant un bras autour de l'enfant pour le tenir fermement contre lui.

Raf opina du bonnet et tourna la tête pour regarder Henry d'un air émerveillé.

D'un petit coup de talon, Henry fit partir son cheval au trot, en direction de la grande porte.

— Il est vraiment grand, murmura Raf, dont la voix tressautait avec les cahots du cheval. Et très rapide, aussi !

Henry sourit, amusé.

— Oui, trop rapide pour toi, mon garçon. Mais quand tu seras grand, tu auras un cheval comme le mien.

L'enfant en resta bouche bée.

— Vous me le jurez, lord Henry ?

Quelle mouche l'avait piqué ? se demanda Henry. Pourquoi avait-il dit une chose pareille à cet enfant, qui prenait ses paroles pour argent comptant ? Il n'avait aucune idée de ce que serait l'avenir de ce garçonnet. C'était le fils de Jenova, pas le sien. Pourtant, il avait envie de le rassurer, de le faire sourire, de lui donner ce que lui, Henry, n'avait pas eu. Et soudain, ce désir-là prit le pas sur la prudence la plus élémentaire.

— Je te le jure, dit-il.

Raf était aux anges, et Henry complètement éberlué. Il n'avait encore jamais pensé qu'on puisse être heureux de faire sourire un enfant ! Peut-être avait-il tort de ne pas vouloir être père, après tout – il avait toujours rejeté cette idée, de peur de faire souffrir comme il avait souffert. Et si, au contraire, cela lui permettait de donner ce qu'il n'avait pas reçu, de se réconcilier avec sa propre enfance dévastée ?

Un peu plus tard, Jenova s'immobilisa sur le seuil de l'écurie, sidérée. Elle avait cherché Henry partout dans le château, et il était là, assis sur une barrique près du brasero, dans l'écurie, avec son fils. Leurs têtes se touchaient presque, et ils étaient penchés sur quelque chose. Raf s'appuyait contre Henry, confiant. Elle eut l'impression que son cœur allait s'arrêter de battre.

Qui aurait cru que Henry serait si disponible pour un enfant ? Il n'avait jamais manifesté le moindre intérêt pour Raf, jusqu'ici. Et Jenova, tout en adorant son fils, avait accepté cette indifférence, comme elle acceptait les autres défauts de Henry. Elle n'avait jamais cherché à le changer.

Elle reprit ses esprits et s'avança vers eux. Dehors, la neige avait cessé de tomber, et un vent vif avait chassé les nuages. Même dans son manteau de laine et son capuchon de fourrure, elle frissonnait de froid. Raf avait-il assez chaud ? Il risquait de s'enrhumer…

— Raf ?

Il leva les yeux et lui sourit gaiement. Elle se sentit fondre, comme chaque fois qu'elle le regardait. Son enfant était toute sa vie, et elle ne ferait jamais rien qui puisse menacer son avenir. C'était pourquoi, avant de se marier, elle s'assurerait que lord Baldessare ne puisse jamais avoir le moindre pouvoir sur lui ni sur elle, même si Alfric mourait prématurément.

— Regarde, maman ! s'exclama Raf en désignant les mains de Henry. Raven a eu des bébés !

Jenova s'approcha. Henry tenait plusieurs petits chatons nouveau-nés. À ses pieds, Raven, une grosse chatte noire aux yeux verts, le surveillait attentivement.

— C'est ce que je vois, murmura Jenova.

Henry lui adressa un sourire ironique, comme s'il se moquait de lui-même, tandis que Raf sautillait autour de lui, surexcité. Jenova était pétrifiée. C'était si étrange, si émouvant et si inattendu, de voir Henry avec son fils et les chats, comme s'ils formaient une vraie famille…

Soudain, son cœur se serra. Ils n'auraient jamais l'occasion de devenir cette famille.

— Tu n'as pas froid, Raf ? demanda-t-elle d'une voix enrouée.

— Non ! Nous nous sommes promenés, maman ! s'écria l'enfant.

Puis il jeta un bref coup d'œil à Henry, comme s'il craignait d'avoir révélé un secret.

— Quoi ? s'exclama Jenova. Tu as monté ton poney ? Tout seul ?

— Non... répondit Raf en interrogeant toujours Henry du regard. Lord Henry m'a pris sur son étalon. Il va beaucoup plus vite que mon poney. Il s'appelle Lamb et il est très gentil, mais il ne faut pas que je le monte tout seul. Enfin, pas maintenant. Un jour, quand je serai grand, j'aurai un cheval comme Lamb !

— Vraiment ? répliqua Jenova, prise de vertige.

Que diable avaient-ils fabriqué, tous les deux ? Que s'était-il passé, en si peu de temps ? Et d'où son fils tenait-il une telle assurance ?

— Agetha te réclame, poursuivit-elle. Il est temps d'aller prendre ton petit déjeuner.

— Mais, maman...

— Tout de suite, Raf. Les chatons de Raven seront encore là quand tu auras fini de manger.

Raf baissa la tête et obéit sans plus protester. Henry remit les chatons dans le panier près du brasero, et leur mère commença aussitôt à les lécher pour chasser l'odeur offensante de cet humain trop curieux.

Jenova continua de regarder Henry en silence, tentant de ne pas se laisser troubler par les cheveux bouclés qui lui balayaient le front, ses joues assombries par une barbe naissante, sa bouche sensuelle qui lui souriait. Il avait l'air très touchant, mais c'était toujours le même guerrier farouche et indépendant. Il n'avait pas changé du jour au lendemain parce qu'ils étaient devenus amants. Inutile de se leurrer et de croire que Henry était parfait pour elle, ou qu'il était le père dont Raf avait besoin. Si elle commençait à caresser ce rêve, elle risquait de bien cruelles désillusions.

— Vous auriez dû renvoyer Raf dans mes appartements s'il vous ennuyait, Henry.

— Il ne m'ennuyait pas.

Jenova tenta de déchiffrer l'expression de Henry, mais il continuait à observer les chatons, le front plissé. Sur une impulsion, elle tendit la main et repoussa une boucle brune sur son front. Il lui adressa un regard surpris, puis lui prit la main pour l'attirer vers lui. Sa peau était chaude, et elle sentait son odeur d'homme encore ensommeillé. Un élan de désir soudain la fit frissonner de la tête aux pieds.

— Vous avez froid ? demanda Henry.

Leurs regards se croisèrent, et elle vit que le désir flambait aussi dans ses yeux.

— Un peu... murmura-t-elle.

Henry se redressa souplement et l'attira dans ses bras. Jenova retint son souffle. Ils étaient seuls dans l'écurie, mais n'importe qui pouvait entrer à tout moment. Elle tenait donc si peu à sa réputation ? Les serviteurs de Gunlinghorn et ses dames d'atour seraient choqués d'apprendre que la châtelaine avait pris un amant. Sans parler d'Alfric... Que dirait-il ? Soudain, tout semblait très, très compliqué.

— Qu'allons-nous faire, Henry ? murmura-t-elle.

Il effleura du doigt la joue satinée de la jeune femme.

— Laissons les choses suivre leur cours, ma douce. Cela finira tout seul, vous verrez.

— En êtes-vous certain ?

— Le désir ne dure jamais longtemps.

Disait-il vrai ? Elle n'avait jamais ressenti une telle passion physique pour un homme. Mais il devait savoir de quoi il parlait. Il lui caressait le cou, à présent, et elle leva la tête vers lui. Leurs bouches se cherchèrent aussitôt, avec la même ardeur que la veille.

— Viendrez-vous me voir, ce soir ? chuchota-t-elle.

— Quand et où vous voudrez, ma douce...

Elle dut faire un énorme effort de volonté pour s'arracher à l'abri des bras de Henry et regagner le donjon. Mais lorsqu'elle retraversa la cour glacée, elle ne sentit même pas le froid.

7

Lord Baldessare et sa famille étaient attendus à Gunlinghorn pour un festin que lady Jenova donnait en leur honneur. Ils passeraient la nuit au château et rentreraient chez eux le lendemain matin. La date avait été fixée depuis longtemps et, malgré son envie de relever le tablier du pont-levis à l'approche des Baldessare, Henry savait qu'il devait faire bonne figure.

Même le temps conspirait contre lui, car la journée était radieuse. Quelle belle promenade il aurait pu faire avec Jenova ! songea-t-il, irrité. Ils se seraient arrêtés à la tour d'Uther au retour, pour revivre les instants magiques de leur première fois.

Son impatience n'était pas sans cause. Cela faisait déjà deux jours que Jenova se consacrait aux préparatifs du festin. Les serviteurs étaient à bout de nerfs, et Henry avait à peine vu la jeune femme… Heureusement, il y avait eu l'interlude dans le magasin aux herbes. À ce souvenir, le visage de Henry s'éclaira. Il avait surpris Jenova dans la petite pièce bien close, entourée de sirops et de conserves, dans l'odeur des bouquets de romarin, de sauge et de thym suspendus à des crochets. Sur les étagères, une multitude de pots contenaient des remèdes pour l'hiver, comme la marrube blanche qui, mélangée à du miel, servait à soigner la toux, ou guérissait les engelures mêlée à de la graisse d'oie.

La pièce était fraîche et sombre, uniquement éclairée par une chandelle placée sur la table où Jenova travaillait. Elle avait retroussé ses manches et pilait des feuilles de camomille séchées dans un mortier.

Henry était resté un long moment à l'observer. Il aimait le mouvement de ses bras, la torsion de son corps et de sa poitrine dans l'effort. Elle ne portait pas de manteau et avait ôté son voile. Sa chevelure était ramassée en une tresse épaisse qui retombait sur sa hanche.

— Que faites-vous, ma douce amie ?

Il avait parlé calmement, mais elle avait sursauté de surprise.

— Henry ! s'était-elle écriée en s'essuyant le front du revers de la main.

Des mèches de cheveux étaient collées à ses tempes. Elle avait rougi, et Henry l'avait trouvée tout simplement adorable.

— Je prépare un remède pour lord Baldessare, avait-elle expliqué. Alfric dit que son père est affligé de pénibles maux de tête.

Elle s'était détournée, l'air embarrassé. Rien d'étonnant à ce que Baldessare ait mal à la tête : sa conscience devait le tourmenter, s'était dit Henry. Mais il s'était tu, de peur de perturber la jeune femme. Il voulait simplement la regarder, la toucher… Il s'était approché et avait glissé les mains autour de la taille de Jenova, avant de déposer des baisers dans le creux de son cou. Elle s'était adossée à lui avec un petit gémissement, oubliant le mortier et la camomille.

Les mains de Henry avaient glissé sur les seins de la jeune femme et caressé les pointes tendues de ses mamelons sous la robe de laine.

— Quelqu'un pourrait entrer, avait-elle chuchoté d'une voix rauque.

Ignorant sa remarque, il s'était baissé, puis s'était agenouillé près d'elle et avait soulevé sa robe pour sentir sous ses mains la peau nue et lisse de ses cuisses. Il s'était aventuré plus loin. Elle était humide et chaude, ouverte à ses caresses.

— Henry ! avait-elle soufflé en se cabrant, frémissante.

— Chut, ma douce… avait-il murmuré contre sa peau brûlante. Détendez-vous.

Le corps de Jenova bougeait au rythme des doigts qui la caressaient, et Henry l'avait menée jusqu'au sommet de l'extase. Elle s'était alors abattue contre lui en étouffant un cri de volupté.

Son propre corps demandait à être satisfait, lui aussi, mais il s'était contenté d'embrasser la bouche de Jenova. Étrangement, c'était la première fois qu'il ne demandait rien en échange.

Pourquoi ? s'était-il interrogé durant les heures qui avaient suivi, et même le lendemain. Était-ce parce qu'il avait su, dans la petite pièce silencieuse et parfumée, que Jenova n'appartenait qu'à lui ? Pas à Alfric ni à Mortred. C'était lui qui la faisait gémir et trembler, qui voyait la volupté se peindre sur ses traits, la surprise émerveillée dans son regard lorsqu'elle était satisfaite.

Pourtant, s'il en croyait son expérience, toutes les passions avaient une fin. Jenova lui avait dit qu'elle s'y était préparée, mais lui-même ne parvenait pas à l'imaginer. En tout cas, il était sûr d'une chose : il n'avait aucune envie de faire des politesses aux Baldessare.

Jenova avait organisé un banquet fastueux, et les tables croulaient sous les mets les plus divers. La grande salle avait été décorée de gui et d'autres plantes hivernales, donnant une touche gaie aux murs austères, tandis qu'un beau feu flambait dans la cheminée. On n'aurait pu rêver décor plus charmant, mais les invités l'étaient moins. Le festin venait à peine de commencer, et Henry souhaitait déjà qu'il soit terminé.

Le vieux Baldessare ne cessait de l'attaquer, et ce sans aucun tact. Et Henry avait beau sourire comme si les piques de son voisin étaient de bonnes plaisanteries, les insultes que marmonnait le vieil homme devenaient de plus en plus imprudentes.

— Le roi est devenu faible. Il laisse ses favoris régner à sa place et ferme les yeux sur leur cupidité, déclara-t-il avec grossièreté.

Henry haussa les sourcils.

— Il récompense la loyauté et l'effort, Baldessare. Vous appelez cela de la faiblesse ? Pour moi, c'est du bon sens.

— Trop d'hommes ne reçoivent jamais les récompenses qu'ils méritent. Comment rester loyal lorsque d'autres n'ont qu'à se baisser sans rien faire pour prendre ce qui revient à ceux qui ont servi fidèlement le roi ?

Lord Baldessare était un homme petit et trapu, aux cheveux gris coupés ras. Son visage tanné, à l'expression dure et amère, abritait de petits yeux gris très enfoncés, au regard froid. Il avait l'air de quelqu'un qui n'est jamais content de ce qu'il a et envie toujours les possessions du voisin.

— Peut-être ces soi-disant fidèles auraient-ils intérêt à se demander ce qu'ils ont fait pour déplaire à leur roi, dit Henry, au lieu de se consumer de jalousie. Si ces hommes-là prenaient le temps de réfléchir avant de parler, nous dormirions tous beaucoup mieux.

Baldessare eut un grognement dégoûté.

— Ah ! Vous avez beau visage et bonne langue, lord Henry. Le roi aime vos mots d'esprit, je n'en doute pas. Il préfère ça aux discours sensés. Il ferait bien de se pencher un peu plus sur votre passé. Il verrait alors ce qui s'y cache.

Henry sentit son sang se glacer dans ses veines. Il tenta de dissimuler son trouble en souriant à Baldessare d'un air désabusé. C'était idiot de se laisser décontenancer ainsi. Baldessare ne pouvait rien savoir. Il faisait l'âne pour avoir du son, espérant que Henry lui confierait quelque chose qu'il pourrait ensuite utiliser contre lui. Oui, ce devait être ça. Il ne pouvait savoir à quel point il était tombé juste.

— Père, ne trouvez-vous pas que le fils de lady Jenova a beaucoup grandi ? Savez-vous, lady Jenova, que mon frère Alfric adore les enfants ? Ils le lui rendent bien, d'ailleurs.

La voix mélodieuse de lady Rhona était aussi déplacée, dans cette atmosphère tendue, qu'un rire d'enfant lors d'une pendaison. Henry but une longue gorgée de vin et vit Baldessare jeter un coup d'œil menaçant à sa fille, qui fit mine de ne rien remarquer et continua de bavarder gaiement avec Jenova.

Agetha, qui ne perdait pas une miette de la conversation, se hâta de dire que Raf était très obéissant et ne causerait aucun souci à Alfric, ce qui lui valut à son tour un regard furieux de Jenova.

Quant à Raf, assis près de sa mère, il regardait Henry de sous le bras de sa mère comme un prisonnier à travers les barreaux de sa cellule. L'enfant sourit et roula des yeux, et Henry lui rendit sa grimace. Il savait exactement ce que Raf devait ressentir. Lui aussi aurait donné n'importe quoi pour fuir dans un coin tranquille, un endroit où il aurait pu apaiser la tempête que Baldessare avait provoquée en lui et repousser dans l'oubli les noirs fantômes du passé.

Jenova l'observait, perplexe.

— Lord Henry ? dit-elle. Qu'y a-t-il ?

À l'évidence, elle avait deviné son tourment à l'expression de son visage, songea-t-il. Il lui avait parlé de la terre que le roi lui avait donnée alors que Baldessare la convoitait, et l'agressivité du vieil homme à son égard ne lui avait certainement pas échappé. Mais il se demandait aussi si leur nouvelle intimité ne la rendait pas plus consciente de ses émotions profondes. À moins qu'il n'ait moins de talent qu'autrefois pour dissimuler ce qu'il ressentait.

— Lady Jenova, je vous prie de nous excuser, lord Baldessare et moi-même. Nous nous sommes laissé entraîner par nos souvenirs de la cour de Londres, murmura-t-il.

Baldessare émit un grognement.

Jenova le regarda sans rien dire, puis reporta son attention sur Henry.

— Londres est bien loin, lord Henry. Ne pouvez-vous l'oublier pour les charmes de Gunlinghorn ?

Henry baissa la tête pour cacher son sourire. Les charmes de Gunlinghorn valaient tous les plaisirs de la cour, songea-t-il. Et lorsque Jenova prenait son petit air sévère, il mourait d'envie de l'embrasser. D'ailleurs, elle dut le sentir, car elle se détourna en rougissant et sourit à Alfric.

Henry adressa un clin d'œil à Raf, qui pouffa, au grand dam d'Agetha. Toutes les dames d'atour de Jenova appréciaient Henry, hormis cette jeune femme. Savait-elle qu'il était l'amant de sa maîtresse ? Peut-être n'approuvait-elle pas leur relation, ou bien préférait-elle Alfric, s'il en jugeait par les regards attendris qu'elle lui jetait à tout instant.

Henry soupira et balaya l'assemblée du regard. C'est alors qu'il s'aperçut que lady Rhona le dévisageait avec insistance. Il tressaillit sous son regard velouté et lourd de sous-entendus. Mais oui, elle l'aguichait, tout simplement ! Elle flirtait sans aucun complexe.

Il but une gorgée de vin. Qu'est-ce que cela signifiait ? Et comment devait-il réagir ? S'il avait été à la cour, il aurait probablement répondu à ses avances muettes. Et d'ici une heure ou deux, elle aurait été nue dans son lit, sa belle chevelure dorée étalée sur l'oreiller. Mais il n'était pas à Londres, et ici, à Gunlinghorn, il n'avait aucune envie d'une femme facile. D'ailleurs, était-elle vraiment si attirante ?

Henry l'observa du coin de l'œil.

Rhona ressemblait à son frère, et tous deux étaient bien plus beaux que leur père. Ils devaient tenir de leur mère – Henry avait entendu dire que la pauvre femme était morte rouée de coups par son époux. Mais c'était la fille qui avait hérité de l'intelligence du père. Alfric préférait s'exprimer par des regards mélancoliques et des moues boudeuses. En d'autres circonstances, Henry se serait amusé de le voir bouder dès que Jenova souriait à son ami d'enfance. Mais ce soir, il n'avait pas envie de rire.

Les yeux sombres de Rhona étaient toujours rivés sur lui, pleins de promesses. Elle lui souriait d'un air engageant, un air que Henry ne connaissait que trop bien. Elle n'attendait qu'un signe de lui, comme toutes ces dames de la cour qui lui tournaient autour.

Lady Rhona n'était pas mariée, certes, et le plus souvent, c'étaient des femmes mariées qui recherchaient ses faveurs. Sans doute s'ennuyaient-elles avec leurs maris, ou bien voulaient-elles s'assurer que Henry était aussi bon amant qu'on le disait.

Peut-être que Baldessare ne protégeait pas sa fille autant que l'exigeait son honneur. Elle était très jolie, avec ses yeux sombres et son teint pâle, et son corps sous sa riche robe brodée était ferme et doté de rondeurs attirantes. Si Henry l'avait rencontrée à Londres, peut-être... Mais ils étaient à Gunlinghorn, et vraiment, il n'avait pas envie d'elle.

Étrange aveu, pour un séducteur comme lui ! Il n'avait pas envie d'une nouvelle conquête. Qui l'eût cru ? Était-ce devenu tellement facile que cela l'ennuyait déjà ? Ou bien était-ce le signe qu'il vieillissait ? Non, il avait prouvé avec Jenova qu'il n'avait rien perdu de sa virilité. Alors, était-ce son antipathie pour le père qui lui faisait dédaigner la fille ? Non, ce n'était pas cela non plus. Son aversion pour lord Baldessare aurait pu rendre piquant de séduire la donzelle...

La cause de son indifférence était ailleurs. Il ne ressentait aucun désir pour lady Rhona, pour la bonne raison que celle qu'il voulait, c'était Jenova. À côté d'elle, les autres femmes lui semblaient sans intérêt. Et cela le perturbait, car il n'avait aucune envie de dépendre d'elle ni de personne.

Rhona jeta un regard réprobateur à son frère. Au lieu de faire ce qu'elle lui avait dit – flatter la fière dame de

Gunlinghorn et se rendre indispensable auprès d'elle –, il restait taciturne et boudeur. Comment pouvait-il être aussi sot ?

Lady Jenova était une femme mûre et expérimentée. Les enfantillages d'Alfric allaient finir par l'agacer. Certes, elle semblait l'aimer beaucoup, mais elle n'était pas amoureuse de lui. Cette femme ne se laisserait jamais dominer par ses sentiments, Rhona l'avait su tout de suite. Alfric devrait faire preuve d'un peu plus de brio s'il ne voulait pas la perdre.

— C'est ce misérable Henry de Montevoy, avait gémi Alfric durant leur voyage jusqu'au château. C'est lui le problème, ma chère sœur. Tu verras !

En effet, se dit-elle en contemplant lord de Montevoy, elle comprenait pourquoi Alfric s'inquiétait. Henry était bien plus mûr et expérimenté qu'Alfric, bien qu'il ne fût guère plus âgé. De plus, il était d'une grande beauté et possédait une allure mystérieuse et virile propre à fasciner les femmes. Était-il vraiment le meilleur amant d'Angleterre, comme le prétendait la rumeur ? Et était-il l'amant de lady Jenova ?

Elle les observa au cours du repas. Ils ne se témoignaient rien de plus qu'une grande cordialité, mais on disait que le défunt époux de lady Jenova, Mortred, avait été l'ami de lord Henry et qu'à sa mort, Henry avait assuré la protection de sa veuve. Une protection peut-être très rapprochée, se dit Rhona.

Elle le sentait à la façon dont leurs regards se croisaient et s'évitaient, de temps en temps. Rhona avait prévu de capter l'intérêt de lord Henry afin de l'écarter de lady Jenova, laissant ainsi le champ libre à son frère. Mais il était clair que lord Henry n'était pas intéressé.

Or, Rhona savait qu'elle était jolie. La plupart des hommes auraient été flattés qu'elle les sollicite. Non qu'elle recherchât le plaisir... Elle ne l'avait jamais éprouvé. Mais les hommes avaient le pouvoir de lui procurer ce qu'elle désirait. Dieu lui avait donné la beauté et l'intelligence. Pourquoi ne pas s'en servir ?

Son frère avait bien besoin de son aide en ce moment. Et puis, dans la situation où ils se trouvaient tous les deux, elle n'avait pas d'autre atout. Voir que lord de Montevoy lui échappait la plongeait donc dans un grand désarroi.

Peut-être la trouvait-il trop provinciale... Peut-être préférait-il les dames de la cour ? Pourquoi son père avait-il toujours refusé de les laisser partir à Londres, son frère et elle ? Ils auraient beaucoup appris en fréquentant courtisans et intrigants... Mais lord Baldessare n'aimait pas la cour, et il refusait de donner la moindre liberté à ses enfants. Tout ce qu'il voulait, c'étaient des terres, le plus de terres possible, pour s'établir en leur centre comme une araignée géante et tisser sa toile malfaisante. Il obéissait à un seul et unique principe : la haine, et c'était ainsi qu'il dominait ses enfants depuis leur naissance.

Le regard de Rhona se posa sur son père, et elle se hâta de plaquer un sourire poli sur son visage, en espérant que personne n'avait remarqué la colère qui l'habitait. Heureusement, son père ne la regardait pas, trop occupé à fixer lord Henry. Ses yeux semblaient deux lances scintillantes prêtes à transpercer son voisin.

Rhona savait que lord Baldessare détestait Henry depuis qu'il était rentré de Londres sans le grand domaine qu'il espérait recevoir, dans l'ouest du pays. Le roi l'avait donné à son conseiller, et les deux hommes avaient ri de l'arrogance du baron. Humilié, celui-ci n'attendait que l'occasion de se venger.

Pendant des soirs et des soirs, il s'était plaint à son clerc, Jean-Paul, qui était aussi son chapelain. Combien de fois avait-elle entendu ce dernier promettre au baron, de sa voix douceâtre, que tout venait à point à qui savait attendre ? Le mariage d'Alfric avec lady Jenova était l'idée de Jean-Paul, afin que les Baldessare s'emparent de Gunlinghorn. Le fils de Jenova était de santé fragile, avait-il dit, et une fois qu'il serait mort, Gunlinghorn reviendrait à Alfric et à son père. Car que pourrait une faible femme contre le puissant lord Baldessare ?

Aucun d'eux n'aurait pu deviner que lord Henry se hâterait de venir rejoindre Jenova. Rhona ignorait jusqu'ici qu'ils étaient amis, et son père ne devait pas le savoir non plus. Elle comprenait sa colère, car posséder des terres, dans l'Angleterre du roi Guillaume, c'était acquérir du pouvoir. Et Baldessare ambitionnait de devenir un des hommes les plus puissants du pays.

Rhona, quant à elle, craignait et détestait son père pour ce qu'il était autant que pour ce qu'il lui avait fait, mais elle était pleinement consciente de sa force. En privé, elle se répandait parfois en injures contre lui. Pourtant, jamais elle ne rebellerait contre lui : elle savait qu'il l'écraserait comme un insecte. Jean-Paul lui avait souvent répété qu'elle devait obéir à son père, car c'était la volonté de Dieu. Et après tout, c'était un prêtre, même si elle ne lui faisait pas entièrement confiance.

Quoi qu'il en soit, elle n'avait pas besoin des conseils de Jean-Paul pour savoir qu'il était dans son intérêt de rester en bons termes avec ce tyran.

Oui, Rhona savait trop bien que si Alfric et elle désiraient rester en bonne santé et vivre dans le confort, s'ils voulaient continuer à bénéficier des avantages réservés à leur statut d'enfants du baron, ils devaient se plier à ses volontés. Et surtout, Alfric devait arrêter de bouder et suivre les conseils qu'elle lui donnait.

Elle se pencha vers lui.

— Souris, mon frère ! chuchota-t-elle. Notre père nous surveille.

Alfric regarda nerveusement le baron et se força à sourire, avant d'avaler avec difficulté une bouchée de porc rôti. Rhona l'encouragea en lui tapotant la main. Son frère était séduisant, lorsqu'il le voulait bien. Tout n'était pas perdu, se dit-elle en s'exhortant à l'optimisme. Lord Henry n'était ici qu'en visite. Il rentrerait bientôt à Londres, et son frère pourrait alors reprendre sa cour auprès de lady Jenova sans être dérangé.

Rhona et Alfric se dirigeaient vers leurs chambres, de l'autre côté de la grande salle, lorsque la jeune femme prit son frère par le bras et l'attira dans l'ombre.

— Mais enfin, à quoi penses-tu ? s'exclama-t-elle, furieuse. Je croyais que tu étais d'accord pour charmer lady Jenova, et tu n'as pas arrêté de faire la tête !

Alfric se dégagea.

— Elle n'a pas cessé de regarder lord Henry, grommela-t-il comme un enfant mécontent. Je suis sûr qu'il y a plus que de l'amitié entre eux, Rhona. Tu n'as donc rien vu ?

Rhona eut un geste d'impatience.

— Ils se connaissent depuis l'enfance, Alfric. Tu les as entendus comme moi. Je croyais qu'il était l'ami de lord Mortred, mais c'est pour Jenova qu'il a de l'amitié. Ne sois pas assez sot pour les accuser de quelque chose dont ils ne sont pas coupables. Et même s'ils l'étaient...

Alfric la regardait avec attention, maintenant, et elle avait bien l'intention de le convaincre.

— Même s'ils l'étaient, reprit-elle, ça ne te regarderait pas. Lord Henry partira bientôt, mais toi, tu seras encore là. Dans sa solitude, c'est à toi que lady Jenova s'accrochera. En fait, s'ils sont amants, tu pourrais même en tirer avantage... Pourquoi ne pas attendre au pied de l'escalier qui mène à la chambre de lord Henry, cette nuit ? Si lady Jenova va lui rendre visite, tu seras bien placé pour lui faire prendre conscience des conséquences de ses actes. Ne te mets pas en colère contre elle, attention ! Traite-la avec compassion, comme si tu comprenais et que tu étais prêt à lui pardonner cette petite faute.

— Alors, si elle se donne à un autre homme, je dois feindre que ça m'est égal ? protesta Alfric.

— Bien sûr que non ! Ça ne t'est pas égal, mais tu lui pardonneras parce que tu l'aimes en dépit de ses défauts. Elle te saura gré de faire preuve d'une telle mansuétude. As-tu compris, maintenant, gros malin ?

Il grommela quelque chose qui ressemblait à un acquiescement.

— Bon, alors tâche de bien jouer ton rôle, sinon nous paierons tous les deux les conséquences de ton échec. Tu sais ce qui se passera si nous déplaisons à notre père.

Il lui jeta un regard effrayé, comme s'il s'attendait à voir surgir lord Baldessare. Ils en avaient peur tous les deux, mais Rhona savait gagner la clémence de son père tandis qu'Alfric ne bénéficiait jamais d'aucune indulgence. Le baron le considérait comme un raté, car le doux Alfric n'avait rien de commun avec le guerrier sanguinaire qui l'avait engendré. Mais, en conquérant lady Jenova et ses riches terres, Alfric pouvait se rattraper, et Rhona veillerait à ce qu'il y parvienne. Pour leur salut à tous deux.

Soudain, elle prit conscience d'une présence proche. Qui pouvait bien les observer ? Elle se tourna et aperçut un homme grand et basané, qui sortait d'un recoin d'un air nonchalant. Il était assez près pour les avoir entendus et, à en juger par son allure, leur conversation ne lui avait effectivement pas échappé.

— Chut ! murmura Alfric, qui venait lui aussi d'apercevoir l'inconnu.

Il tira sa sœur par la manche. Tous deux avaient trop souvent été espionnés par les gens de leur père pour ne pas se tenir sur leurs gardes à la moindre alerte. Il y avait peu d'intimité, dans le château des Baldessare. Même Jean-Paul, qui prétendait être leur ami, avait répété leurs confidences à leur père.

Rhona se raidit et prit un air arrogant. Elle n'avait jamais permis à personne de voir qu'elle avait peur, et c'était sans doute pour cela que les serviteurs la respectaient bien plus que son frère. Mais quelque chose chez cet intrus l'irritait particulièrement. Sa stature, peut-être… Il paraissait tellement solide. À moins que ce ne soit le regard insolent qu'il dardait sur elle tout en s'éloignant, refusant de baisser les yeux.

— Peu importe qu'on nous ait entendus ou pas, dit-elle à haute voix. Ce n'est qu'un serviteur, autant dire personne. Il ne vaut pas la boue sous mes semelles.

— Allons-nous coucher, Rhona, dit Alfric en l'entraînant vers leurs chambres.

Elle obéit mais, sur une impulsion, tourna la tête au dernier moment. L'homme continuait à l'observer.

Il y avait une telle détermination sur son visage ! Au lieu de le décourager, les mots blessants qu'elle avait prononcés semblaient l'avoir rendu encore plus arrogant. On aurait dit qu'il la défiait, prêt à la faire plier sous sa volonté... ou à la réduire au silence comme certains hommes savaient le faire avec les femmes qu'ils désiraient.

Non, il n'oserait pas, se dit-elle. Elle était une dame. Les serviteurs, même aussi beaux que celui-ci, ne s'aventuraient pas plus loin qu'un regard. Si cet audacieux tentait d'aller plus loin, son père le tuerait... à moins qu'elle ne le tue d'abord.

Reynard regarda les deux enfants de Baldessare s'éloigner. Il les avait suivis dans la grande salle et s'était glissé dans l'alcôve à leur insu. Mais ils parlaient si bas qu'il n'avait pas tout entendu. Il avait cependant compris que la jeune femme conseillait à son frère de s'attacher l'affection de lady Jenova et qu'ils avaient tous deux peur de déplaire à leur père. Il les comprenait sans peine : lord Baldessare avait tout d'un ogre cruel.

La jeune femme était fort belle. Petite, mais voluptueuse... Il faudrait qu'il la soulève dans ses bras pour l'embrasser, mais cela en vaudrait la peine. Reynard l'avait observée, ce soir, notant la façon dont elle détaillait tout autour d'elle et les regards charmeurs qu'elle lançait à lord Henry. Au début, cela l'avait étonné, puis il s'en était amusé. Lord Henry ne s'intéressait pas à elle, et Reynard croyait savoir pourquoi. De plus, son instinct lui disait que la jeune femme n'était pas vraiment tentée par Henry non plus.

Elle espérait retenir l'attention de Henry afin de laisser la voie libre à son frère, sans doute… Si Alfric avait eu un tant soit peu de jugeote, il n'aurait pas eu besoin de vendre sa sœur pour assurer son avenir. Elle méritait mieux.

Il secoua la tête, furieux contre lui-même. Que lui importait ce qu'elle faisait ? Elle lui avait clairement fait comprendre ce qu'elle pensait de lui. De la boue sous ses semelles ! Il revoyait encore la façon dont elle s'était éloignée en balançant ses hanches, la tête haute, arrogante jusqu'au bout des ongles. C'était une dame, à n'en pas douter, pleine de mépris pour le bas peuple.

Elle avait bien besoin d'une bonne leçon de politesse. Et Reynard savait qu'il était exactement le professeur qu'il lui fallait en la matière…

8

Une fois dans sa chambre, au-dessus de la grande salle, Jenova ne réussit pas à trouver le sommeil. Avant le festin, elle avait reçu la visite du capitaine du bateau que ses hommes et les villageois du port avaient aidé à tirer du banc de sable. Il était venu lui témoigner sa reconnaissance, avait-il prétendu, mais sa visite s'était vite révélée intéressée. Il lui avait montré des coupons de tissu, qu'il ne pouvait lui offrir malgré toute sa gratitude. Toutefois, il pouvait lui concéder une remise intéressante, si elle voulait bien y jeter un coup d'œil…

Les tissus étaient merveilleux. Jenova avait en particulier remarqué un velours blanc extraordinaire. Les velours blancs étaient rares, en Angleterre, et par conséquent hors de prix. Tandis qu'elle caressait l'étoffe précieuse, Jenova avait soudain su qu'il lui fallait ce coupon. Elle n'était pourtant pas frivole, et ce tissu devait coûter une fortune.

— Combien ? avait-elle demandé.

En entendant le chiffre que lui annonçait le capitaine, elle avait fermé les yeux, effarée. Mais le capitaine ne lui avait pas laissé le temps de réfléchir, arguant que c'était une occasion exceptionnelle et qu'il entendait, au départ, en tirer beaucoup plus. Jenova avait soupiré. Ce velours ferait une superbe robe de mariée… Elle pensait jusqu'ici porter sa robe de laine rouge, mais cette merveille conviendrait mieux à la châtelaine de Gunlinghorn.

Et elle voulait voir le regard de Henry lorsqu'elle porterait cette robe.

Cette pensée l'avait laissée pantoise. Avait-elle perdu la tête ? C'était à Alfric qu'elle aurait dû songer, et non à Henry.

— Très bien, avait-elle dit. Je prends le velours, capitaine. Le coupon entier.

Le capitaine avait eu du mal à cacher sa joie.

À présent, Jenova regardait la malle où était enfermé le précieux tissu. Elle avait fait une dépense bien inutile, songea-t-elle, le ventre noué. Pas seulement à cause du coût du tissu, mais parce qu'elle était sur le point de changer d'avis sur son futur mariage.

Quelque chose s'était modifié en elle, de manière subtile mais radicale. Ce soir, alors qu'Alfric la flattait, tournant vers elle son beau regard mélancolique, les compliments qui autrefois lui faisaient plaisir lui avaient paru creux et un tantinet désespérés. Elle avait eu envie de lui dire de la laisser tranquille.

Oui, décidément, elle avait besoin de réfléchir, d'éclaircir les choses.

Elle avait cru avoir besoin d'Alfric mais, maintenant, cette illusion s'était évanouie. Elle avait vraiment du mal à imaginer le jeune homme dans sa vie. Tout cela, songea-t-elle, c'était la faute de Henry. Il avait pris possession de son corps et de son esprit. Obsédée par l'idée de se retrouver de nouveau seule avec lui, elle n'arrivait plus à penser à autre chose, ou à quelqu'un d'autre. Même ce soir, durant le festin, après tout le mal qu'elle s'était donné pour les Baldessare, elle avait été impatiente de les voir se retirer pour rester seule avec Henry. Elle n'avait pas osé le regarder trop souvent, de peur qu'on devine à quel point elle le désirait...

Elle frissonna, mais ce n'était pas à cause du froid. Elle se souvenait des caresses que lui avait prodiguées Henry dans le magasin aux herbes, lorsqu'il l'avait menée à l'extase et qu'elle avait dû mettre la main sur sa bouche pour étouffer son cri de plaisir. Elle aurait tout donné pour recommencer. Comment en était-elle arrivée là ? Comment pouvait-elle continuer à contrôler son destin si Henry occupait toutes ses pensées ?

Il lui avait dit que leur passion finirait par s'estomper, et cette idée l'attristait. Mais cela la soulageait aussi, car ils n'avaient aucun avenir ensemble – du moins en dehors de leur amitié. Le problème, c'est qu'elle ne voyait aucun signe d'usure dans leur attirance mutuelle, au contraire. Elle le désirait chaque jour davantage !

Cela commençait à devenir sérieusement inquiétant.

Elle se leva en soupirant et alla jusqu'à la fenêtre. La neige tombait en silence, recouvrant la cour intérieure d'un manteau immaculé. Autour du château, le paysage prenait une allure enchantée. C'étaient ses terres, son domaine. Depuis qu'elle avait épousé Mortred, elle avait toujours eu le sentiment que vivre à Gunlinghorn était un cadeau du destin. Mais, maintenant, tout avait changé, même ce qui lui était le plus familier.

L'avenir lui semblait si incertain ! Henry avait changé l'idée qu'elle se faisait du bonheur. Toutes ses certitudes s'écroulaient.

Comment épouser Alfric et vivre ici avec lui maintenant qu'elle savait ce qu'elle attendait vraiment d'un homme ? Comment se contenter d'une tendre affection alors qu'elle avait goûté au feu de la passion ? Il aurait sans doute mieux valu qu'elle reste dans l'ignorance... Au moins, elle aurait été satisfaite de son sort, tout incomplet qu'il soit.

Le pire, c'était que, pour Henry, cette situation était peut-être tout à fait ordinaire. Pour lui, elle ne devait être qu'une maîtresse de plus, une autre femme avec qui passer quelques nuits. Alors que, pour elle, tout était bouleversé. Elle ne pourrait plus jamais redevenir celle qu'elle était avant. Qu'allait-elle faire, Seigneur ?

Pourvu que cette folie la quitte vite ! Si elle cessait d'être affligée de ce désir constant, elle pourrait peut-être se contenter d'Alfric. Mais, dans le cas contraire, qu'arriverait-il ? Peut-être ne parviendrait-elle même pas à consommer son union avec le jeune Baldessare. Désespérée, Jenova posa le front contre le montant de la fenêtre. Le froid du bois l'apaisa un peu. Lord Baldessare n'était pas le genre d'homme qu'on écartait facilement, et elle n'ignorait plus maintenant qu'il avait des vues sur Gunlinghorn, qu'il comptait s'approprier par le biais de son fils. Henry avait raison sur un point : Alfric était facilement manipulable. Si le mariage avait lieu, Jenova devrait signifier clairement à lord Baldessare de rester à sa place.

Jenova ne doutait pas de pouvoir mener ces tâches à bien : dominer le fils avec douceur et écarter le père avec fermeté. Mais si elle repoussait Alfric de façon définitive, lord Baldessare risquait de le prendre fort mal.

Jusqu'à présent, elle ignorait à quelle sorte d'homme elle avait à faire. Mais, durant le festin préparé en son honneur, le baron n'avait manifesté aucune reconnaissance, ni remercié son hôtesse pour ses efforts. Il ne lui avait pas fait le moindre compliment et s'était montré très grossier. Quel homme acariâtre et perpétuellement insatisfait ! Même lorsqu'elle lui avait donné le remède qu'elle avait fabriqué de ses propres mains pour le soulager de ses maux de tête, il avait regardé le petit pot comme s'il était plein de poison. Aucun remerciement d'aucune sorte. Juste un froid dédain.

Il devait facilement se montrer violent, songea Jenova. D'une violence incontrôlable. Ce n'était pas le genre d'homme qui supportait d'être contrarié, et il ne devait rien pardonner à personne. Un être belliqueux et primaire, hargneux et puissant... Mais c'était sans importance, se dit-elle avec courage. Elle n'avait pas peur de lui. Elle était lady Jenova de Gunlinghorn, veuve du cousin du roi. Le souverain avait de l'affection pour elle, au point de la laisser libre de se remarier ou non. Elle ne craignait pas Baldessare. S'il tentait quoi que ce soit contre elle, elle aurait les moyens de l'arrêter.

Jenova s'éloigna de la fenêtre. Sous ses pieds nus, le tapis était doux et chaud – un souvenir des voyages de son père en Orient. Il était mort, à présent, comme la plupart des siens. Sa mère avait été la dernière à partir, heureuse de savoir que sa fille rebelle avait finalement fait un bon mariage.

Jenova était seule au monde, et d'ordinaire, elle ne s'en souciait pas. Pourtant, ce soir, elle aurait aimé avoir auprès d'elle quelqu'un de proche pour la conseiller. Jusqu'ici, elle s'était toujours tournée vers Henry. Oui, en cas de problème, c'était toujours Henry qu'elle consultait. Pourquoi ne pas le consulter maintenant ?

Parce que la situation était trop embrouillée ?

La tentation était forte d'aller le trouver dans sa chambre, de lui parler de Baldessare, de lui demander son avis. Il ne s'était pas montré très enthousiaste lorsqu'elle lui avait annoncé son projet de mariage. Était-ce parce qu'il n'aimait pas Baldessare, ou pour une autre raison ? Il fallait qu'elle lui pose la question.

Mais, au fond d'elle-même, elle savait que ce n'était qu'une excuse pour aller le retrouver. Elle voulait se fondre dans ses bras, sentir sa bouche sur sa peau, ne faire qu'un avec lui. Elle avait résisté aussi longtemps qu'elle l'avait pu. À cette heure-ci, ses invités étaient couchés, et elle ne risquait plus de rencontrer qui que ce soit. Pourquoi ne pas céder à son désir ?

Le cœur battant, Jenova posa sa pelisse sur ses épaules, chaussa ses pantoufles et se dirigea vers la porte. Et si Henry n'était pas seul ? se dit-elle soudain. Elle revoyait les Baldessare à sa table et la jolie lady Rhona qui fixait Henry d'un air aguicheur, comme si elle pensait qu'il allait immédiatement tomber à ses pieds.

Au début, Jenova avait été choquée par son attitude. Puis la colère l'avait envahie. Quelle conduite pour une dame de noble lignée ! Et sous son propre toit, en plus ! Comment osait-elle ? Était-ce ainsi qu'on se comportait à la cour ? Les femmes s'offraient-elles à Henry de façon aussi ouverte ? Et lui, répondait-il à ces avances ?

À présent, cette question la taraudait. Et si lady Rhona avait rejoint Henry dans sa chambre ? Jenova tenta de réfléchir calmement. Les œillades de Rhona étaient devenues boudeuses, à la fin du repas, et Henry n'avait pas semblé les remarquer. Il avait passé son temps à esquiver les piques de lord Baldessare ou à regarder au fond de sa coupe de vin. En fait, elle ne l'avait jamais vu aussi taciturne ni aussi sombre.

À la place de Rhona, elle aurait compris qu'elle n'intéressait pas Henry. La fille de lord Baldessare avait beau être jeune et jolie, ce n'était pas elle que Henry voulait dans son lit ce soir !

Jenova sentit une joie insensée se répandre en elle. Il était seul, elle ne pouvait en douter. Comme elle avait hâte de le rejoindre !

Sans plus hésiter, elle s'élança sans bruit dans l'escalier glacé, à la lueur de la torche qui brûlait dans son applique murale. La chambre de Henry se trouvait juste au-dessus de la sienne. Jenova venait de grimper quelques marches quand une silhouette sortit de l'ombre pour lui barrer la route.

— Lady Jenova ?

C'était Alfric.

Il semblait hésiter, comme un enfant craintif qu'on aurait surpris hors de son lit après le couvre-feu.

— Alfric ! Que faites-vous ici ? demanda Jenova d'un ton sec.

Elle le dévisagea, s'efforçant de ne pas regarder en haut de l'escalier, où Henry se tenait peut-être. Qu'aurait-elle fait si Alfric les avait surpris ensemble ? Cela aurait été horriblement gênant pour tout le monde…

Alfric lui prit la main, et elle le laissa faire, déconcertée. Il posa ses lèvres contre sa paume et lui pressa les doigts comme s'il tentait de lui dire quelque chose. Son regard était dur, et il y avait quelque chose d'agressif dans son attitude... Comme il était différent, ce soir ! Jenova n'aimait pas ça du tout.

Sans doute sentait-il qu'elle lui échappait et, ne comprenant pas pourquoi, cherchait-il désespérément à la retenir. Elle aurait dû avoir pitié de lui... Mais plus il se montrait possessif, plus elle avait envie de s'éloigner de lui.

Elle retira sa main.

— Que faites-vous ici ? répéta-t-elle. Y a-t-il un problème ?

— Je... je ne pouvais pas dormir, dit-il en l'observant attentivement. J'ai décidé de marcher dans le château et je vous ai entendue ouvrir votre porte. Vous ne pouviez pas dormir non plus, ma douce amie ?

Il s'avança vers elle, l'enveloppant d'un regard hagard, presque suppliant. Il semblait vouloir la plaquer contre le mur, comme une proie. Jenova recula, mais il s'approcha de nouveau. Sur le mur, son ombre grandissait, devenait menaçante. Jamais encore Jenova n'avait senti une telle force physique chez son fiancé, une telle menace. C'était pourtant le fils de Baldessare... Comment avait-elle pu l'oublier ?

— J'ai raison, n'est-ce pas, lady Jenova ? insista-t-il d'un ton accusateur. Vous alliez bien vous promener ? À moins que vous n'ayez eu l'intention d'aller... quelque part.

« Il est au courant ! » se dit-elle, affolée. Ou alors, il avait deviné. Elle avait le dos au mur, maintenant, et ne pouvait fuir. Elle posa la main sur le torse d'Alfric pour le maintenir à distance. Sous sa paume, elle sentait le doux velours de sa tunique et la pointe d'une broche qui en nouait le col.

— Vous m'effrayez, Alfric, dit-elle d'une voix qui commençait à trembler. Vous n'avez pas à savoir où je vais, cela ne vous regarde pas. Je fais ce que je veux dans mon château.

— Ça... ça... ça ne me regarde pas ? bégaya-t-il d'un ton rageur.

Il la dominait de toute sa taille, et elle ne parvenait plus à le repousser.

— Je suis votre époux ! s'exclama-t-il. Du moins, je le serai bientôt. Savoir avec qui vous passez vos nuits me regarde, lady Jenova !

Le cœur de Jenova battait tellement fort qu'elle en était assourdie. Mais elle chassa résolument sa peur : cela ne ferait que donner de la force à son assaillant. Alfric lui montrait un aspect de sa personnalité qu'elle n'avait encore jamais vu, et elle savait désormais, avec une froide certitude, qu'elle ne pourrait plus jamais lui faire confiance.

— Vous vous trompez, Alfric. Je ne vous épouserai pas. Je suis navrée de vous le dire aussi brutalement, mais je ne voudrais pas que vous nourrissiez de faux espoirs.

Il parut se vider de toute agressivité, comme un pantin qui se serait trop agité, et la dévisagea avec stupeur.

— Je suis lasse, à présent. Je vais retourner dans ma chambre.

— Non ! s'exclama-t-il d'une voix brisée par l'émotion. Non, douce dame, non, je vous en prie, ne dites pas ça ! Je ferai ce que vous voudrez, je le jure... Je vous supplie de changer d'avis...

Cette fois, il semblait désespéré. Elle tenta de le repousser, mais il l'avait agrippée par les épaules et la serrait fortement.

— Vous pouvez aller où vous voulez, coucher avec qui bon vous semble, ça m'est égal... mais ne dites pas que vous n'allez plus m'épouser, Jenova !

— Alfric !

Elle le repoussa de toutes ses forces, et il parut enfin comprendre qu'il lui faisait peur. Il s'écarta en clignant des yeux comme un homme ivre. Éclairé par la torche, son visage était d'une pâleur mortelle.

— Pardonnez-moi, murmura-t-il, les yeux pleins de larmes.

Oh, non ! songea Jenova. Il n'allait pas se mettre à pleurer ! Elle ne pourrait le supporter.

— Réfléchissez encore. Ne prenez pas de décision hâtive, supplia-t-il. Attendez le matin... Je ferai tout ce que vous me demandez, mais je vous en prie, réfléchissez.

Jenova tenta de recouvrer son souffle et le dévisagea, craignant qu'il ne s'énerve de nouveau.

— Très bien, Alfric. Je prendrai ma décision au matin.

Il hocha la tête avec un sourire tremblant.

— Merci, dit-il. Merci, ma douce amie...

— Maintenant, laissez-moi passer. Je souhaite me retirer.

Il recula en vacillant, et elle se hâta de regagner sa chambre avant qu'il n'ait changé d'avis. Une fois la porte fermée, elle poussa le verrou.

Si elle avait eu des doutes, Alfric venait de les dissiper en quelques minutes. Jamais elle ne pourrait épouser un homme qui chercherait à la soumettre. Si elle l'avait aimé, ils auraient peut-être pu trouver un compromis, mais ce n'était pas le cas. La tiède affection qu'elle avait eue pour lui s'était envolée devant ses menaces. Et elle ne se laisserait pas piéger par la pitié, malgré les supplications d'Alfric. Ce serait une erreur catastrophique.

Dire que, si Henry n'avait pas été là, elle aurait lié son destin à celui de ce fou ! Comment avait-elle pu s'illusionner à ce point sur ce jeune homme et penser qu'il ferait un bon mari ? Ou qu'une alliance avec les Baldessare serait une bonne chose pour elle ?

Si elle avait évité le pire, son erreur risquait tout de même de lui coûter cher. Certes, le mariage n'aurait pas lieu, mais il y avait Baldessare et sa légendaire avidité. Il fallait absolument qu'elle règle ce problème le plus tôt possible, afin de clarifier la situation pour tout le monde.

Dès le lendemain matin, elle affronterait lord Baldessare et son fils, décida-t-elle. Elle leur ferait part de sa décision, sans donner d'explication particulière. Les gens changeaient tout le temps d'avis, et les femmes étaient réputées pour le faire plus souvent encore que les hommes, non ? Baldessare ne serait sans doute pas surpris. Il la maudirait en privé, mais il ne pourrait lui dire en face ce qu'il pensait. Après tout, elle avait la faveur et la protection du roi.

Jenova regagna son lit et ferma les yeux. Sa décision était prise, et elle irait jusqu'au bout, quoi qu'il lui en coûte. En fait, elle n'avait qu'un seul regret, et il était aussi futile que féminin : à son grand dépit, elle ne porterait jamais la robe de velours blanc !

— Rhona !

On l'appelait. Rhona se réveilla en sursaut et reconnut la voix inquiète de son frère. Elle soupira et jeta un bref coup d'œil à la servante qui ronflait sur le sol, près du lit. Puis elle rejeta ses couvertures et marcha à pas de loup jusqu'à la porte en frissonnant de froid.

— C'est toi, Alfric ?

— Oui, c'est moi ! J'ai fait ce que tu m'as dit, Rhona ! J'ai attendu près de sa porte et... Il faut absolument que je te parle !

Que se passait-il ? Quelle bourde avait-il encore commise ? Elle ouvrit la porte avec mille précautions, pour ne pas réveiller la servante, et aperçut le visage en larmes de son frère.

Un mauvais pressentiment l'envahit, et elle crut défaillir.

— Elle... elle dit qu'elle ne veut plus m'épouser, bégaya Alfric d'une voix tremblante. Que vais-je faire ? Père me tuera quand il le saura !

— Chut ! Calme-toi, voyons ! dit Rhona d'une voix rassurante. Elle doit avoir des doutes, Alfric, mais cela ne signifie pas que tout est perdu.

Mais, au fond d'elle-même, elle était terrifiée. Lord Baldessare avait jeté son dévolu sur Gunlinghorn depuis plusieurs années. Si le domaine lui échappait alors qu'il était si près du but, Alfric allait payer pour cet échec, et elle ne serait pas épargnée non plus.

— Je l'ai persuadée d'attendre demain matin pour prendre une décision, mais je n'ai guère d'espoir. Elle m'a seulement fait cette promesse pour que je la laisse tranquille. Elle me déteste, maintenant, Rhona. Je... je l'ai vu dans ses yeux !

Il n'aurait pas dû fixer un tel ultimatum à lady Jenova, songea Rhona. Il aurait mieux valu laisser les choses en l'état, sans acculer Jenova. Elle soupira. Elle aurait dû savoir qu'Alfric gâcherait tout. Il ne pouvait rien faire sans qu'elle le guide dans l'ombre. En tout cas, le mal était fait, maintenant, et ils devaient se préparer à subir la rage de leur père. Et surtout, il leur fallait trouver le moyen d'en réchapper.

Et s'ils n'y parvenaient pas ? D'ordinaire, ils recevaient des coups, des punitions et étaient menacés du pire. Mais leur père était capable de mettre ses menaces à exécution. Elle frissonna d'appréhension.

— Retourne te coucher, dit-elle. Je trouverai une idée d'ici demain matin. Ne t'inquiète pas.

— Il faudra peut-être... que nous utilisions la potion.

Ils se regardèrent, effrayés. Cette potion était leur secret. Un jour, dans un geste de bravade, Rhona avait acheté un puissant somnifère à une vieille femme, sur un marché. Depuis, elle le gardait caché dans sa chambre. Alfric et elle s'étaient juré, au cas où les choses deviendraient insoutenables, de droguer leur père à l'aide de la potion et de s'enfuir pendant son sommeil. Mais pourraient-ils aller assez loin avant qu'il ne se réveille ? Rhona en doutait.

— Non, Alfric, dit-elle avec un calme qu'elle était loin d'éprouver. Je vais trouver autre chose.

Il hésita, partagé entre la confiance aveugle qu'il avait en sa sœur et la peur que lui inspirait son père. Enfin, il parut se calmer et s'éloigna. Rhona ferma sa porte et appuya le front contre le battant. Si seulement elle était née homme ! Elle n'aurait pas échoué, elle ! Mais elle n'avait pas eu le choix... D'ailleurs, elle aimait être une femme. Elle appréciait le pouvoir que cela lui donnait, parfois, et l'admiration qu'elle lisait sur les visages des hommes.

Le serviteur qui les avait surpris, ce soir, avait eu cette expression-là, songea-t-elle. D'ailleurs, c'était peut-être lui qui avait prévenu lady Jenova. Il avait dû lui répéter ce qu'il avait entendu, et elle avait décidé d'annuler le mariage...

Mais Rhona chassa cette idée. Il aurait fallu plus que l'intervention d'un serviteur pour annuler un mariage sur le point de se conclure.

Peut-être la présence d'un amant ?

Il était grand temps qu'elle parvienne à séduire lord Henry, songea-t-elle avec lassitude. Il avait beaucoup trop d'influence sur la fiancée de son frère !

En tout cas, elle ne pouvait pas laisser Jenova rompre avec Alfric. Elle devait tout faire pour éviter le courroux de son père. Jean-Paul l'aiderait-il ? Il s'était quelquefois montré solidaire des enfants du baron, mais seulement quand cela servait ses projets. Le chapelain était décidément un homme bien mystérieux. Depuis qu'il était arrivé, un an auparavant, il était devenu le confident du baron. Et cela lui donnait un grand pouvoir sur Baldessare et tous ses gens... même sur ses enfants !

Non, elle ne pouvait pas lui faire confiance. D'ailleurs, elle ne faisait confiance à aucun homme. C'étaient des créatures faibles et avides, qui se servaient de leur force pour opprimer les plus faibles. Sans doute en existait-il d'honnêtes et de courageux, mais ils devaient être si rares qu'elle n'en rencontrerait probablement jamais. Et elle n'allait pas mettre sa vie en danger en espérant qu'un preux chevalier viendrait à son secours. Aucun chevalier ne prendrait le risque de provoquer un être aussi retors que lord Baldessare.

Elle soupira.

Si Alfric et elle réussissaient à échapper à l'ire de leur père, ils ne le devraient qu'à eux-mêmes.

9

Le lendemain matin, lorsque Jenova descendit l'escalier, pâle et les traits tirés, elle avait soigneusement réfléchi à ce qu'elle allait dire. Sa décision était irrévocable. Les domestiques s'affairaient déjà, et Jenova alla jeter un œil sur les préparatifs pour le repas de midi. Nourrir les habitants d'un château de la taille de Gunlinghorn demandait beaucoup de travail et une gestion infaillible, mais Jenova avait été formée à cette tâche dès l'enfance, et elle en tirait beaucoup de satisfaction.

Dans la cuisine, un jeune garçon lui sourit et s'assit derrière le pare-feu pour tourner la viande sur la broche, afin qu'elle ne brûle pas. L'odeur du pain en train de cuire se mêlait à celle des tourtes dans les fours. Le cuisinier, un homme au ventre rond, la salua respectueusement sans s'interrompre dans sa tâche, une cuillère à la main.

On n'avait pas besoin d'elle ici, et elle n'avait aucune raison de s'y attarder. Aucune excuse pour retarder la confrontation fatidique... Si seulement elle avait pu l'éviter ! Mais il fallait absolument qu'elle se débarrasse de cette corvée, et le plus tôt serait le mieux.

Elle se dirigea donc à pas lents vers la grande salle, rassemblant son courage. La plupart de ses gens étaient levés. Certains étaient assis à des tables de jeux, d'autres discutaient. D'autres encore mangeaient du pain et buvaient de la bière, car le repas de midi était encore loin.

— Maman !

Raf se jeta sur elle et lui enserra les jambes de ses petits bras chauds en levant vers elle ses grands yeux verts pleins d'entrain.

— On va aller voir Raven et ses chatons. Tu viens avec nous ?

Nous ? Surprise, Jenova se tourna et vit Henry à quelques pas d'elle. Il lui adressa un sourire ironique, comme s'il s'attendait qu'elle désapprouve l'intérêt qu'il manifestait pour son fils, alors que cela l'émouvait profondément. C'était même une des raisons pour lesquelles elle savait maintenant qu'elle ne pouvait épouser un homme falot comme Alfric.

— J'aimerais bien, mon chéri, mais il faut que je parle à lord Baldessare, répondit-elle à Raf, tout en regardant Henry.

Il dut voir la tension qui se peignait sur le visage de la jeune femme, car son expression changea.

— Voulez-vous que nous vous attendions ? proposa-t-il.

Jenova mourait d'envie d'accepter. Elle aurait même aimé qu'ils soient à ses côtés pendant qu'elle affrontait Baldessare. Mais elle ne voulait pas imposer à son fils la scène pénible qu'elle allait provoquer. Il valait mieux pour lui qu'il suive Henry et reste à l'écart de ce conflit.

— Je... Non, merci, Henry. Je me débrouillerai.

Henry hocha la tête et s'approcha d'elle.

— Surtout, veillez à ce que les termes du contrat de mariage vous soient favorables, à vous et à Raf, plutôt qu'à lord Baldessare.

Il croyait donc qu'elle voulait s'entretenir avec le vieil homme de son futur mariage ? Évidemment, il ne pouvait deviner qu'elle avait complètement changé d'avis... Jenova se mordit la lèvre inférieure. Henry n'aimerait pas les complications que son brusque revirement allait apporter à leur relation. Cela ne devait pas entrer dans ses plans de voir Jenova libre – libre de l'aimer, lui.

— Venez, lord Henry ! s'écria Raf d'un ton impatient.

Henry prit la main de l'enfant, mais continua de regarder Jenova. Celle-ci se força à sourire.

— Allez-y, Henry, tout ira bien.

Il hésita encore, puis s'inclina brièvement et s'éloigna. Jenova ferma les yeux et prit une profonde inspiration avant d'avancer dans la grande salle. Elle aperçut lord Baldessare, debout sur l'estrade. Il jouait avec ses gants, les lançant avec arrogance dans la paume de sa main. Ses enfants, aussi blonds l'un que l'autre, se tenaient à côté de lui et regardaient Agetha, qui leur faisait mille grâces. Jenova savait que Baldessare était levé depuis longtemps et s'était rendu à l'écurie, car un palefrenier le lui avait dit. Le baron s'était plaint auprès du domestique de nombreuses choses qui ne le regardaient pas. Il se comportait comme s'il était déjà le maître de Gunlinghorn !

À cette idée, Jenova sentit toute appréhension la quitter. Elle avait raison de refuser ce mariage avec Alfric. Même si elle était parvenue à maintenir lord Baldessare à distance, cela lui aurait demandé beaucoup d'efforts et d'énergie. Cet homme était un véritable tyran. De plus, elle en avait assez de son air méprisant et de ses regards dédaigneux. Il valait beaucoup mieux qu'il ne remette plus jamais les pieds à Gunlinghorn.

Plus sûre d'elle, désormais, Jenova se dirigea vers le petit groupe et, en chemin, salua Reynard d'un signe de tête. Lord Baldessare se tourna vers elle en fronçant les sourcils et lui adressa un bref hochement de tête agacé. Sa fille, dont le visage fin était ce matin pâle et tiré, lui souhaita le bonjour d'une voix mélodieuse. Près d'elle, Alfric s'inclina en silence. Ses yeux cernés et ses joues blêmes indiquaient que lui non plus n'avait guère dormi.

— Lady Jenova ! s'écria Agetha. Avez-vous bien dormi ?

Sa suivante dut percevoir la tension ambiante, car elle plissa soudain les yeux d'un air attentif. Elle n'allait pas être ravie que Jenova rompe tout lien avec Alfric, elle qui lui trouvait toutes les qualités ! Mais Jenova ne pouvait construire sa vie selon les critères de ses dames d'atour.

— Agetha, pouvez-vous nous laisser, je vous prie ? J'ai quelque chose à dire à lord Baldessare.

La jeune femme lui adressa un regard interrogateur, puis s'éloigna à contrecœur.

— Milord, commença Jenova d'une voix ferme, voulez-vous vous asseoir un instant ? J'ai à vous parler.

Ils étaient assez isolés des autres dans l'immense salle pour converser sans être entendus de quiconque, mais les gens de Jenova étaient assez près pour qu'elle se sente en sécurité. Son état d'esprit avait bien changé, depuis la veille... Elle avait maintenant conscience d'être en danger sous son propre toit.

— Vos serviteurs sont insolents, déclara le baron en s'asseyant lourdement dans un fauteuil, avant d'enrouler son manteau autour de lui.

— Agetha n'est pas une servante. C'est la fille de...

— Non, je ne parle pas de cette sotte. J'ai réprimandé votre palefrenier car il était trop lent avec mon cheval, ce matin, et il m'a regardé d'un air insolent. Vos gens ont besoin d'être tenus d'une main ferme. Vous êtes trop clémente avec eux, comme toutes les femmes, naturellement.

— Vraiment ? répliqua Jenova, qui frémissait de colère.

Elle s'assit à l'extrémité d'un banc, tandis que la fille et le fils de Baldessare s'installaient à l'autre bout. Les deux jeunes gens restaient ensemble, comme s'ils avaient fait alliance contre leur père.

— Oui, vraiment, insista Baldessare. Enfin, Dieu merci, Alfric sera bientôt là pour vous aider. Il saura tenir vos gens et, s'il n'y arrive pas, je le lui apprendrai.

Quelle arrogance ! Il s'imaginait donc qu'elle lui permettrait de donner des ordres à Gunlinghorn ? Il la croyait bien influençable, en vérité ! Si elle avait encore eu des doutes sur le bien-fondé de sa décision, il venait de les balayer définitivement.

— Milord, j'ai une déclaration importante à vous faire, dit-elle en croisant les mains sur son giron. Je parlerai sans détour : je ne puis épouser votre fils. Non qu'il ait fait quoi que ce soit qui m'ait déplu. C'est l'idée du mariage qui ne me séduit plus. Je ne veux plus me remarier. Je n'y suis pas prête et ne le serai sans doute jamais.

Jenova avait parlé en soutenant le regard de lord Baldessare. Elle y lut tour à tour la surprise, le mépris, puis la rage. L'air semblait vibrer autour de lui.

Comme il restait silencieux, personne n'osait parler. Ni Rhona, ni même Alfric, comme s'ils attendaient l'orage qui allait éclater. Et il éclata en effet.

Baldessare bondit sur ses pieds, rouge de fureur, et se mit à rugir :

— Quoi ? Vous n'avez donc pas de cervelle ?

Jenova tressaillit, atterrée. Elle regarda Rhona et Alfric, mais ils gardaient la tête baissée, comme s'ils voulaient éviter que la colère de leur père ne retombe sur eux. À l'évidence, Baldessare avait l'habitude de les terroriser. Eh bien, il n'allait pas tempêter chez elle ! S'il n'était pas content, il n'avait qu'à partir.

— Ne criez pas, dit-elle d'une voix sévère, en se levant malgré ses jambes qui tremblaient.

Elle était grande, et elle se redressa fièrement de toute sa taille. Du coin de l'œil, elle vit que Reynard se levait aussi, la main sur la poignée de son épée. Savoir qu'il était là lui donna du courage.

— Vous allez épouser mon fils ! ordonna Baldessare. Vous avez promis de le faire et vous le ferez !

Sa fureur était impressionnante. Il s'avança vers Jenova, et elle se demanda s'il oserait la frapper avant que ses gardes ne puissent l'en empêcher. Mais elle s'interdit de reculer.

— Je n'ai rien promis de tel, déclara-t-elle d'une voix forte. Et je n'ai signé aucun contrat de mariage. Je refuse d'épouser votre fils, et vous ne pouvez m'y obliger.

— Vous m'avez menti, chienne que vous êtes !

— Je n'ai menti à personne. J'ai changé d'avis et je vous conseille de mesurer votre langage.

Lord Baldessare était si près d'elle qu'elle voyait son corps trembler de colère.

— Prenez garde, lady Jenova, dit-il d'une voix sifflante, comme s'il tentait de se contrôler. Prenez garde à ce que vous faites et à ce que vous dites. Aucune femme ne m'a jamais rien refusé.

— Vous me menacez ? demanda Jenova, imperturbable, malgré l'envie de fuir qui lui tordait le ventre. Oubliez-vous que le roi est mon ami ? Si vous me faites le moindre mal, c'est à lui que vous devrez en répondre.

Baldessare plissa ses petits yeux gris et recula légèrement. Son visage avait perdu un peu de son hideuse couleur pourpre, et un air rusé remplaçait maintenant son expression féroce. Alfric et Rhona restaient assis, serrés l'un contre l'autre comme des animaux traqués. Jenova ne put s'empêcher de les plaindre.

— Lady Jenova ?

Henry ! Jamais elle n'avait été aussi contente d'entendre sa voix. Il posa la main sur son épaule, lui communiquant sa force, l'assurant de sa protection.

Le regard de Baldessare devint dur et agressif mais, cette fois, il ne cria pas.

— Je vois... dit-il en hochant la tête. Une fois de plus, lord Henry vole ce qui m'appartient ! Mais c'est une fois de trop. Prenez garde, lady Jenova. N'accordez pas votre confiance à cet homme. C'est un menteur, un voleur, et pire encore. Il a beau prendre les habits d'un grand de la cour, l'ordure colle à sa peau et empuantira toujours l'air autour de lui.

Sur ces mots, Baldessare jeta un dernier regard méprisant à Henry et se détourna. Son manteau claqua derrière lui tandis qu'il s'éloignait, et ses pas résonnèrent sur les dalles de pierre dans le silence qui avait envahi la salle.

Alfric lança un regard sombre à Jenova, puis se leva pour suivre son père. La tête haute, Rhona lui emboîta le pas. Le temps que Jenova recouvre tout à fait ses esprits, les Baldessare avaient quitté la salle.

Le silence régnait toujours. Personne ne semblait avoir envie de parler.

C'était fait. C'était fini. Elle n'était plus fiancée à Alfric. Elle était libre...

La main chaude de Henry quitta son épaule. Henry ! Comment avait-elle pu l'oublier ? Jenova pivota et rencontra le regard furieux de son ami.

— Jenova ? J'exige de savoir ce que vous avez dit pour causer un tel scandale !

Jenova eut un rire nerveux, et les larmes lui montèrent aux yeux.

— Oh ! Henry ! J'espère que j'ai bien fait... J'ai dit à lord Baldessare que je ne pouvais... que je ne voulais plus épouser son fils.

Il parut frappé de stupeur. Jenova le fixait, certaine de savoir à quoi il pensait. Peu lui importait ce qu'il croyait, d'ailleurs. Elle avait besoin de lui en tant qu'ami et allié. Elle ne voulait pas le faire fuir. Il ne fallait pas qu'il pense qu'elle attendait de lui ce qu'il ne pouvait pas lui donner.

— J'ai expliqué à lord Baldessare que les raisons de mon refus n'avaient rien à voir avec son fils, reprit-elle. Je lui ai dit que je ne voulais plus me remarier, avec personne.

— Et c'est la vérité ?

Henry la dévisageait, le cœur serré. Jenova savait qu'il ne voulait pas d'elle comme épouse, mais savoir qu'elle non plus ne voulait pas de lui était étrangement douloureux.

Quant à Jenova, elle se sentait glacée. À quoi s'était-elle attendue ? À une déclaration d'amour ? Une proposition de remplacer Alfric ? Elle n'était tout de même pas aussi sotte ni aussi innocente. Pourtant, elle savait qu'une des raisons qui l'avaient poussée à rompre était qu'Alfric ne pouvait en aucune façon être comparé à Henry.

Non, Henry ne devait jamais savoir qu'elle avait pensé à lui comme époux. C'était une simple question d'amour-propre.

— Oui, répondit-elle en soutenant le regard de Henry. Hier soir, j'ai vu Alfric en privé, et il... il m'a fait peur. J'ai compris qu'il ne pouvait s'installer près de moi à Gunlinghorn ni servir de père à Raf. Je préfère rester veuve plutôt que de prendre le risque de me soumettre à quelqu'un qui risquerait de me faire du mal, à moi ou à mon fils.

— Est-ce à cause du souvenir de Mortred que vous avez repoussé Alfric ? Parce que vous refusez de remplacer votre défunt époux ?

S'il continuait à la regarder ainsi, elle n'allait plus pouvoir lui cacher la triste vérité. Il lui fallait fuir... Elle fit volte-face et s'éloigna.

— De quelle façon Alfric vous a-t-il fait peur, Jenova ?

Henry la suivait ! Elle aurait dû savoir qu'elle ne pourrait se débarrasser de lui si facilement. Il la connaissait trop bien. Il avait deviné qu'elle lui cachait quelque chose, mais il croyait que c'était en rapport avec Alfric.

— Il s'est mis en colère, répondit-elle en pressant le pas. Et l'instant d'après, il pleurait. Je ne l'avais jamais vu ainsi. Il avait très peur de ce que son père dirait si je ne l'épousais pas. Tellement peur qu'il ne se souciait absolument pas de moi. Il m'a suppliée de ne rien dire.

Elle regarda par-dessus son épaule et vit Henry froncer les sourcils.

— Je crois que, pour lui, notre mariage était juste une façon de faire plaisir à son père, poursuivit-elle. Ou de lui obéir. Je ne veux pas d'un époux qui cherche avant tout à plaire à son père, Henry. Je veux un homme qui fasse passer mes intérêts en priorité.

— Je comprends.

Pourvu qu'il ne comprenne pas, au contraire ! Elle parvint à lui sourire en arrivant à la porte de la cuisine.

— J'ai mille choses à faire, à présent, Henry. Nous en reparlerons plus tard, voulez-vous ? Quand je serai plus calme.

Il s'arrêta et lui rendit son sourire, mais il n'était pas aussi chaleureux que d'habitude. Son regard semblait perdu au loin, et son visage avait une expression sombre qu'elle ne lui avait jamais vue – une expression qui lui serrait le cœur.

— Henry ? Vous n'avez tout de même pas prêté attention à ce que Baldessare a dit ? Je sais qu'il vous a insulté, mais cet homme est un porc. Il cherche à salir tous ceux qui se dressent sur son chemin. Je ne peux pas croire que vous soyez blessé par les propos d'un tel homme.

Il la regarda de nouveau. Il y avait à présent dans ses yeux une douceur qui la réconfortait plus que tous les printemps de la terre.

— Si vous ne croyez pas ce tyran, alors c'est tout ce qui m'importe, ma douce amie. En vérité, je pensais à ce que j'aimerais lui faire subir, mais cela attendra. Vaquez à vos occupations, je vais aller retrouver votre fils. Je lui ai promis de lui faire faire le tour de la cour sur le dos de Lamb, et je suis certain que mon cheval trépigne d'impatience.

Elle ne put s'empêcher de rire.

— Je n'en doute pas ! Merci, Henry. Vous êtes très gentil avec Raf.

Il haussa les sourcils.

— Lord Henry de Montevoy, gentil ? Hum... Peut-être. À vrai dire, je trouve la compagnie de Raf très amusante. Il ne ressemble pas du tout à Mortred. Physiquement, un peu, peut-être, mais il a son caractère bien à lui.

— Je sais, et j'en suis fort aise !

En voyant Henry la dévisager d'un air abasourdi, Jenova comprit son erreur. Seigneur ! Elle lui en avait révélé beaucoup plus, par cette simple remarque, que par de longues confidences ! Elle se mordit la lèvre et lui tourna le dos, se hâtant vers la cuisine.

Mais elle sentait son regard étonné dans son dos. Tôt ou tard, Henry l'interrogerait. C'était inévitable. Jamais auparavant elle n'avait émis la moindre critique sur son défunt époux. Parviendrait-elle à éloigner ses soupçons ? Décidément, cette journée commençait sous de bien sombres auspices !

Avait-il bien entendu ? se demandait Henry. Jenova était fort aise que Raf ne ressemble pas à son père ? Pourtant, elle avait adoré Mortred… Elle l'avait longuement pleuré et avait juré de ne jamais se remarier. Il avait même cru que c'était à cause de Mortred qu'elle avait finalement repoussé Alfric, parce qu'elle avait compris que le fils de lord Baldessare ne serait jamais Mortred et qu'elle refusait de faire le deuil de son époux.

Ce n'était guère dans le caractère de son amie de changer d'avis aussi brutalement. Jenova était une femme réfléchie, dotée d'un solide bon sens. Elle n'avait pu ignorer le tempérament d'Alfric, depuis qu'elle le connaissait.

Quelque chose s'était passé, qui l'avait poussée à revenir sur sa décision. Si ce n'était pas à cause de Mortred, ni parce qu'elle avait soudain ouvert les yeux sur la véritable personnalité d'Alfric, alors pourquoi ?

Une intuition l'oppressait, qu'il n'osait s'avouer. Il craignait, en fait, que Jenova n'ait repoussé Alfric à cause de lui. À cause de ce qui se passait entre eux depuis qu'ils s'étaient réfugiés dans la tour d'Uther. Espérait-elle, dans le secret de son cœur, que Henry la demande en mariage ? Qu'en dépit des obstacles, ils puissent vivre heureux et avoir beaucoup d'enfants ?

Si c'était le cas, alors elle ne pourrait qu'être déçue. Henry savait qu'il n'avait pas l'étoffe d'un bon mari, et il se souciait beaucoup trop du bonheur de son amie pour se mettre dans une situation où il risquerait de la blesser. Certes, il était content qu'elle ait refusé Alfric et chassé Baldessare. Il n'avait jamais pensé qu'Alfric était l'homme qu'il lui fallait.

Mais lui, lord Henry de Montevoy, ne lui convenait pas non plus.

Désormais, elle était de nouveau libre, se dit-il. Et il ne pouvait s'empêcher de s'en réjouir. Beaucoup trop, d'ailleurs, et pas seulement parce qu'Alfric aurait fait un piètre époux. Maintenant que la menace d'un mariage entre Jenova et ce paltoquet était écartée, il pourrait revenir à Gunlinghorn, comme autrefois, et rendre visite à son amie sans craindre de rival. Il pourrait emmener Raf se promener sur son étalon, voir la joie et l'admiration sur le visage du petit garçon et lui faire des promesses extravagantes. Oui, la vie pourrait continuer comme avant.

Bref, il se réjouissait d'un événement qui rendait Jenova malheureuse. Oh ! Il s'en voulait, mais c'était plus fort que lui.

Baldessare avait eu raison de le traiter de menteur et de voleur. Henry portait en lui des secrets répugnants, et si ses proches les apprenaient, ils se détourneraient de lui à jamais.

Baldessare était-il au courant ?

Il se posait la question depuis la veille, mais il parvenait toujours à la même réponse : c'était impossible. Un homme comme Baldessare, s'il avait pu utiliser quelque chose pour nuire à Henry, s'en serait servi sur-le-champ. Il était impulsif, incapable d'élaborer une vengeance sur le long terme. C'était une des raisons pour lesquelles Henry ne le considérait pas comme foncièrement dangereux, malgré sa brutalité. C'était avant tout un fanfaron.

Et les menaces d'un fanfaron n'étaient pas de nature à inquiéter un homme comme Henry de Montevoy. Il en fallait beaucoup plus, songea-t-il en revenant dans la grande salle. Sur le seuil, il faillit se heurter à Reynard, qui le cherchait.

— Mille excuses, milord, dit Reynard, mais j'étais inquiet pour lady Jenova. Lord Baldessare semblait possédé par le démon.

— Hum, fit Henry. Penses-tu qu'il se calmera rapidement ?

— Je ne crois pas, milord. C'est le genre de colère qui augmente en se nourrissant d'elle-même.

— Selon toi, nous ne pouvons donc pas rentrer à Londres ? Je m'étais pourtant dit qu'il était temps de retrouver la cour. Les comtes et les barons doivent être en train de comploter à tout va…

Reynard le regarda, et Henry vit qu'il n'était pas dupe. Mais Reynard savait aussi ce que son maître attendait de lui.

— S'il y avait lieu, Leon vous enverrait chercher, milord. Je crois que nous devrions rester à Gunlinghorn pour assurer la sécurité de lady Jenova aussi longtemps que ce sera nécessaire.

C'était la réponse que Henry voulait entendre. Alors, pourquoi était-il toujours aussi tendu ? Parce qu'il savait au fond de lui-même qu'au contraire, il aurait dû partir sur-le-champ et retrouver la vie qui lui convenait ? Une vie qu'il s'était construite à la seule force de sa volonté, depuis l'âge de treize ans, tel un phénix renaissant de ses cendres.

Voulait-il se brûler de nouveau les ailes ? Perdre tout ce qu'il avait eu tant de mal à édifier en se jetant dans les flammes ?

— Tu as raison, Reynard, dit-il en soupirant. Nous devons rester ici. Aussi longtemps qu'on aura besoin de nous.

— Lord Henry ?

La petite main chaude de Raf s'était glissée dans celle de Henry, et ce dernier ne put s'empêcher de sourire à l'enfant.

— Est-ce qu'on peut monter Lamb, maintenant ?

— Toutes mes excuses, Raf ! Ne faisons pas attendre Lamb plus longtemps.

— Je vous ai entendu dire au géant que vous resteriez aussi longtemps qu'on aurait besoin de vous, dit l'enfant en accélérant le pas pour suivre Henry. Est-ce que c'est pour toujours, alors ?

Les yeux verts si semblables à ceux de Jenova cherchèrent ceux de Henry. Il y avait tant d'espoir dans ce regard que Henry regretta ses paroles.

— Non, Raf. Cela signifie seulement que je veux rendre service à ta mère. Ensuite, je partirai.

L'enfant hocha la tête, mais demeura sceptique.

— Et c'est une promesse ? Maman dit qu'on ne peut pas revenir sur une promesse et qu'il faut faire très attention quand on promet quelque chose, parce que c'est pour toujours.

— Ta maman a raison, Raf. Une promesse ne peut se défaire.

— Alors, vous promettez ? Vous resterez ici avec nous ?

Cette fois, il n'y avait pas d'échappatoire, songea Henry avec tristesse. Personne ne pouvait être aussi déterminé que cet enfant lorsqu'il avait décidé d'obtenir une réponse !

— Je te promets que je resterai aussi longtemps qu'on aura besoin de moi, dit Henry.

Le garçonnet allait encore argumenter quand il vit le regard sévère que Henry lui adressait. Il changea rapidement d'avis et se mit à parler des chatons.

Tant mieux, se dit Henry. Il ne voulait pas mentir à Raf, ni le blesser. Cela le surprenait, d'ailleurs, cette considération pour un petit enfant. Sans doute devenait-il meilleur, avec le temps. À moins que Jenova n'ait fait de lui un saint, se dit-il avec ironie.

— Pourquoi souriez-vous, lord Henry ?

— Pour rien, Raf. Je pensais à quelque chose d'amusant.

— À quoi, lord Henry ?

— Tu ne comprendrais pas, mon petit. D'ailleurs, je comprends à peine moi-même…

10

De retour dans son château de Hilldown, lord Baldessare était de fort méchante humeur. Il songeait à Gunlinghorn, si près, à portée de main. Il revoyait les riches pâturages de la vallée, le port qui pouvait accueillir des vaisseaux marchands qui commerçaient avec des lieux aussi lointains que Venise… Oui, ce domaine était un joyau, et il le voulait !

Il avait été si près du but ! Et de façon complètement légale, en plus. Mais il avait fallu qu'une femme lui barre la route, une jolie sotte avec autant de cervelle qu'une volaille ! Il se sentait humilié, et d'autant plus déterminé. Un homme comme lui ne renonçait pas sans se battre et, dans son esprit, Gunlinghorn lui appartenait déjà.

— Elle t'épousera, qu'elle le veuille ou non, cria-t-il en se tournant vers son fils.

Alfric se recroquevilla sur lui-même.

— Je n'ai… je n'ai rien fait pour… bredouilla-t-il.

— Silence ! hurla son père.

Alfric jeta un regard éperdu à sa sœur. Dieu merci, Rhona était là. Depuis qu'il était petit, il pouvait compter sur elle pour l'aider. Elle avait toujours fait de son mieux pour le protéger, endurant parfois les coups qui lui étaient destinés. Il savait bien qu'elle était plus forte que lui, plus courageuse aussi. Si quelqu'un pouvait réussir à calmer leur père, c'était elle.

— Père, vous savez qu'Alfric n'y est pour rien, dit-elle d'une voix apaisante. Il a fait tout qu'on lui demandait.

C'est cette chienne de Jenova qui est en cause. Elle est d'une nature capricieuse et se laisse facilement influencer par ses amis. Un ami, en particulier.

Le visage de son père demeurait rouge de colère. Il trépignait devant le feu. Même les chiens avaient peur et se terraient dans les coins, comme les serviteurs.

— Si Alfric avait fait ce que je lui avais dit de faire, elle n'aurait pas renoncé à l'épouser, dit-il entre ses dents. J'avais enfin trouvé une utilité à mon dégénéré de fils. Mais non, il n'a même pas réussi à mettre une femme dans son lit ! Ce garçon est faible. C'est un bon à rien, et il ne changera jamais, mais par Dieu ! Il fera son devoir envers sa famille et épousera lady Jenova, même si je dois la conduire devant le prêtre à la pointe de mon épée !

Il s'interrompit, haletant, comme s'il se rendait compte qu'il en avait trop dit. Rhona l'observait d'un œil perçant. Elle avait fort bien compris ce que son père avait en tête. Alfric, lui, se taisait, trop affolé pour comprendre quoi que ce soit.

— Eh bien, père, ce n'est pas impossible, puisque le roi est hors du pays et que personne ne pourra se mettre en travers de notre chemin, dit-elle. À part lord Henry, bien sûr.

À ce nom, le baron grimaça avec dédain.

— Je sais assez de choses sur cet escroc pour le mettre hors d'état de nuire. S'il regimbe, toute l'Angleterre sera au courant de ses secrets sordides.

— Vraiment, père ? murmura Rhona, intriguée.

Que savait exactement le baron ? Elle l'ignorait, mais se faisait fort de le découvrir.

— Lady Jenova n'a d'yeux que pour lui. N'avez-vous rien remarqué, père ? Ils sont amants, j'en suis sûre. Ils échangent des regards dès qu'ils en ont l'occasion. Il y a toujours la solution de l'épée, je vous le concède, mais nous pouvons commencer par quelque chose de moins barbare… et de plus aisé.

Baldessare fronça les sourcils et observa sa fille avec perplexité.

Elle retint son souffle, attendant sa décision. Il y avait quatre solutions. Soit il l'accuserait d'impertinence, soit il la rouerait de coups, y compris sur le visage, soit il punirait son frère tout aussi brutalement – comment si, par ce moyen, il pouvait faire de lui un homme –, soit il accepterait de l'écouter, comme il l'avait souvent fait récemment.

— Tu as peut-être raison, marmonna-t-il. Amants, hein ? Tu as de bons yeux. Très bien. Que suggères-tu ?

— Laissons le temps faire son œuvre, répondit-elle. Lord Henry ne reste jamais longtemps loin de la cour, tout le monde le sait. Sa vie est à Londres, et il ne va pas tarder à s'ennuyer, si ce n'est pas déjà le cas. Il va partir, ce n'est qu'une question de jours, et le lit de lady Jenova sera vide. Elle n'est plus de la prime jeunesse, tandis que mon frère est jeune, ardent et beau. Je doute qu'elle trouve quelqu'un d'aussi prompt à la satisfaire que lui. D'autant qu'elle regrettera la présence d'un homme... Son corps exigera d'être satisfait. Et Alfric sera là pour ça. Vous verrez, père. Elle ne pourra lui résister.

— C'est vrai, père, elle ne pourra pas, bêla Alfric.

Rhona se hâta de lui couper la parole, de peur qu'il ne dise une sottise.

— Laissez Alfric retourner à Gunlinghorn dans un jour ou deux. Il s'excusera pour la façon dont nous avons quitté le château et, en même temps, il rappellera à lady Jenova qu'une fois lord Henry parti, elle se retrouvera de nouveau seule. Or, aucune femme ne tient à vieillir seule. Je suis sûre qu'elle finira par comprendre son erreur et sera reconnaissante à Alfric de ne pas l'avoir abandonnée.

Lord Baldessare émit un grognement méprisant, mais Rhona ne se démonta pas, soutenant le regard de son père comme si elle n'avait absolument rien à craindre. Puis, brusquement, le baron sourit. Et quel sourire ! La jeune femme en trembla. Elle sentit son frère se rapprocher d'elle, comme pour chercher sa protection.

Leurs vies dépendaient de leur père, c'était une réalité qu'ils avaient acceptée depuis longtemps.

— Ton idée est intéressante, dit enfin le baron. Mais, si elle échoue, nous aurons recours à la force. D'une façon ou d'une autre, Alfric épousera cette chienne, et quand Guillaume le Conquérant reviendra pour la protéger, ce sera trop tard. Les Baldessare seront les maîtres de Gunlinghorn. Si Guillaume ne veut pas créer de scandale, il acceptera quelques-unes des richesses de Gunlinghorn en guise de compensation. C'est un homme de bon sens. Il ne permet jamais aux sentiments de l'influencer beaucoup. Il comprendra qu'il vaut mieux laisser les choses en l'état.

— Que savez-vous sur lord Henry, père ? demanda Rhona.

Il la toisa.

— Tu poses beaucoup de questions, Rhona. Qu'y a-t-il ? Il te plaît, à toi aussi ?

La plaisanterie était grossière, mais elle se força à sourire.

— Non, père, il est trop londonien à mon goût. Je pensais qu'Alfric pourrait éventuellement se servir des informations que vous possédez pour éloigner lady Jenova de lord Henry. Un mot par-ci, une allusion par-là, et avant que Henry ait pu réagir, elle le traiterait en ennemi.

Son père parut songeur.

— Ton raisonnement se tient, reconnut-il. Mais je ne peux rien te dire, car ce que je sais est le secret d'un autre. Pour l'instant, il suffit que tu saches que lord Henry et moi avons un… ami commun. As-tu entendu parler du château de Nuit ? ajouta-t-il avec un petit sourire satisfait.

Rhona secoua la tête, intriguée.

— Il suffira à ton frère de mentionner ce nom à la dame et de lui dire que lord Henry aura très bientôt un choix à faire. Lady Jenova ne saura pas ce que cela veut dire, mais elle répétera ces mots à lord Henry, et il comprendra qu'il risque d'être démasqué. Elle lui posera des questions auxquelles il refusera de répondre. Et la peur de voir la vérité éclater au grand jour le fera rapidement décamper de Gunlinghorn.

Lord Baldessare partit d'un rire sauvage, les yeux brillants d'une lueur cruelle.

— Très bien, père, dit Rhona en jetant un regard lourd de sous-entendus à Alfric, essayant d'ignorer le mélange d'espoir et de terreur qui se peignait sur le visage de son frère.

Il était rare de voir le baron de si bonne humeur, surtout après avoir été mis en déroute par un homme qu'il détestait. Le secret qu'il connaissait devait vraiment être puissant... Assez en tout cas pour que lord Henry craigne de perdre sa situation à la cour et quitte Gunlinghorn. Rhona savait d'expérience que les hommes faisaient toujours passer leurs intérêts avant tout. Si Henry partait, Alfric aurait encore une chance.

Pourvu que ce stratagème fonctionne ! Car s'il échouait... Rhona frissonna. Mieux valait ne pas y penser. Son père n'hésiterait pas à les briser de toutes les façons, s'il était fortement contrarié.

Étrangement, Rhona ne pouvait s'empêcher de penser à l'inconnu aux épais cheveux noirs qui avait surpris sa conversation avec Alfric, la veille, dans les couloirs de Gunlinghorn. Elle l'avait vu ce matin dans la grande salle et avait reconnu sans peine la nature du regard qu'il lui avait jeté. Un regard qui pourrait lui être utile un jour. Quel était le nom de ce rustre, déjà ? Reynard...

Comment le savait-elle ? s'étonna-t-elle. Quelqu'un l'avait-il appelé devant elle ? D'ordinaire, elle ne s'intéressait pas aux serviteurs, car ils ne servaient aucunement ses ambitions ni celles de son père. Pourtant, l'image de ce Reynard s'était imprimée dans sa mémoire. Peut-être parce qu'il n'était pas homme à laisser le baron tyranniser une femme... Elle l'avait vu s'approcher de lady Jenova pendant que son père hurlait, prêt à la protéger, à utiliser la force s'il le fallait.

— Lord Baldessare ! Avez-vous fait bon voyage ?

La voix rauque les fit tous tressaillir. Rhona se retourna, effrayée, comme chaque fois qu'elle devait regarder le visage défiguré de leur chapelain.

— Jean-Paul ! Je ne vous avais pas vu entrer, marmonna Baldessare.

Il se dirigea vers le prêtre en traînant les pieds, comme un homme surpris en train de révéler un secret qu'il aurait dû garder pour lui, se dit Rhona. Pourtant, il était le maître chez lui. Que s'était-il donc passé entre les deux hommes ? Depuis que Jean-Paul habitait chez eux, son père s'en remettait entièrement à lui, et parfois, il semblait même se soumettre à ses décisions ! Le craignait-il ?

Dans sa robe sombre, Jean-Paul avança à grands pas, ses lèvres fines plissées dans un semblant de sourire.

— Je viens seulement de finir mes prières, dit-il pour expliquer son arrivée tardive. Lord Alfric, lady Rhona, je vous salue.

Rhona inclina gracieusement la tête et détourna bien vite le regard. C'était insupportable, ce visage double. Un des côtés était d'une beauté parfaite, tandis que l'autre n'était qu'un magma de chairs boursouflées. Elle se demandait comment il pouvait vivre en étant aussi monstrueux. À sa place, elle aurait préféré mourir. Mais on aurait dit que Jean-Paul éprouvait un plaisir pervers à montrer sa laideur et qu'il aimait choquer les autres.

— Eh bien, vais-je bientôt célébrer les noces d'Alfric et de sa douce amie ? Avez-vous convenu d'une date au printemps, comme prévu ?

Alfric lui jeta un de ses regards mélancoliques et boudeurs.

— Elle préfère ce bâtard de Montevoy, Jean-Paul, marmonna-t-il.

Le chapelain tourna la tête de gauche à droite, montrant les deux faces de son visage.

— C'est bien un bâtard, en vérité, lord Alfric. J'ai souvent entendu parler de lord de Montevoy, et je n'ai pas aimé ce qu'on m'en a dit. On ne peut lui faire confiance. Ne pouvez-vous ouvrir les yeux de lady Jenova, lui permettre de voir qui il est réellement ?

— Elle est entichée de lui, répliqua Alfric d'un ton médusé, comme s'il ne parvenait pas à comprendre Jenova. Ils sont amis depuis très longtemps.

— C'est ce que m'a dit votre père, lord Alfric. Ils se connaissent depuis l'enfance, n'est-ce pas ? Lord Henry considère d'ailleurs Gunlinghorn comme sa deuxième maison. Son... sanctuaire, dirons-nous.

Il sourit et Rhona regarda, fascinée, le sourire charmeur d'un côté et l'ignoble grimace de l'autre.

— Nous devons donc veiller à corrompre ce sanctuaire, à le réduire en cendres, afin qu'il s'y sente en danger.

— Vous voulez brûler Gunlinghorn ? s'exclama Alfric.

Rhona serra le bras de son frère avant qu'il ne se ridiculise complètement.

— C'est une image, Alfric. Jean-Paul veut seulement dire qu'il faut faire en sorte que lord Henry se sente très mal à l'aise à Gunlinghorn, comme s'il y avait le feu...

Jean-Paul n'avait plus qu'un seul œil, l'autre restant à moitié clos sur une prunelle blanchâtre. Mais l'œil qu'il lui restait, bleu pâle, scintillait d'une lueur amusée. On aurait presque dit qu'il lui faisait un clin d'œil, sinistre et effrayant.

— Exactement, lady Rhona. Vous avez tout compris.

Plus d'une fois, Rhona avait eu l'impression que Jean-Paul se comportait comme leur égal, alors qu'il était sous leur autorité. Il semblait même se sentir supérieur à eux, comme s'il les contrôlait, telles des marionnettes dont il aurait tiré les fils. Elle avait peur de lui, oui, et pas seulement à cause de son visage ravagé. Et c'était à cause de cette peur qu'elle ne le traitait pas avec le mépris qu'il méritait.

Jean-Paul prétendait être leur ami et les défendait souvent contre leur père, canalisant ses colères et sa mauvaise humeur. Mais il le faisait dans son propre intérêt. Alfric n'était pas de l'avis de sa sœur. Pour lui, Jean-Paul était une sorte de sauveur, et il n'en démordait pas. N'était-il pas le seul être capable d'inspirer de la crainte à leur père ?

Mais Rhona avait entendu de drôles de bruits sur ce prêtre. Il était connu pour frapper les serviteurs sans raison. Un jour, Rhona l'avait vu envoyer le marmiton au sol d'un coup de poing et s'en aller en souriant, comme s'il avait pris plaisir à lui infliger ce coup. La seule chose à laquelle il paraissait tenir, c'était son cheval, un étalon noir qui aurait mieux convenu à un roi qu'à un homme d'Église. La cruauté était un fléau habituel dans la demeure des Baldessare, mais alors que le baron avait des crises de rage, le prêtre restait froid et maître de lui. C'était encore plus effrayant et inquiétant.

Un serviteur apporta de la bière. Baldessare porta une chope à ses lèvres, but goulûment et parut rasséréné.

— Je sais ce que je vais faire, Jean-Paul, dit-il. Lord Henry sera châtié. Vous verrez, vos vœux ne tarderont pas à être exaucés. Et les miens aussi.

Rhona se força à sourire avec suavité.

— Je sais que le souhait de mon père est d'être maître de Gunlinghorn, mais quel est le vôtre, Jean-Paul ?

Le chapelain la dévisagea quelques instants en silence.

— Mon vœu est de marier lady Jenova à votre frère, lady Rhona. Que pourrais-je souhaiter de mieux pour votre famille et le salut de vos âmes ?

Elle acquiesça, plus effrayée que jamais. Jean-Paul ne se souciait guère du bonheur d'Alfric. Ce mariage présentait un intérêt pour lui, cela ne faisait guère de doute. Et ce n'était pas de nature à la rassurer !

Raf riait, et son rire gai et innocent résonnait dans toute la cour du château. Un marchand qui tirait sa mule lourdement chargée ne put s'empêcher de sourire en l'entendant, et ses dents blanches parurent éclatantes dans sa figure basanée. Les autres, serviteurs ou villageois, s'interrompaient dans leurs allées et venues pour lever la tête, conquis par cette gaieté soudaine.

Jenova souriait aussi, dans le soleil d'hiver qui lui baignait les épaules. Henry la regardait souvent, tout en guidant Lamb autour de la cour. Elle avait l'air d'une toute jeune fille, avec ses joues rosies par le froid et ses yeux rieurs. Pour un peu, il en aurait oublié qu'elle était la châtelaine de Gunlinghorn... On aurait dit que leurs folles étreintes l'avaient rajeunie, libérée.

— Plus vite ! ordonnait la voix surexcitée de Raf. Plus vite, vous dis-je !

— Si je vais plus vite, répliqua Henry, Lamb nous conduira jusqu'à Londres. Que dirait ta maman, hein ?

Le garçonnet réfléchit un instant, puis décocha un sourire radieux à Henry.

— Eh bien, elle viendrait nous rejoindre ! annonça-t-il. Comme ça, nous serions tous ensemble à Londres !

Henry lui adressa un sourire forcé, mais ne trouva rien à répondre. Jenova à Londres ? Ce n'était pas une situation qu'il avait imaginée, ni même qu'il pouvait sérieusement envisager. Pour lui, Jenova était liée à Gunlinghorn, à la campagne, à cette vie secrète qui comblait ses sens et son cœur.

À Londres, il faudrait la présenter aux courtisans, à la société. Annoncer publiquement leur liaison, en somme. Les gens chuchoteraient sur leur passage, les regarderaient avec curiosité. Les commérages seraient cruels, car la cour adorait les ragots. Henry refusait d'endurer ces humiliations. En outre, cela ne plairait pas au roi. Guillaume en voudrait à Henry de compromettre la réputation de la veuve de son cousin. Non, Henry n'allait pas jeter les efforts de toute une vie aux orties pour une femme.

Son départ de Gunlinghorn marquerait la fin de leur liaison. Jenova redeviendrait la fière et irréprochable châtelaine de Gunlinghorn, et lui redeviendrait lord de Montevoy, ami du roi et amant infatigable de ces dames.

Mais il se mentait à lui-même. Car, au fond, il savait que tous ces obstacles pouvaient être surmontés. La raison pour laquelle il ne voulait pas de Jenova dans sa vie était ailleurs : il avait peur. Elle ne connaissait pas ses secrets. Elle ne savait pas à quel point il pouvait être ignoble. Si leur liaison perdurait, elle lui poserait des questions, elle chercherait à en savoir plus sur son passé, jusqu'à ce qu'elle découvre l'horrible vérité.

Personne ne savait ce qui s'était passé au château de Nuit.

Par ailleurs, il ne pouvait pas la laisser seule face à lord Baldessare. Malgré les dénégations farouches de la jeune femme, c'était probablement à cause de leur liaison passionnée qu'elle avait refusé d'épouser Alfric. Il avait donc des obligations envers elle. Même si, il le savait, elle était capable de se défendre. Même si elle avait toujours été indépendante et aimait régner seule sur son domaine. Même si le roi lui conservait son affection et que Baldessare n'était pas assez sot pour défier le souverain.

Du moins Henry l'espérait-il…

Car des hommes de cet acabit pouvaient tout risquer par avidité. Le vol, la trahison et le meurtre ne les effrayaient pas, même s'ils savaient que le roi pouvait les condamner à mort. Baldessare n'était pas stupide, mais assez cupide pour s'aveugler.

Protéger Jenova de ce rapace était une bonne excuse pour rester à Gunlinghorn... Pourtant, il avait de bonnes raisons de rentrer à Londres. Car, malgré les affirmations de Reynard, les talents de Leon ne suffiraient pas à contenir les intrigues des barons si elles se développaient en l'absence de Henry. Mais il était si heureux ici ! Plus heureux qu'il ne l'avait été depuis très longtemps. Oh, cela ne durerait pas, il le savait.

Mais il ne pouvait se résoudre à quitter Jenova. Pas encore, même s'il savait qu'il ne méritait pas un tel bonheur.

Encore un peu de bonheur, juste un peu.

Leur liaison se déferait peut-être d'elle-même, et il partirait alors d'un cœur plus léger. Ou bien ce serait Jenova qui lui demanderait de s'en aller, lassée de leur liaison, et il n'aurait pas à prendre cette décision.

Mais, au fil des jours, leur passion ne semblait pas s'apaiser. En outre, Henry participait de plus en plus aux différents aspects de la vie de Jenova. La veille, elle lui avait demandé d'être près d'elle pour recevoir un marchand du port de Gunlinghorn.

— J'ai besoin de vos conseils, avait-elle dit.

Henry avait accepté par amitié, en vérité, cela l'ennuyait. Gunlinghorn n'était pas Londres. Les petites affaires qu'on y traitait n'allaient pas affecter l'avenir du royaume.

Mais, au bout de quelques minutes, il s'était pris d'intérêt pour la discussion. Certes, cela n'avait rien à voir avec les machinations de la cour, mais c'était diablement stimulant. Était-ce à cause de la présence de Jenova ? Non, il y avait autre chose. C'était parce qu'il tenait à la bonne marche du domaine, au bien-être des gens qui y vivaient, et qu'il pouvait contribuer à cet équilibre.

Le marchand était venu demander le contrôle du port en échange d'un loyer annuel. En retour, il garderait tous les profits. Le port faisait partie du domaine de

Gunlinghorn et, jusqu'à présent, c'était Jenova qui en avait assumé la gestion.

— Un homme comme moi, lady Jenova, bon et honnête, serait heureux d'ôter tous ces soucis de vos épaules, déjà bien chargées. J'ai entendu dire qu'un bateau s'était enlisé récemment. Gérer des incidents de ce genre doit être ennuyeux pour vous. Ce serait un honneur pour moi de vous épargner ces corvées.

Jenova avait jeté un regard amusé à Henry.

— Je n'en doute pas, *master* Will. Mais j'ai toujours pensé que ces charges faisaient partie de mon rôle de châtelaine.

Le marchand avait continué à la flatter, mais il était clair pour Henry qu'il cherchait à faire une fructueuse opération. De plus en plus de bateaux accostaient au port de Gunlinghorn, et le commerce florissait : l'homme avait vu là l'occasion de s'enrichir, mais sans rien partager avec lady Jenova. Une châtelaine faible et paresseuse aurait sans doute accepté son offre, heureuse de se débarrasser de ce qu'il appelait « une corvée ».

— Vous avez dit qu'un bateau s'était enlisé, avait déclaré Henry, n'hésitant pas à interrompre le flagorneur. Le port se remplit donc de sable. Que comptez-vous faire à ce propos, *master* Will ? Avez-vous un plan ? Allez-vous engager des réparations à vos frais ?

Le marchand avait tergiversé longuement, mais il était évident qu'il n'avait pas l'intention de régler les problèmes à long terme, ni d'empêcher le chenal de s'ensabler. En vérité, il voulait faire du profit et s'en aller.

— On ne peut rien contre la volonté de Dieu, avait-il conclu d'un air résigné.

— Mais vous semblez négliger la volonté de lady Jenova, avait dit Henry avec une douceur trompeuse. Elle est fort capable de gérer le port, comme elle l'a toujours fait. Elle est aussi assez intelligente pour prévoir des travaux d'amélioration.

Master Will lui avait jeté un regard peu amène. À l'évidence, il aurait préféré que lord Henry soit absent. Le pauvre homme s'était imaginé que Jenova goberait ses mensonges... Il connaissait bien mal la châtelaine de Gunlinghorn !

— Milord, lady Jenova est une dame fragile et belle, avait répliqué le malheureux, à court d'arguments. Les femmes n'aiment pas les questions de commerce. Elles n'y comprennent rien. C'est aux hommes de les aider. Ne serait-ce pas honteux de ma part de la laisser souffrir alors que je peux si facilement la soulager ?

— La soulager de son argent, oui ! avait tonné Henry, excédé. Sortez, *master* Will. Nous avons assez écouté vos mensonges. Lady Jenova a pris sa décision. Elle garde le port sous son commandement.

Le visage du marchand s'était décomposé.

— Lady Jenova ! avait-il bredouillé. Je n'ai jamais eu l'intention de vous duper, vous pouvez me croire !

Jenova l'avait poliment raccompagné à la porte, en lui assurant qu'elle n'était nullement offensée mais qu'effectivement, elle veillerait elle-même à la gestion du port, comme elle l'avait toujours fait. Lorsqu'elle était revenue vers Henry, elle souriait avec fierté.

— Si je l'avais écouté, il aurait ouvert un marché toutes les semaines sur le quai, avait-elle dit. Des marchands venus de tout le Sud de l'Angleterre auraient accosté au port.

— En effet, avait répondu Henry. Laissez-moi deviner, Jenova. Vous avez l'intention d'ouvrir vous-même ce marché ?

— Naturellement. C'est pourquoi je tiens à contrôler le port moi-même. Je serais bien sotte d'en céder la gestion.

Il savait quand elle lui avait demandé d'assister à cette discussion qu'elle était parfaitement capable de se débrouiller seule, mais il avait tout de même cru lui être de quelque utilité.

— Vous n'aviez donc aucun besoin de mes conseils, avait-il dit, vexé.

— Oh ! Mais si ! J'avais besoin que vous soyez là, Henry. Voyez-vous, je ne voulais pas offenser *master* Will, car il m'est utile. Mais vous l'avez offensé à ma place. Cela me permet de rester la bonne et douce lady Jenova. Les hommes de son espèce aiment à penser que les femmes sont faibles. Je ne tiens pas à les détromper, car je peux avoir besoin de leur aide.

Henry avait éclaté de rire.

— J'ai donc servi vos noirs desseins ?

— Vous avez été parfait, avait-elle répondu en le regardant comme s'il avait dépassé tous ses espoirs.

Et Henry l'avait crue... Mais maintenant qu'il y repensait, il se demandait si Jenova n'avait pas tenté de lui faire comprendre que s'occuper de Gunlinghorn n'avait rien d'ennuyeux et que sa présence au domaine lui serait fort utile... Au port, par exemple, pour surveiller les travaux d'assainissement et d'agrandissement du chenal, qui permettraient à de plus grands vaisseaux de s'y engager. De tels défis plaisaient à Henry.

Était-ce cela que Jenova avait voulu lui signifier ? Que, dans le fond, les activités qu'il pouvait trouver à Gunlinghorn n'avaient rien à envier à celles qu'offrait Londres ?

Henry regarda autour de lui, revenant à la réalité, et fit presser le pas à Lamb. Raf se taisait, ravi, mais l'étalon agitait sa crinière et reniflait impatiemment. Il avait envie de galoper... Comme lui, du reste. Courir sans retenue et tout oublier, l'espace de quelques instants.

Il soupira. Où était passé son bon sens ? Il était désorienté, troublé, partagé entre l'envie de partir et le désir de rester... D'un côté, il y avait la vie satisfaisante qui l'attendait à la cour, mais que les menaces implicites de Baldessare pouvaient détruire ; de l'autre, il y avait Jenova, son fils et Gunlinghorn. Et Henry balançait entre ses sombres secrets et son désir pour Jenova. Il ne la méritait pas, c'était une certitude. Il finirait forcément par la décevoir. Car, s'il restait, un jour viendrait où la vérité devrait éclater.

Loin de deviner le dilemme qui agitait Henry, Jenova serrait sa pelisse sur ses épaules et contemplait le tableau qu'il formait avec son fils, trottant élégamment sur Lamb dans la cour du château. L'étalon faisait des pas étonnamment légers, pour un animal de si grande taille. Henry le contrôlait totalement, et elle n'avait pas peur pour Raf. De plus, son fils s'amusait tellement qu'elle doutait qu'il l'écoute, si d'aventure elle protestait.

Elle n'avait jamais pensé que Henry puisse aimer les enfants. Jusqu'ici, il avait même semblé reconnaissant à la jeune femme de tenir Raf à l'écart. Pourquoi avait-il changé ? Était-ce pour plaire à Jenova ?

Il avait pourtant d'autres moyens d'y parvenir... puisqu'elle ne lui refusait rien. Ils avaient passé la nuit dans les bras l'un de l'autre, se comblant mutuellement de plaisir. Il l'avait fait crier de volupté à maintes reprises. Comment se lasser de telles extases ?

Elle tentait chaque jour de ne pas penser à l'avenir, de profiter des moments précieux passés avec Henry, sachant qu'il regagnerait tôt ou tard Londres et sa vraie vie. Alors, elle serait de nouveau seule, sans époux, si insignifiant soit-il, pour lui tenir compagnie. Peut-être même regretterait-elle Alfric. Mais elle resterait lady Jenova de Gunlinghorn, une châtelaine juste, admirée et aimée de ses gens. Cela aurait dû l'aider à affronter l'idée de la solitude, non ?

Raf lui adressa un joyeux signe de la main.

— Maman, nous allons à Londres ! cria-t-il.

Henry sourit, et elle lui rendit son sourire. Elle savait qu'il n'en était rien, qu'ils n'iraient jamais à Londres avec Henry. Il ne voulait pas d'eux là-bas. En fait, se dit-elle, le cœur serré, il ne voulait pas d'eux dans sa vie du tout.

Pourquoi en éprouvait-elle tant de chagrin ? Leur passion allait s'estomper, n'est-ce pas ? Il lui resterait de beaux souvenirs, et elle savait d'ores et déjà qu'elle ne regretterait rien de leur liaison.

Elle n'était sans doute destinée qu'à des bonheurs fugaces, alors pourquoi ne pas en prendre son parti et remercier le Ciel de ces brèves éclaircies dans la grisaille paisible des jours ?

11

Jean-Paul ferma les yeux, tentant d'apaiser la douleur qui lui vrillait le crâne. Les migraines faisaient partie de sa vie, désormais, et il les avait acceptées. Tout comme il avait accepté la destruction de son corps et de son visage.

Cependant, il ne s'était pas résigné à accepter leur cause. Dieu prônait le pardon, mais Jean-Paul ne pourrait jamais pardonner ce qu'on lui avait fait cette nuit-là, lorsqu'il avait été abandonné dans l'incendie qui ravageait sa demeure. Il s'était traîné hors du bâtiment en flammes et s'était écroulé, à moitié mort, la chair dévorée de brûlures, devant la masure d'un paysan. Et il avait survécu.

Les gens du village disaient que c'était un miracle, que Dieu avait sauvé Jean-Paul pour Le servir et L'honorer. Il les avait laissés dire, satisfait de voir que la catastrophe tournait à son avantage. On l'avait fait entrer dans un monastère, et il y avait appris les lois des saints hommes. Mais ce n'était pas Dieu qui l'avait sauvé. La seule chose qui l'avait soutenu durant ces jours maudits, et jusqu'à aujourd'hui, c'était le désir de vengeance. Quelqu'un devait payer pour ce qui lui était arrivé. Dieu enseignait aussi la justice. Œil pour œil, dent pour dent… Une vie pour une autre, telle était la loi du Dieu vengeur.

Et celui qui allait payer ce prix, c'était Henry de Montevoy.

À l'évocation de ce nom, la douleur de Jean-Paul augmenta. Henry l'avait abandonné lorsqu'il avait eu le plus besoin de lui. Il l'avait laissé brûler et méritait ce que Jean-Paul lui réservait. Le chapelain sourit malgré sa souffrance. Comme il allait s'amuser, durant les semaines à venir… Oui, il serait bien récompensé de sa patience !

La baignoire était installée dans l'une des petites pièces aménagées derrière la grande salle. Henry s'était allongé dans l'eau fumante avec un soupir de satisfaction, en humant la forte odeur de violette provenant du savon que lui avait donné lady Agetha.

Henry se lavait très régulièrement, ce qui était toujours une cause d'amusement pour ses amis. Il répliquait qu'il préférait se débarrasser de la saleté plutôt que de vivre dans la crasse, comme eux… Mais, en réalité, il voulait se purifier de son passé. Il lui semblait qu'en nettoyant son corps, il serait moins souillé mentalement.

Lady Agetha avait proposé de lui frotter le dos, comme l'exigeait la politesse, mais il avait refusé, au grand soulagement de la jeune femme. Évidemment, si la proposition était venue de Jenova, il aurait été ravi d'accepter !

Lorsqu'il était avec elle, plus rien d'autre ne comptait. Elle lui aurait sans doute ri au nez, s'il lui avait dit cela. Ou alors, elle aurait pensé qu'il projetait de faire sa vie avec elle.

Henry n'avait jamais fait ce genre de projet avec aucune femme. D'ordinaire, il ne restait pas plus d'un mois avec ses conquêtes. Mais plusieurs semaines s'étaient écoulées depuis son arrivée, et il n'avait aucune envie de partir.

Il soupira de nouveau et s'enfonça dans l'eau. Les voix de la grande salle s'estompèrent, et il s'assoupit un instant. Il rêva de forêts et d'une lune flottant dans un ciel sombre, puis de guerres dans des contrées inconnues. Il y avait du sang. Un sang chaud, qui coulait…

Soudain, il comprit qu'on versait de l'eau chaude dans la baignoire et rouvrit les yeux.

Reynard se tenait près de lui, impassible.

— Est-il tard ? demanda Henry en étouffant un bâillement. Je me suis endormi.

Puis il entendit le froufrou d'une jupe.

— Il est tellement tard que je suis venue voir ce qui se passait, lord Henry. Reynard m'a menée ici, dit Jenova.

Elle s'avança, délicate et angélique dans une robe jaune pâle, les mains sagement serrées sur son giron. Mais ses yeux verts n'avaient rien d'angélique… C'étaient ceux d'une irrésistible tentatrice ! Henry s'enfonça un peu plus dans l'eau pour dissimuler l'effet immédiat que ce regard avait eu sur son corps.

— Vous prenez encore un bain, Henry ? railla-t-elle gentiment. Il faut que je vous aide à vous laver.

— J'ai déjà refusé l'offre de lady Agetha.

— Mais vous ne refuserez pas la mienne ! Il est d'usage dans les maisons nobles que la dame assiste ses hôtes dans leur bain, comme vous le savez. Je ne voudrais pas que vous me croyiez impolie.

Henry regarda Reynard. Jenova n'avait jamais été aussi audacieuse devant un serviteur, et Reynard était loin d'être idiot. D'ailleurs, il le prouva sur-le-champ.

— Je vous attends dans la grande salle, milord, dit-il. Si quelqu'un vous demande, je veillerai à vous prévenir… assez longtemps à l'avance.

Il referma la porte derrière lui, et Jenova posa la main sur l'épaule de son compagnon. Il la porta à ses lèvres.

— Henry ! Vous sentez la violette ! s'exclama-t-elle, comme elle se penchait pour déposer un baiser sur sa joue.

— C'est le savon que m'a donné lady Agetha.

Jenova pouffa de rire.

— Je suis désolée. Elle aurait dû vous donner un savon neutre, mais elle a un faible pour Alfric. Elle m'en veut de l'avoir repoussé.

— Elle n'a guère de jugeote, dans ce cas. Alfric ne vous aurait pas épousée pour vous-même, Jenova, mais pour ce que vous auriez apporté à son père.

Il avait mis le doigt sur la vérité, car le sourire de Jenova se figea.

— Vous le pensez vraiment ? Je suppose qu'il est comme tous les hommes. Si une femme a des biens ou de la fortune, ainsi que des hanches larges et le sein rond, elle fera l'affaire. Qu'importe ce que nous pensons ou ressentons ? Qu'importe que nous soyons heureuses ou tristes ?

Henry fronça les sourcils, alarmé. Jenova avait eu ce ton amer lorsqu'ils avaient parlé de Mortred après le départ rageur des Baldessare. Il avait mis cela sur le compte de sa nervosité, bien naturelle après sa rupture avec Alfric. Mais, aujourd'hui, il était certain que ce ton cachait des sentiments plus profonds.

— Vous parlez de Mortred, n'est-ce pas, Jenova ?

Elle soutint son regard sans répondre.

— Vous saviez ? demanda Henry.

Il hésitait encore, craignant d'en dire trop. Comment Jenova aurait-elle pu savoir que Mortred était un homme qui buvait à l'excès et fréquentait les maisons closes ? Henry le méprisait pour cela, mais il avait pensé qu'en se taisant, il protégeait Jenova de l'ignoble vérité. Et il la protégeait toujours.

— Si je savais ? murmura Jenova avec un rire sans joie. Si je savais que mon époux me mentait et me trompait ? Oui, je l'ai découvert récemment.

Henry était accablé. Ainsi, il avait échoué à la préserver ! Il avait cru que Mortred avait su donner le change, ne se livrant à la débauche que loin de chez lui. Il s'était trompé, apparemment.

— Mais vous, reprit Jenova, vous le saviez depuis longtemps, n'est-ce pas ? Et vous ne m'avez rien dit !

— Je ne voulais pas vous faire souffrir.

Jenova eut un rire désespéré.

— Me faire souffrir... Mortred s'en est chargé. Je n'ai rien su avant sa mort. Et je l'ai pleuré sincèrement, au point de souhaiter le rejoindre dans la tombe. Comme j'ai été sotte ! Il m'a trompée durant tout notre mariage. J'ai porté le deuil d'un homme qui m'a dupée, d'un vulgaire coureur de jupons. Il avait même une liaison avec une de mes dames d'atour, ici, sous notre toit !

Elle essuya ses larmes rageusement, comme si elle voulait dans le même geste se débarrasser de son défunt époux.

— C'est elle qui me l'a appris, reprit-elle. L'an dernier, avant qu'elle ne quitte Gunlinghorn... Elle ne m'a épargné aucun détail.

— Jenova...

— Pourquoi ? demanda-t-elle d'une voix sourde, qui trahissait son angoisse et son humiliation. Pourquoi allait-il vers ces femmes alors que j'étais prête à tout lui donner, à être tout pour lui ? Comment a-t-il pu me faire ça ?

Les larmes roulèrent sur ses joues mais, cette fois, elle ne les essuya pas. Si Mortred avait été devant lui, Henry lui aurait volontiers écrasé le nez d'un coup de poing. Mais il était mort, et Jenova avait besoin d'aide.

— Il n'était pas digne de vous, Jenova.

Elle secoua la tête avec colère.

— Vous le saviez, Henry ! Vous étiez au courant ! Vous auriez dû me prévenir. Je ne peux pas vous pardonner de ne m'avoir rien dit.

— Ma douce amie...

— Non ! Ne cherchez pas d'excuse, il n'y en a pas. J'aurais préféré connaître la vérité plutôt que de pleurer un homme comme lui.

Ainsi, au lieu de la protéger, il n'avait fait que lui causer une douleur plus grande encore ?

— Je suis désolé, dit-il tristement.

— C'est trop tard, Henry ! Oh ! Comme je regrette de ne pas avoir pris d'amant quand Mortred était vivant ! J'aurais voulu le blesser autant qu'il m'a blessée. J'avais décidé d'épouser Alfric pour montrer à ceux qui connaissent la vérité que je ne pleurais plus un homme qui ne m'avait jamais aimée. Je voulais qu'ils cessent d'avoir pitié de moi. Je voulais me venger, Henry. Même après sa mort, oui... Et maintenant, je n'ai plus personne. Ni Mortred ni Alfric... Je n'ai plus rien.

Henry se redressa dans son bain.

— Vous voulez prendre un amant, Jenova ? Alors, vengez-vous à travers moi. Montrez à Mortred que vous ne l'aimez plus. Là, maintenant.

Elle plissa les yeux.

— Ici ? murmura-t-elle en regardant par-dessus son épaule.

— Ici. L'eau est encore chaude.

— Mais...

— Reynard monte la garde, nous ne risquons rien.

Henry vit le regard de la jeune femme s'attarder sur son corps nu plongé dans l'eau.

— Vengez-vous de Mortred, Jenova. Chassons-le de nos vies !

Elle croisa le regard de Henry et rougit. Soudain, elle redevenait la jeune fille d'autrefois, qui n'avait peur de rien et l'aurait suivi partout. Comme il l'aimait, alors... Oui, se dit-il, il l'avait toujours aimée, mais la vie les avait séparés, et Jenova avait épousé Mortred.

Sans le quitter des yeux, Jenova commença à se dévêtir avec des gestes lents et tremblants. Sa robe jaune tomba à terre, bientôt suivie de sa chemise, révélant son corps ferme et lisse. Il admira ses seins ronds aux mamelons rosés, sa taille fine, la courbe longue de ses cuisses et la toison brune qui bouclait délicatement en leur milieu.

Henry la désirait tellement qu'il en avait le vertige. Jamais il n'avait été autant attiré par une femme. Pourtant, ce ne pouvait pas être de l'amour, se dit-il, car l'amour impliquait la confiance. Et il ne pouvait faire confiance à aucune femme, même à Jenova, depuis que sa mère l'avait abandonné. Il ne voulait pas prendre le risque d'offrir son cœur et d'être rejeté de nouveau. Si cela se reproduisait, il n'y survivrait pas. Oui, l'amour était trop risqué pour avoir une place dans sa vie.

Jenova laissa glisser sa chemise sur son corps nu. Henry la dévorait des yeux. Elle n'était plus une victime, une femme bafouée, se répétait-elle, mais une séductrice, une femme qui découvrait ses sens et se servait de ses charmes pour son plus grand plaisir.

Henry lui tendit la main.

— Non, dit-elle d'une voix rauque. Ne me touchez pas… N'oubliez pas qu'il s'agit de ma vengeance… Vous êtes mon amant et je suis venu vous séduire, pour montrer à Mortred qu'il n'est plus rien pour moi. C'est moi qui vais vous dire ce que vous devez faire, Henry…

Il n'avait pas l'air d'apprécier, mais Jenova n'en avait cure. Henry aussi lui avait menti. Elle se pencha sur lui, caressant de ses seins la joue de son compagnon, qui tourna aussitôt la tête pour les toucher de ses lèvres. Mais elle s'écarta et glissa les mains sur son torse musclé, l'explorant peu à peu, prenant possession de son corps viril. Elle prolongea sa caresse sur son ventre, sur son sexe.

— Je vais mourir de plaisir, Jenova. Je vous en prie, laissez-moi vous toucher…

Elle hésita un instant.

— D'accord, dit-elle, mais vous arrêterez quand je vous le demanderai.

Il se pencha pour poser la joue sur le ventre de la jeune femme, puis s'empara des globes parfaits de ses seins et joua avec leurs pointes dressées.

Jenova se mit à frissonner de plaisir et dut s'agripper au rebord de la baignoire. Puis Henry attira son visage vers le sien et prit sa bouche dans un baiser si passionné qu'elle oublia toutes ses résolutions. Alors qu'il l'embrassait, elle sentit sa main le long de ses cuisses, tandis qu'il se dressait hors de l'eau… Dans une seconde, elle serait incapable de lui résister !

— Non ! dit-elle en posant une main ferme sur l'épaule de son compagnon. Restez dans l'eau, Henry. C'est moi qui viendrai à vous.

Le regard de Henry était brûlant comme de la braise.

— Alors, venez vite, Jenova !

Elle entra dans l'eau et s'allongea sur lui, ondulant pour le provoquer, jusqu'à ce qu'elle-même ne puisse attendre davantage. Alors, elle le laissa entrer en elle.

Leur excitation était à leur comble. Jenova flottait dans un ciel d'étoiles merveilleuses, envahie par une extase qui la tenait très haut au-dessus du monde.

Lorsque tout fut terminé, elle releva la tête. Avec ses cheveux humides qui bouclaient sur son front et ses épaules, elle ressemblait à une sirène.

— Vous êtes tellement différent de Mortred, murmura-t-elle.

Henry lui jeta un regard étonné et triste. Si elle avait su qui il était réellement…

— Me pardonnez-vous de vous avoir caché la vérité ? demanda-t-il.

Elle plongea le regard dans le sien. Henry semblait sincèrement désolé. Et elle voyait encore tant de désir et de tendresse dans ses yeux…

— Je vous pardonne, Henry, murmura-t-elle en caressant du doigt les lèvres de son compagnon. Je crois que je vous pardonnerais n'importe quoi…

Henry retint son souffle, et un éclair de peur traversa son regard. Avant que Jenova ait eu le temps de lui demander ce qui lui arrivait, il l'avait attirée contre lui, et sa bouche s'emparait de la sienne avec une fougue dévastatrice.

12

C'était la deuxième fois qu'Alfric et Rhona se présentaient à la porte du château de Gunlinghorn depuis que Jenova avait annoncé qu'elle renonçait à se marier avec le jeune homme. Les éperons d'Alfric scintillaient, sa tunique de fine laine brune était très élégante et ses cheveux blonds bien coupés. Il était tout à fait séduisant. Aucune veuve n'aurait su lui résister… hormis celle qui le vit arriver depuis la fenêtre de sa chambre et déclara à haute voix qu'elle ne voulait pas le recevoir.

— Mais il le faut, voyons, lady Jenova ! s'exclama Agetha, consternée, en écarquillant ses grands yeux bleus. Ce serait très impoli de votre part de le renvoyer, d'autant que vous deviez l'épouser il n'y a pas si longtemps encore.

— Je ne veux pas lui donner de faux espoirs.

Agetha planta son aiguille dans le tissu qu'elle était en train de broder et eut une moue dubitative. Elle avait toujours chanté les louanges d'Alfric mais, jusqu'à la rupture de leurs fiançailles, Jenova ne s'était pas rendu compte de la force de son engouement pour le jeune homme. Depuis, Agetha balançait entre deux attitudes. Soit elle disait le plus grand bien d'Alfric, dans l'espoir que Jenova change d'avis, soit elle pleurait la perte du bel aristocrate. Jenova ne savait pas laquelle des deux attitudes l'agaçait le plus : l'entendre énumérer les qualités d'Alfric une douzaine de fois par jour ou déplorer qu'elle ait rejeté un être si parfait alors qu'il allait lui passer la bague au doigt.

Elle aurait aimé être aussi naïve qu'Agetha et croire en quelqu'un avec autant de foi. Mais elle était plus âgée et plus sage que sa dame d'atour, et elle avait été trop blessée par l'attitude de Mortred pour faire confiance aussi aveuglément à un homme.

Sauf peut-être à Henry, se dit-elle en songeant à leur folle étreinte dans la baignoire.

— Pauvre lord Alfric, marmonna Agetha en faisant ressortir son aiguille du tissu avec une énergie rageuse. Il doit être tellement malheureux. Il est si sensible ! Imaginez sa déception si vous refusez de le voir alors qu'il a fait tout ce chemin...

— Il n'y a que deux heures de cheval entre Hilldown et Gunlinghorn, répliqua Jenova. En ce qui me concerne, je supporterai très bien de le renvoyer.

Les lèvres d'Agetha formèrent un pli sévère.

— Les Baldessare sont vos voisins, lady Jenova. Un jour, Alfric prendra la place de son père. Vous ne désirez donc pas rester en bons termes avec lui ?

Sur ce point, Agetha avait raison. En ces temps incertains, on ne savait jamais qui on était susceptible d'appeler à l'aide. À contrecœur, Jenova décida de recevoir Alfric. Elle l'écouterait et le rejetterait de nouveau. Mais c'était la dernière fois qu'elle acceptait de le voir.

— Fort bien, Agetha. Je le recevrai dans la grande salle. Je ne veux pas rester seule avec lui.

Agetha jeta triomphalement de côté sa malheureuse broderie et s'élança dans l'escalier. Soudain, pour la première fois, Jenova se dit qu'Alfric serait bien inspiré d'épouser sa dame d'atour. Elle était douce, jolie et fort loyale. Quel dommage que la jeune femme ait une si maigre dot à offrir au cupide lord Baldessare !

Lorsque Jenova pénétra dans la grande salle, elle aperçut Alfric et Rhona debout devant la cheminée. Ils penchaient la tête l'un vers l'autre, comme deux conspirateurs. Et si c'était le cas ? se demanda Jenova en s'arrêtant sur le seuil. S'ils manigançaient quelque chose ? Rhona en particulier semblait très rusée. Jenova s'était toujours méfiée d'elle. Et Alfric était trop doux et influençable pour qu'on lui fasse confiance. Si elle l'avait épousé, il n'aurait jamais osé lui désobéir. Loin d'elle, en revanche, il se rangerait toujours derrière le plus fort.

— Ma très ch... chère amie ! bredouilla Alfric quand il la vit approcher.

Il s'avança vers elle et saisit sa main pour y déposer un fervent baiser. Jenova dut prendre sur elle pour ne pas s'écarter brusquement. En dépit de cette démonstration d'affection, les yeux bruns d'Alfric étaient inquiets, comme s'il craignait sa réaction. Elle le comprenait sans peine. Si elle avait eu un père comme Baldessare, elle se serait fait du souci, elle aussi.

— Alfric, dit-elle en se radoucissant, je suis contente de vous voir. J'aimerais que nous restions amis et que nous oubliions le moment désagréable que nous avons vécu la dernière fois que nous nous sommes vus. Cependant, je dois vous dire que si vous êtes venu pour me persuader de changer d'avis sur notre projet de mariage, vous avez fait le voyage pour rien.

La bouche d'Alfric trembla, et ses yeux s'emplirent de larmes.

— Mais, mon amie...

— C'est bien l'intention de mon frère de vous faire changer d'avis, lady Jenova, dit Rhona d'un ton calme, comme pour donner à Alfric l'occasion de reprendre ses esprits.

Jenova se tourna vers elle. Dieu merci, Rhona gardait son sang-froid, elle. Elle allait sans doute pouvoir lui éviter une scène pénible.

— Comme je l'ai dit... commença-t-elle.

— Vous ne voulez pas qu'Alfric vous mente, n'est-ce pas ? coupa Rhona. Je suis certaine que vous détestez le mensonge autant que moi. Mais soyez assurée que mon frère ne vous causera aucune gêne. Il est jeune et saura être patient, jusqu'à ce que vous considériez son amour sous un jour plus favorable.

Quelle femme intelligente ! se dit Jenova. Et si différente de son frère... Physiquement, ils se ressemblaient beaucoup, avec leurs cheveux blonds et leurs yeux noirs. Aucun d'eux n'avait hérité des traits épais de leur père... Et leur allure était d'une élégance recherchée. Visiblement, Baldessare avait veillé à ce qu'on leur inculque les bonnes manières de l'aristocratie normande.

— Lady Jenova ? reprit Rhona.

Elle dardait sur Jenova un regard vif et déterminé, tandis qu'Alfric, à ses côtés, ressemblait à un enfant espérant recevoir un geste d'affection.

Jenova se doutait que le baron serait furieux contre ses enfants si elle les renvoyait sans la moindre marque d'hospitalité. Cependant, ne leur ferait-elle pas une faveur en se montrant cruelle ? Mieux valait qu'Alfric comprenne clairement qu'elle ne changerait pas d'avis, plutôt qu'il ne se berce d'illusions pendant des semaines et des semaines en espérant que tout s'arrangerait pour lui.

— Alfric est jeune, c'est vrai, répliqua Jenova. Jeune et beau. Il trouvera bientôt une épouse qui le comblera, j'en suis sûre.

Un éclair de colère passa dans les yeux noirs de Rhona, mais elle se contint et sourit. Alfric, lui, parut sur le point d'éclater en sanglots.

— Eh bien, maintenant que nous avons éclairci les choses, continua Jenova en s'efforçant de garder un ton joyeux, buvons à notre amitié. Comment va le baron votre père ?

— Fort bien, lady Jenova, dit Rhona. Voulez-vous me permettre de me promener dans votre jardin pendant que je vous laisse un instant avec mon frère ? Il y a des choses dont il aimerait vous entretenir, si vous avez la bonté de l'écouter...

C'était bien ce qu'elle voulait éviter, justement ! songea Jenova. Mais Alfric la regardait d'un air suppliant, comme un chiot qui craint d'être battu. Elle n'avait pas le cœur assez dur pour refuser de l'écouter, même si elle savait pertinemment que cela ne changerait pas sa décision. Une fois cette dernière épreuve terminée, elle serait tranquille.

— Très bien, murmura-t-elle.

Rhona lissa sa jupe de sa main couverte de joyaux. Les Baldessare étaient riches, et le père semblait dépenser sans compter pour les vêtements et les parures de ses enfants. C'était de son affection qu'il était avare...

— Merci, lady Jenova. Je me retire donc un instant.

Jenova regarda la jeune femme s'éloigner dans la grande salle, la tête droite. De nombreuses rumeurs circulaient sur Rhona, mais Jenova ignorait si elles étaient fondées. En tout cas, la jeune femme paraissait fière et secrète...

— Mon amie ? murmura Alfric en offrant une chaise à la châtelaine.

Jenova adressa un signe à un serviteur, qui s'approcha avec un plateau contenant un pichet de vin et des gobelets en étain.

— Un peu de vin, Alfric ? Il est délicieux.

— Vous seule êtes délicieuse, lady Jenova.

Jenova se mordit les lèvres. Allait-il profiter de l'occasion pour lui débiter des fadaises ? Elle regarda désespérément autour d'elle et aperçut Agetha qui rôdait près de l'estrade, les yeux rivés sur son héros. Une idée lui vint aussitôt à l'esprit.

— Agetha ! s'écria-t-elle. Venez vous joindre à nous ! Alfric en sera ravi.

Il semblait contrarié, mais il ne pouvait décemment l'avouer sans ternir son image de gentilhomme courtois. Agetha, elle, rayonnait de joie. Jenova versa le vin, satisfaite d'avoir arrangé la situation à son profit.

Rhona errait parmi les plates-bandes gelées, frissonnant malgré l'épaisseur de sa chaude pelisse. Il n'y avait guère de verdure, à cette époque de l'année, à part le houx, le lierre et quelques buissons de baies. De temps en temps, le vent versait sur elle la neige d'une branche.

Elle avait tenté le tout pour le tout en laissant Alfric seul avec Jenova mais, au fond d'elle-même, elle craignait fort que cela ne serve à rien. La châtelaine ne changerait pas d'avis. Tout cela à cause de lord Henry... Il était vrai que, comparé à lui, son frère faisait piètre figure. Mais ce n'était pas sa faute s'il était faible et timoré. D'ailleurs, Jenova le savait et l'aurait mené par le bout du nez, s'ils s'étaient mariés.

Car ils ne se marieraient jamais. Rhona en était certaine, à présent. Mais il fallait absolument cacher cette vérité à leur père. Elle prétendrait que lady Jenova était encore indécise et n'était pas insensible aux attentions d'Alfric. Elle dirait qu'il avait de grandes chances de succès... Elle gagnerait du temps et, avec un peu de chance, trouverait un autre plan. Mais, pour cela, il fallait qu'elle ait un espion à Gunlinghorn.

C'était en partie pour cette raison qu'elle était sortie seule, en dépit du froid. Et, en réalité, c'était ce qui l'avait décidée à se rendre ce matin-là à Gunlinghorn.

Elle avait aperçu Reynard dans la cour du château lorsqu'elle était arrivée avec Alfric. Il se dirigeait vers l'écurie et, en voyant la jeune femme, n'avait pas baissé les yeux comme il convenait à un serviteur. Quel être arrogant ! Il l'avait dévisagée d'un air amusé et était passé si près d'elle qu'elle en avait été troublée. Pourtant, ce n'était qu'un valet, un homme fruste... cependant bien habillé, si elle en jugeait par sa tunique verte, fort propre, et ses chausses brunes. Il portait une ceinture cloutée sur les hanches et, au doigt, une pierre jaune qui avait scintillé au soleil lorsqu'il avait repoussé ses cheveux noirs en arrière.

Rhona soupira. Pourquoi l'intriguait-il autant ? Elle avait manipulé beaucoup d'hommes afin d'obtenir ce qu'elle désirait, et lorsque cela s'était révélé nécessaire, elle avait payé de sa personne. Elle se servait de son corps, voilà tout. À aucun moment elle ne s'autorisait à se laisser guider par ses sentiments ou ses sensations. C'était la leçon que son père lui avait donnée le jour où il avait troqué la virginité de sa fille contre une terre qu'il convoitait dans le pays de Galles...

Cela n'avait pas été aussi désagréable qu'elle l'aurait cru, même si elle se rappelait encore sa terreur et la gentillesse avide de l'homme. En tout cas, elle avait appris qu'elle pouvait disposer de son corps comme elle l'entendait. Et s'il fallait qu'elle s'en serve pour éloigner la rage de son père, elle n'hésiterait pas non plus.

Quelle importance, après tout ? Les hommes pouvaient bien jouir de son corps, elle gardait son esprit libre, et son cœur aussi. Du moins était-ce ce qu'elle ne cessait de se répéter. Et la partie qu'elle s'apprêtait à jouer était la plus importante, la plus désespérée de toute son existence. Si Alfric échouait, son père le tuerait. Et Rhona ne pouvait supporter l'idée de rester seule face au baron dans le château de Hilldown.

— Il fait bien trop froid pour qu'une belle dame comme vous reste dehors...

Ah ! Enfin, il l'avait trouvée !

Rhona retint un sourire de triomphe et fit volte-face. Seigneur ! Il était encore plus grand qu'elle ne l'avait pensé. Il fallait dire qu'elle-même était fort petite. Et beaucoup de gens, surtout les hommes, la sous-estimaient à cause de sa petite taille.

— Qui êtes-vous, manant ?

Les yeux d'onyx parurent scintiller, mais Rhona n'aurait su dire s'il était vexé ou amusé.

— Je m'appelle Reynard, lady Rhona. Je suis le valet de lord Henry et, avant cela, j'étais mercenaire. Et avant cela encore, je travaillais avec mon père, qui était... Mais que vous importe de savoir qui était le père d'un manant ?

Rhona haussa les sourcils d'un air dédaigneux.

— C'est à moi de décider ce qui m'intéresse ou non. Et je m'intéresse à toutes les créatures de Dieu, que ce soient des rois ou des manants.

Il restait immobile, comme si le froid glacial ne l'affectait nullement.

— Mon père construisait des bateaux. Il a d'abord travaillé en Bretagne, puis ici, à Gunlinghorn. Ses bateaux allaient dans des ports aussi lointains que celui de Gênes. Il disait toujours que ses vaisseaux lui survivraient, et c'est le cas. Ils naviguent de par les mers. Peu d'hommes peuvent en dire autant de leur travail, que ce soient des rois ou des manants.

Comme il était fier de son père ! se dit Rhona, décontenancée. Pendant un instant, elle envia ce valet au regard de braise.

— Comment se fait-il que vous n'ayez pas pris la suite de votre père ? Trouvez-vous plus gratifiant d'être au service de lord Henry ? demanda-t-elle d'un ton provocant.

Il sembla réfléchir, comme s'il hésitait à lui répondre. Elle vit son regard se détourner d'elle et en fut étrangement déçue.

— La paie est bien meilleure, fit-il avec un haussement d'épaules.

Il se tenait si près d'elle, à présent, qu'elle sentait la chaleur de son corps. Elle avait envie de se blottir contre lui, dans son odeur de cannelle et de cuir, de savourer la sécurité de ses bras…

Pourtant, elle savait bien que les hommes étaient ses ennemis et qu'ils n'offraient qu'une sécurité trompeuse. Ils ne songeaient qu'à prendre tout ce qu'ils pouvaient, surtout s'il s'agissait de l'honneur d'une femme.

— Je vous paierai bien, moi aussi, Reynard, dit-elle en plongeant les yeux dans les siens.

Il soutint son regard.

Il était intéressé. Parfait, songea-t-elle. Il allait lui manger dans la main…

— Avec quoi et dans quel but me paierez-vous, lady Rhona ?

— Avec ce que vous voulez, et pour vous récompenser de me dire ce qui se passe à Gunlinghorn.

— Vous voulez que j'espionne pour vous ? répliqua-t-il avec un grognement de mépris.

— Non. Je vous demande simplement de me répéter ce que vous entendez. J'ai besoin de savoir ce qui se passe entre lord Henry et lady Jenova. Mon frère l'aime encore, expliqua-t-elle en feignant le plus grand désespoir, et il veut la persuader de l'épouser. En ce moment, elle le repousse, mais je suis sûre qu'un jour, elle le verra d'un œil plus favorable.

Il la dévisagea et elle attendit, le cœur battant.

— Les hommes cèdent-ils tous à vos requêtes ? demanda-t-il d'un ton froid.

Surprise, Rhona haussa les sourcils.

— En règle générale, oui. Si ma proposition vous choque, j'en suis navrée. Vous êtes libre d'y répondre comme il vous convient.

Il sembla ne pas avoir entendu, apparemment perdu dans la contemplation du mur qui entourait le jardin. Croyant qu'il cherchait à gagner du temps, elle attendit encore, certaine qu'il allait accepter. Il se montrait un peu plus réticent que les autres, voilà tout. Mais la perspective de pièces d'or était trop alléchante pour les hommes de son espèce.

— Je veux être payé en nature.

Elle poussa un petit cri de surprise.

— Qu'avez-vous dit ?

— C'est vous qui m'avez dit de fixer mon prix. Dans ce cas, le prix, c'est vous, lady Rhona. J'espionnerai pour votre compte, c'est entendu. Mais, pour chaque information que je vous donnerai, je veux posséder votre corps.

Rhona eut un rire forcé.

— Vous n'êtes qu'un valet, Reynard, et moi une dame. Ne voyez-vous point que votre requête est impossible à satisfaire ?

— Nous sommes un homme et une femme.

— Un gouffre nous sépare. Nos positions dans la société, nos naissances…

— On dit que vous n'êtes plus une demoiselle.

Le visage de Rhona s'enflamma, et ses mains, qui serraient son manteau sur sa poitrine, se mirent à trembler. Mais, au lieu de lui répondre par une réplique cinglante, elle s'entendit murmurer :

— Vraiment ?

— On dit que votre père a échangé votre honneur contre une terre à la limite du pays de Galles. L'homme étant déjà marié, Baldessare n'a pu vous vendre comme épouse.

Rhona était glacée de la tête aux pieds. Elle tira son capuchon de fourrure sur sa joue, tentant en vain de se réchauffer. Comment ce rustre savait-il tout cela ? Les personnes au courant étaient censées garder le secret.

— Et pourquoi voulez-vous de moi, si vous croyez de tels mensonges ? répliqua-t-elle d'une voix enrouée par l'émotion. D'ailleurs, je me soucie bien peu de ce que vous pensez !

Il s'approcha d'elle, et elle huma de nouveau cette troublante odeur d'épices.

— Peu m'importe ce que vous avez fait, Rhona. Je vous désire et je vous dirai tous mes secrets et ceux de lord Henry, si vous me payez le prix que je vous demande.

Sa voix était ferme, basse, protectrice… Rhona était tellement tentée de le croire ! Mais ce n'était qu'un domestique, et si elle se moquait de donner son corps à des hommes de son rang, jamais elle n'avait envisagé de se compromettre avec le bas peuple.

Pourtant, son instinct la poussait vers lui. Il lui suffisait de regarder le beau visage de Reynard pour oublier ce qui les séparait. Il la voulait et… elle le voulait aussi !

Rhona n'avait jamais désiré un homme. Elle ne se l'était jamais permis. Mais, aujourd'hui, elle avait envie de caresser la peau mate de Reynard, de se serrer contre son grand corps chaud et puissant, de goûter sa bouche, de sentir ses mains sur sa peau nue…

C'était la première fois qu'elle voulait un homme pour son propre plaisir, et non pour servir quelque stratagème.

— Non ! s'écria-t-elle en reculant. Je ne puis accepter un tel prix. Je vous donnerai des pièces d'or.

Dès qu'elle eut prononcé ces paroles, elle sut qu'elle l'avait perdu. Il ne changerait pas d'avis. Tant pis ! songea-t-elle. Gunlinghorn ne manquait pas de serviteurs qu'elle pourrait soudoyer !

Pourtant, aucun n'était aussi bien placé que Reynard.

— Eh bien ? insista-t-elle en feignant l'indifférence, alors que son corps tremblait de désir.

Le regard de Reynard était éloquent : il n'était pas homme à se laisser aisément commander. Il était clair que c'était lui qui choisissait son maître et imposait ses conditions. Rhona était déconcertée. D'ordinaire, elle obtenait ce qu'elle voulait avec un peu d'or et un charmant sourire.

— Non, lady Rhona. Je ne me vendrai pas pour quelques pièces. Je ne passerai un marché avec vous que si nous donnons chacun quelque chose d'important.

— Je ne demande que des informations, Reynard. Rien de plus.

— Des informations qui m'obligent à vendre mon âme, lady Rhona. J'exige quelque chose de comparable en retour.

— Mon corps ? Cela n'a rien de comparable, manant. Vous perdriez au change…

Il l'enveloppa d'un regard tellement ardent qu'elle rougit de nouveau.

— Sûrement pas, murmura-t-il en souriant.

— Je refuse. Ôtez-vous de mon chemin !

Il ne bougea pas. Excédée, elle s'apprêtait à le contourner lorsqu'il s'écarta avec un salut moqueur. Elle devint cramoisie. Quel insolent ! Elle trouverait un autre espion. Pour qui se prenait-il ?

Mais, mêlé à sa colère, un regret poignant s'était emparé d'elle. Pendant un instant, si près de lui, elle avait été tentée d'accepter.

Reynard regarda lady Rhona s'éloigner en admirant le balancement de ses hanches et son orgueilleux port de tête. C'était bien dommage qu'une telle beauté n'ait pas accepté son marché. Car, au-delà du désir de la jeune femme de manipuler lord Henry et lady Jenova, il y avait chez elle une détermination farouche qui lui avait plu.

Il avait vu, au fond de ses yeux bruns, qu'elle avait été blessée. Il avait vu sa fierté et sa pugnacité. Il avait eu envie de la protéger, mais il ne pouvait pas la laisser blesser d'autres personnes. Avant de lui poser la question, il n'accordait guère de crédit à la rumeur qui courait sur la perte de sa virginité, même si l'homme qui lui avait raconté cela avait été palefrenier chez lord Baldessare avant de travailler chez lady Jenova. Mais maintenant qu'il avait parlé à lady Rhona, Reynard avait changé d'avis.

Quel père pouvait traiter ainsi sa propre fille ?

Il avait vu le désarroi de la jeune femme. Elle n'avait même pas pu répondre, signe qu'il avait touché juste. Baldessare était donc capable d'une telle ignominie ! Voilà pourquoi elle pensait qu'elle arriverait à tout en intriguant… Son corps ne devait pas avoir beaucoup de valeur pour elle.

Reynard connaissait assez les hommes et leurs turpitudes pour savoir que parfois, par désespoir, les gens agissaient d'une façon qui ne leur était pas naturelle. Et si lady Rhona était désespérée ? Il ne pouvait croire qu'elle se donnât aux hommes par pure sensualité… même s'il se rappelait le regard dont elle l'avait enveloppé. Elle avait beau le traiter de manant, elle n'aurait guère pensé à son rang s'il l'avait prise dans ses bras.

Il secoua la tête pour s'éclaircir les idées. Le désir l'aveuglait. Mais il la posséderait un jour, ce n'était qu'une question de temps. Il avait assez d'expérience auprès des femmes pour savoir quand il fallait reculer. Lady Rhona finirait par accepter son offre, il le savait. Il lisait en elle aussi clairement que si elle lui avait ouvert son âme…

13

La grande salle de Gunlinghorn éclatait de gaieté. Les gens du château buvaient, mangeaient et bavardaient comme en un jour de fête.

Raf, blotti contre Jenova, était tout ensommeillé. Son petit corps chaud rappelait à sa mère à quel point elle était chanceuse de l'avoir. Et à quel point Raf était chanceux de ne pas grandir auprès d'un père comme Baldessare !

Elle regarda Henry. L'air serein, il écoutait lady Agetha. Ce soir, il avait fait rougir Jenova en évoquant le savon à la violette que lui avait fourni la suivante. Tout en remerciant lady Agetha, il avait cherché le regard de Jenova, et son sourire lui avait rappelé mille souvenirs brûlants.

« Je ne pourrai plus utiliser de savon à la violette sans me sentir en vous », avait-il dit juste après leur bain commun. Elle avait ri et répliqué que, la prochaine fois, elle lui donnerait son propre savon à la rose. Comme si elle était sûre qu'il y aurait une prochaine fois… S'imaginait-elle qu'ils allaient rester ensemble longtemps ? Toujours, peut-être ?

Certes, Henry n'était pas Mortred. C'était un homme d'honneur, noble et fiable. Il était bon, généreux, et cherchait toujours à la protéger, ainsi que Raf. Mais un jour, il partirait, c'était inéluctable.

Jenova soupira. Elle avait bien envie de lui faire part de ses soupçons sur Baldessare, mais elle hésitait. Henry risquait de penser qu'elle cherchait à le retenir…

Il savait pourtant qu'elle était capable de se défendre sans lui. Gunlinghorn était une place-forte, et elle avait confiance en ses hommes d'armes. Pourtant, elle était profondément inquiète. Et cela, depuis qu'Alfric avait réussi à lui parler en tête à tête, ce matin-là.

Agetha, croyant rendre service à son héros, s'était arrangée pour s'éclipser sous un prétexte quelconque, laissant Jenova seule avec son ancien prétendant. Alfric avait alors débité un long discours sur l'amour qu'il éprouvait pour elle.

— Je ne changerai pas d'avis, avait déclaré Jenova. Je suis navrée, Alfric. Pardonnez-moi si je vous ai blessé.

Il était devenu livide.

— Même si je vous pardonne, mon père n'en fera jamais rien. Il nous obligera à nous marier, lady Jenova... Croyez-moi, il vaut mieux que vous m'épousiez de votre plein gré. Mon père... est capable du pire...

Elle s'était levée, ulcérée.

— Vous me menacez, Alfric ?

— Non, avait-il répliqué, les yeux pleins de larmes. J'essaie de vous aider, mon amie.

Et sans rien ajouter, il était parti, l'air sombre. Jenova était restée immobile un long moment, très troublée. Ce sentiment de malaise ne l'avait pas quittée de la journée. Et si Alfric avait dit vrai ? Il lui avait véritablement semblé terrorisé.

Jenova bougea un peu, et Raf protesta en marmonnant des paroles incompréhensibles. Comment avait-elle pu envisager d'épouser le fils de Baldessare ? se dit-elle, mécontente d'elle-même. Elle avait pourtant assez vu de mariages où les femmes regrettaient amèrement leur choix ou l'homme qu'on leur avait imposé... Quelle sotte elle avait été ! Pour se venger du souvenir de Mortred, elle s'était mise en danger, ainsi que tous ceux qui dépendaient d'elle.

— Jenova ?

Henry se penchait vers elle, l'air interrogateur.

— Vous semblez bien sérieuse, dit-il. Y a-t-il quelque chose qui ne va pas ?

— Mais non, rien du tout, répliqua-t-elle. Que pensez-vous de ces mimes ?

Il regarda les artistes vêtus de costumes excentriques. Ils tentaient d'interpréter des Sarrasins, mais leurs hardes ne faisaient guère illusion. De nouveau, il scruta le visage de sa compagne.

— Ils me plaisent, dit-il. Tout me plaît, à Gunlinghorn.

Était-il sincère ? Avait-il oublié les plaisirs de Londres ? Il semblait heureux, en effet. Peut-être que Gunlinghorn l'avait séduit, mais pour combien de temps ?

— Pourquoi les Baldessare sont-ils revenus ? demanda-t-il. Je ne pensais pas les revoir, après la façon dont ils sont partis la dernière fois. Vont-ils revenir encore ?

Il n'avait appris la visite des enfants Baldessare que plusieurs heures après leur départ, et il avait semblé amusé par la persévérance d'Alfric. Mais, à présent, il y avait une lueur d'irritation dans ses yeux. D'irritation et d'impatience.

— Ce sont mes voisins, répliqua Jenova. Je ne peux pas leur fermer la porte au nez, même s'ils m'ennuient.

— Mais si, vous le pouvez ! Vous êtes maîtresse chez vous, lady Jenova. Il vous suffit de mettre un garde à l'entrée qui se chargera de repousser les fâcheux.

Raf pouffa de rire.

— Comme ça, on ne laisserait pas passer *master* Will, maman ! Il parle trop fort et il n'écoute rien de ce que tu lui dis.

Il répétait les propres propos de Jenova, et elle étouffa un rire tout en le regardant d'un air sévère.

— Et aussi lord Baldessare, reprit l'enfant. Il regarde le donjon comme s'il voulait tout changer.

Cette fois, Jenova n'avait plus envie de rire. Son fils était décidément bien perspicace, pour son âge ! Près d'elle, Agetha, contrariée qu'on se moque de la famille d'Alfric, plissa les lèvres dans une moue désapprobatrice. Dommage que sa suivante ne soit pas aussi observatrice que son fils ! se dit Jenova.

Soudain, elle se rappela quelque chose que Rhona lui avait dit en revenant du jardin.

Alfric venait de partir. Rhona était arrivée dans la grande salle, les joues empourprées, l'air très agité. Quelle différence avec son impassibilité habituelle ! s'était dit Jenova. En fait, ce changement d'attitude l'avait tant étonnée qu'elle n'avait prêté qu'une oreille distraite à ce que lui disait la jeune femme.

— Lady Jenova, mon père envoie un message à lord Henry. Ils ont un ami commun, quelqu'un qui connaît le château de Nuit.

— Pardonnez-moi, je n'ai pas…

— Je dois partir, avait coupé Rhona, toujours un peu hagarde. Lui transmettrez-vous ce message ?

— Le château de Nuit… Entendu. Mais qu'est-ce que cela signifie ?

Rhona avait déjà tourné les talons, pressée de rattraper son frère, et Jenova était restée seule, déconcertée. Henry ne lui avait jamais parlé de ce château. Et pourquoi Baldessare envoyait-il un message à un homme qu'il détestait ? C'était sûrement pour lui faire du mal.

Jenova songea un instant à ne pas parler de tout cela à Henry, puis elle chassa cette pensée. Elle ne s'en sentait pas le droit.

— Ce matin, lady Rhona a mentionné un nom que vous êtes censé connaître.

Henry se tourna vers elle en souriant, mais elle remarqua qu'il paraissait soudain tendu.

— C'est assez étrange, poursuivit-elle. Il s'agit d'un château. Elle a également prétendu que son père et vous aviez un ami commun.

— Probablement faisait-elle allusion à quelque domaine que, dans l'esprit de Baldessare, on m'aurait octroyé à tort. Il faudrait que je lui donne tout ce que je possède, pour me débarrasser de lui ! Comment s'appelle ce château ?

— Le château de Nuit. Le connaissez-vous ?

Le sourire de Henry se figea sur ses lèvres, et un muscle tressaillit sur sa joue.

— Henry ? s'écria-t-elle en tendant la main vers lui.

Mais il s'était déjà repris et baissait les yeux vers son gobelet de vin.

— Je ne connais pas ce nom ou, si je l'ai entendu, je l'ai oublié. Lady Rhona a-t-elle dit d'où elle tenait ce nom ?

— Sans doute de cet ami que son père et vous auriez en commun. Elle avait l'air de dire que c'était important, mais elle agissait de façon vraiment étrange. Je crois que quelque chose l'a perturbée lorsque…

Mais Henry ne semblait pas l'écouter.

— Ce nom ne me dit rien, Jenova chérie. Et d'ailleurs, je ne crois pas que Baldessare ait des amis !

Elle rit avec lui pour cacher son embarras – il l'avait appelée « Jenova chérie » en public ! Il devait être vraiment paniqué, s'il oubliait de prendre garde à ce qu'il disait. Que représentait donc ce château pour le mettre dans un tel état ?

— Raf, reprit-il, raconte à ta mère ce que Raven a fait, aujourd'hui.

Le visage de l'enfant s'anima, et il se lança dans une longue description des aventures de la chatte et de ses chatons. Jenova ne l'écouta que d'une oreille. Henry avait-il changé de sujet de conversation pour se donner le temps de recouvrer ses esprits ? Elle le surveilla du coin de l'œil. Il était devenu très pâle, et il serrait les lèvres tellement fort que ses joues se creusaient.

C'était la première fois depuis qu'elle le connaissait que Henry semblait vieilli et usé, comme si le temps et les épreuves se manifestaient tout à coup sur son visage. Que devait-elle en penser ? Henry ne pouvait avoir commis d'acte assez terrible pour avoir peur de lui en parler… Il n'avait jamais prétendu être fidèle, et elle savait qu'il avait connu beaucoup de femmes. C'était aussi un courageux chevalier, qui avait souvent combattu et, par conséquent, tué. Et probablement partageait-il des secrets avec le roi sur des questions concernant le royaume et ses ennemis.

Était-ce l'un de ces secrets qui lui donnait cette expression tourmentée ? Le château de Nuit devait certainement être un lieu terrible. Maudit Baldessare ! songea-t-elle. Ne pouvait-il les laisser tranquilles ?

— Maman ! Tu ne m'écoutes pas !

Raf tirait impatiemment sur la manche de sa mère. Jenova s'excusa et leva un regard complice vers Henry. Mais il conservait son air sombre et, tout à coup, il lui sembla aussi étranger et distant qu'un inconnu.

Debout sur le chemin de garde de Gunlinghorn, Henry balayait du regard les riches pâturages, les champs et les bois du domaine de Jenova, qui s'étendait jusqu'à la mer. Dans l'obscurité, il ne voyait pas les vagues, mais il distinguait leur lointain fracas. Comme il entendait encore, tapi dans sa mémoire, le tumulte du château de Nuit...

Il avait espéré oublier cette partie de sa vie, et voilà que ce qu'il craignait était sur le point de se produire : ces années de ténèbres allaient finir par l'engloutir. Comment Baldessare connaissait-il le nom du château de Nuit ? Qui lui en avait parlé ? Qui pouvait s'être souvenu de Henry ? En tout cas, Baldessare possédait maintenant une arme mortelle contre lui. S'il l'utilisait, le roi lui-même se détournerait de celui qui était son plus fidèle ami. Et pourtant, ce n'était pas au souverain ni à son éventuelle exclusion de la cour que Henry pensait, en ce moment, mais à Jenova. Si elle venait à connaître la vérité, plus jamais elle ne lui permettrait de la toucher ou de l'embrasser. Plus jamais elle ne lui sourirait en levant vers lui ses beaux yeux verts confiants.

Lorsqu'elle comprendrait que le séduisant lord Henry, si intelligent, si séduisant, avec son bel esprit et ses belles manières, n'était qu'un criminel ; que derrière cette façade scintillante se cachait un adolescent aux joues barbouillées de larmes, au menton tremblant, qui se glissait dans le bois entourant le château de Nuit, elle le considérerait avec horreur.

Jenova n'avait jamais connu ce jeune garçon. Henry avait fait en sorte que personne n'apprenne son existence. Pourtant, apparemment, Baldessare était au courant. Il en savait assez, en tout cas, pour le menacer. Henry parviendrait-il à découvrir exactement ce que savait Baldessare avant de prendre une décision ?

Une chose était sûre : Baldessare n'agissait que pour acquérir des biens matériels. C'était la cupidité et l'avarice qui le faisaient vivre. Dans ce cas, songea Henry, il n'avait plus qu'à attendre, en restant attentif à ce qui se passait.

Et en espérant qu'il parviendrait à stopper la catastrophe qui le menaçait avant qu'elle ne le détruise corps et âme.

— Il nous tuera, je le sais. Jamais nous ne pourrons lui échapper.

Rhona regarda son frère. Il était terrorisé, mais elle ne trouvait rien à lui dire pour le rassurer, contrairement à son habitude. Cette fois, elle avait aussi peur que lui. Pourtant, tout dépendait d'elle... Serait-elle à la hauteur de sa tâche ?

À leur retour de Gunlinghorn, ils prétendirent que lady Jenova se faisait encore prier, mais que ce n'était qu'une question de temps. Malgré ces propos pleins d'espoir, leur père entra dans une rage folle, et Rhona ne parvint même pas à placer un mot. « Il sait », se dit-elle alors. Il avait un espion à Gunlinghorn, un espion qui en avait assez entendu pour comprendre que Jenova avait définitivement repoussé Alfric.

— À quoi me sert une progéniture pareille ? hurla-t-il. Je ne demandais qu'une seule chose. Une... seule... chose ! répéta-t-il en martelant du poing la table poussée devant la cheminée.

Alfric baissa la tête, mais pas assez vite pour éviter le gobelet d'argent que son père lui lançait à la figure. Puis le baron s'empara d'un autre gobelet, et même du pichet de vin. En un éclair, Alfric fut trempé, et les chiens, croyant à un jeu, se mirent à aboyer en l'encerclant.

Baldessare, le visage congestionné de fureur, haletait. Rhona ferma les yeux, attendant les coups qui allaient pleuvoir sur elle. Puis, soudain, il éclata de rire. Elle rouvrit les yeux et regarda son père. Il était moins rouge, et ses yeux n'avaient plus l'air aussi fous.

Alfric restait blotti dans un coin en geignant. Les chiens le léchaient, trouvant le vin à leur goût.

Était-ce de ce spectacle que son père riait ? Rhona se sentit défaillir, au bord de la nausée. Était-elle condamnée à vivre ainsi, dans la crainte de cet homme et de ce qu'il pouvait lui faire ? Non, c'était impossible…

Comme s'il avait lu dans ses pensées, son père se tourna vers elle et la dévisagea en silence. Elle se figea. Des années de terreur lui avaient ôté l'instinct de fuir. Mais même si elle l'avait pu, où aurait-elle fui ?

— Aide-moi à éliminer lord Henry et à avoir le consentement de lady Jenova, et je te donnerai ce que tu voudras, Rhona.

L'aider ? Elle n'arrivait pas à comprendre.

— J'ai déjà essayé, père. Que puis-je faire d'autre ?

— C'est à toi de le découvrir, répliqua-t-il froidement.

— Si je vous aide, pourrai-je… être libre, père ? Avoir une maison en Normandie et y vivre ?

Il la regarda d'un air impénétrable, avant d'esquisser un sourire malin, presque orgueilleux. Comme s'il se reconnaissait un peu en elle.

— Loin de moi, c'est ça ? Pourquoi pas… Donne-moi ce que je veux, Rhona, et je n'aurai plus besoin de toi. Tu pourras faire ce que bon te semble.

Elle tremblait tellement que ses jambes ne la soutenaient plus.

— Vous dites vouloir lady Jenova, père, parvint-elle à articuler. Mais est-ce pour mon frère... ou pour vous-même ?

Ce fut au tour de Baldessare de se figer. À l'évidence, il n'avait pas encore envisagé cette éventualité. Mais si Jenova épousait le père plutôt que le fils, alors Alfric serait libre, lui aussi. Ils pourraient tous deux échapper à ce monstre.

Elle garda les yeux rivés sur son père, notant les diverses émotions qui se succédaient sur son visage. La surprise, le plaisir, la luxure, l'avidité... Oui, il était d'une avidité infinie. Il voulait les riches terres de Jenova, son esprit et sa beauté, son corps plein et gracile. Comme il prendrait plaisir à la briser, elle aussi, à la soumettre à sa volonté et à ses vices !

Rhona avait planté une graine qui prenait racine. Avec un peu de chance, cela deviendrait un arbre qui lui permettrait de s'abriter avec son frère. C'était tout ce qui comptait, et elle ne pouvait se permettre de se laisser arrêter par une quelconque compassion pour Jenova.

— Tu as raison, Rhona, comme toujours, déclara enfin son père. Je la veux pour moi-même.

Elle ne se laisserait pas influencer par la pitié. C'était une question de vie et de mort pour Alfric et elle.

— Alors, je vous la ferai épouser, dit-elle, comme si c'était la chose la plus simple au monde.

Baldessare jeta un regard à son fils, et un nouveau spasme de rage le parcourut.

— Emmène cette chiffe molle loin de moi ! ordonna-t-il.

Rhona n'avait pas besoin qu'il le lui dise deux fois. Elle se précipita vers son frère, chassa les chiens et aida Alfric à se remettre debout en lui murmurant des paroles apaisantes. Il s'appuya lourdement sur elle, et ils quittèrent le plus vite possible le lieu de leur humiliation.

— Je le déteste, gémit Alfric en pleurant, tandis qu'il titubait contre elle dans le corridor. Je veux m'en servir maintenant, Rhona ! Il faut nous enfuir...

Il parlait de la potion qu'ils avaient cachée et qui devait leur servir à endormir leur père pendant qu'ils s'échappaient du château. Le problème était de pouvoir fuir assez loin pour que Baldessare ne les retrouve pas.

Rhona pressa le bras de son frère.

— Je le hais, moi aussi, murmura-t-elle. Mais à quoi servirait de l'endormir s'il nous retrouve ? Ne perds pas espoir, Alfric. Je vais te conduire dans ta chambre et tu vas te reposer. J'ai un plan pour nous libérer.

Il la dévisagea, incrédule.

— Nous libérer ? Jamais nous ne serons libres, Rhona !

Si, ils le seraient, songea-t-elle en contemplant le visage tuméfié de son frère. Car, maintenant, elle avait trouvé quelqu'un pour les aider.

L'aube d'hiver répandait une pâle lueur rose et bleutée à l'horizon. Reynard, qui se rendait à l'écurie afin de préparer le cheval de lord Henry pour la promenade matinale de son maître, s'arrêta un instant pour contempler le paysage. Le ciel était splendide, mais d'une beauté froide et un peu effrayante. Il préférait les climats plus chauds, la mer d'un bleu profond et les maisons aux couleurs vives sur le rivage.

— Reynard !

Un des palefreniers venait vers lui d'un pas traînant, en se mouchant dans sa manche. C'était Formac, l'homme qui avait autrefois travaillé pour Baldessare. Reynard le soupçonnait de continuer à servir son ancien maître en secret.

— J'ai un message pour vous, dit l'homme en posant un doigt sur ses lèvres avec un regard appuyé. Une certaine dame m'a dit de vous donner rendez-vous après le déjeuner à la tour d'Uther. Savez-vous où ça se trouve ? C'est une sorte de château en ruines, dans les bois, à la frontière entre Gunlinghorn et Hilldown.

Les gens du coin décrivaient la tour d'Uther comme une cabane moitié en pierre, moitié en bois, qu'on disait idéale pour les amants. Mais Reynard ne voulait pas nourrir trop d'espoirs avant de savoir avec précision qui était cette mystérieuse dame.

— Une certaine dame ? répéta-t-il d'un ton nonchalant, tandis que tout son corps se tendait d'excitation.

Formac se gratta le ventre et farfouilla dans les plis de sa tunique.

— Elle m'a donné quelque chose pour vous… Ah ! C'est là !

Il sortit un petit carré de tissu et l'ouvrit. Il renfermait une mèche de cheveux couleur d'or. Exactement ce que Reynard avait espéré. Lentement, il prit le tissu et son précieux contenu dans le creux de sa main.

— La dame dit qu'elle est d'accord, ajouta Formac.

Reynard hocha la tête, essayant de rester impassible devant le regard plein de curiosité du palefrenier. Il lui semblait sentir l'odeur douce et parfumée de lady Rhona. Elle était donc d'accord pour échanger son corps contre des renseignements. L'enjeu devait être de taille pour elle.

Il aurait dû se réjouir. N'avait-il pas gagné ? Il avait mis un pied dans le camp de l'ennemi et pourrait sans doute faire tomber une fière et arrogante dame normande. Pourtant, il avait l'impression d'entrer dans les tourbillons d'une mer déchaînée, pleine de courants invisibles et d'une profondeur infinie.

14

Jenova enfila son aiguille tout en écoutant le bavardage de ses dames d'atour. Draps, nappes, habits usés ou déchirés étaient répandus tout autour d'elles, et seules deux dames travaillaient à de plus nobles ouvrages que le simple raccommodage.

Ses suivantes étaient de tous âges, entre onze et soixante-dix ans. Jenova en avait la charge, cela faisait partie de ses devoirs de châtelaine. Et, en règle générale, elle s'acquittait de sa tâche sans que cela lui pèse. Aujourd'hui, cependant, ses dames parlaient d'un sujet qu'elle aurait préféré éviter.

Henry.

— Il est tellement beau ! soupirait la petite Yolande. Il a des yeux plus bleus que…

Elle chercha en vain un sujet de comparaison.

— Que les jacinthes des bois ? suggéra une autre. La mer en juillet ?

— Il vous regarde avec beaucoup d'affection, lady Jenova, dit Gertrude, qui semblait concentrée sur son ouvrage mais ne laissait jamais passer une occasion de se montrer malicieuse. Il vous aime beaucoup, je crois.

— Nous sommes amis, répliqua Jenova d'un ton léger. Nous nous connaissons depuis notre plus tendre enfance.

— J'aimerais bien avoir un ami comme lui, dit Yolande avec un soupir songeur.

— Avec maître Raf, il se conduit comme un père, reprit Gertrude, qui ne manquait décidément pas d'audace aujourd'hui.

— Assez bavardé, dit Jenova en fronçant les sourcils. Lord Henry n'est pas le père de maître Raf et ne le sera jamais.

Gertrude eut un petit sourire narquois.

— Pas plus que lord Alfric, répondit-elle. Je suis contente qu'il soit parti. Je ne l'aimais pas.

Agetha s'empourpra, mais Jenova intervint avant que la jeune femme ait pu dire quelque chose de blessant.

— Peu importe qui vous aimez ou non, Gertrude. Cela ne nous intéresse pas. Regardez, vous avez fait un trop gros point. Défaites-le et recommencez.

Gertrude plissa les lèvres d'un air têtu, mais obéit. Le silence régna quelques instants dans la pièce.

— Lord Henry va-t-il rester à Gunlinghorn ? demanda Yolande.

— Sa vie est à Londres, répondit Jenova, espérant que sa voix ne tremblait pas et que personne n'avait remarqué les larmes qui lui montaient aux yeux.

Elle ne voulait pas qu'il parte, mais comment l'en empêcher ? Il avait sa vie, et elle la sienne. Ils savaient tous deux depuis le début qu'il finirait par partir.

— Vous devriez peut-être lui demander de rester, murmura Gertrude. Peut-être qu'il ne sait pas qu'il vous manquera beaucoup.

Jenova lui jeta un regard amusé.

— Merci, Gertrude, répliqua Agetha. Lorsque lady Jenova aura besoin des conseils d'une fille de quatorze ans, elle vous les demandera.

Les dames continuèrent à plaisanter et à se chamailler gentiment, mais Jenova ne les écoutait plus. Et si Gertrude avait raison ? Devait-elle demander à Henry de rester ? Et s'il refusait ? Ou pire, s'il riait, en comprenant qu'elle s'était imaginé qu'il pourrait préférer Gunlinghorn à la riche vie de Londres ?

Jenova soupira. Autrefois, lorsqu'ils n'étaient qu'amis, les choses étaient bien plus faciles. Elle n'avait jamais peur de lui demander quoi que ce soit. Maintenant, c'était différent. Elle craignait qu'il ne se méprenne sur ses paroles. Elle était tellement vulnérable, à présent… et à sa merci.

Par ailleurs, si elle ne le lui demandait pas, elle ne saurait jamais ce qu'il pensait. Peut-être que Henry n'imaginait pas à quel point elle tenait à lui.

« Très bien, se dit-elle en essayant de continuer à coudre malgré ses doigts tremblants. Je lui demanderai de rester et, s'il refuse, je rirai et je dirai que ça n'a pas d'importance. Mais s'il accepte… »

Elle sourit d'un air rêveur.

— Les chardons bleus qu'on trouve dans les dunes, dit-elle brusquement. Ses yeux ont la couleur des chardons bleus…

Puis elle rougit en voyant le regard stupéfait de ses dames d'atour, qui semblaient toutes penser qu'elle avait perdu la tête.

Rhona plissa les yeux pour tenter de percer le brouillard qui masquait le bas de la colline et s'enroulait autour des arbres comme des écheveaux de laine. Tout était absolument immobile et silencieux.

Elle tenta de faire taire la crainte qui l'habitait. Oh, elle ne doutait pas de mener à bien le marché qu'elle avait passé avec Reynard ! Elle avait déjà soumis son corps à d'autres hommes, par le passé… Mais elle doutait de pouvoir se sauver et sauver Alfric, car ce que lui avait demandé son père était autrement plus difficile à réaliser.

La tour d'Uther se dressait derrière elle, au milieu des arbres. Une partie seulement de la tour était écroulée, et la cabane attenante semblait en très bon état.

Elle attendait, au milieu du bois, grelottante et seule dans le brouillard – elle, lady Rhona, dont la grâce, les atours et les manières proclamaient qu'elle était une dame de haute lignée normande. Mais, en réalité, elle était prisonnière de la cruauté de son père et de sa condition de femme.

Ce matin, elle avait vu Baldessare se goinfrer de viandes froides et de pain, accompagnés de grandes gorgées de bière. Il semblait de bonne humeur, mais la jeune femme ignorait pourquoi. Était-ce à l'idée d'épouser lady Jenova ? Cette pensée avait fait frissonner Rhona, mais elle avait serré les dents. C'était la seule chose qu'elle avait trouvée pour amadouer son père. Tant pis pour lady Jenova.

Baldessare avait brutalement reposé sa chope de bière sur la table à tréteaux.

— J'aimerais pouvoir dire à lord Henry que sa petite vie de privilèges est terminée. Il ne sera plus très longtemps le favori du roi. Oui, il va regretter les humiliations et les défaites qu'il m'a fait subir !

— Si quelqu'un peut lui faire du mal, c'est vous, père.

Baldessare l'avait fixée de ses yeux froids, et Rhona avait soutenu son regard, bien que son cœur battît à tout rompre dans sa poitrine.

— Je te conseille de réussir, Rhona, avait-il dit sans hausser la voix.

Rhona avait souri, rassemblant tout son courage.

— Je n'échoue jamais, père.

Elle ne lui avait pas parlé de Reynard et de leur rendez-vous. Elle avait payé Formac deux fois plus que d'habitude pour porter son message en secret.

Un oiseau déboula des fourrés, et Rhona déplaça un peu sa monture. Elle avait les pieds glacés malgré ses bottes fourrées.

— Lady Rhona…

Il avait la voix encore plus grave que dans son souvenir. En l'entendant, Rhona sentit un frisson de délices la parcourir. Elle fit pivoter sa monture. Comment Reynard avait-il fait pour arriver aussi silencieusement ? Il marchait à travers les arbres, vêtu d'un long manteau épais, tête nue.

— Reynard ! s'exclama-t-elle.

Il s'approcha et examina d'un œil approbateur sa pelisse doublée de peaux d'écureuil et sa robe de laine rouge. Elle avait ôté son voile, laissant sa longue tresse dorée sur son épaule. Elle savait que le froid rendait sa peau plus blanche encore et rosissait son nez, mais Reynard ne semblait pas s'en soucier. En fait, on aurait dit qu'il allait la dévorer.

Elle rougit. Ils avaient passé un contrat, et rien d'autre. Elle devait garder la tête froide, quelle que soit la manière dont Reynard se comportait.

— Vous avez demandé à me voir, milady, dit-il en la regardant fixement sous ses paupières lourdes. Me voici, ajouta-t-il en lui tendant sa main gantée. Rentrons à l'intérieur avant d'attraper la mort. J'ai fait du feu.

S'abandonnant à son destin, Rhona tendit les bras et se laissa glisser sur le sol enneigé contre le corps puissant de Reynard. Elle fut de nouveau étonnée de le trouver si grand, mais curieusement n'en ressentit aucune crainte. Elle était si petite que, d'ordinaire, les hommes de cette taille la mettaient mal à l'aise. Mais, dans les bras musclés de Reynard, elle se sentait parfaitement protégée. Elle dut même faire un effort pour s'écarter de lui.

Dans l'espoir de reprendre ses esprits, elle lui jeta un regard hautain. Il haussa les sourcils, amusé, comme s'il savait très bien ce qu'elle ressentait et n'était pas dupe de ses manières de grande dame.

Pour qui se prenait-il, ce manant ? songea Rhona, paniquée. Sentait-il déjà qu'il avait un pouvoir sur elle ?

— Du feu ? dit-elle d'un ton badin. Dans la tour d'Uther ? Je pensais que c'était une masure en ruines.

— C'est très confortable, lady Rhona. Entrez, nous parlerons.

Elle hésita encore, mais ses pieds étaient gourds et ses mains menaçaient de se couvrir d'engelures. Même ses dents lui faisaient mal. Elle avait besoin de chaleur. De plus, elle était lasse de se méfier de tout le monde, d'être sans cesse sur ses gardes. Se redressant de toute sa taille, elle suivit Reynard entre les arbres noyés dans le brouillard. Reynard tenait son cheval par les rênes.

Lorsqu'ils arrivèrent à la tour d'Uther, il poussa la lourde porte du cottage et entra, se baissant pour franchir le seuil. Rhona lui emboîta le pas et pénétra dans une petite pièce sombre. Le feu que Reynard avait allumé ne dégageait pas beaucoup de chaleur et fumait un peu, mais Rhona frémit de soulagement en voyant les flammes. Elle tendit les mains vers cette flambée et se détendit un peu. La pièce n'avait rien des taudis de paysans comme elle en avait vu dans le domaine de son père – lord Baldessare ne gaspillait pas son or pour aider ceux qui ne servaient pas directement ses ambitions.

— Je vais mettre votre cheval dans la tour, près du mien, dit Reynard. Asseyez-vous et réchauffez-vous, lady Rhona, je n'en ai pas pour longtemps.

Il referma la porte derrière lui, la laissant seule.

Il avait disposé un tabouret près du feu, et elle s'y installa en arrangeant sa robe autour d'elle. Elle se sentait aussi surprise que mal à l'aise. Reynard se montrait très prévenant, et elle n'avait pas l'habitude qu'on la traite avec tant d'égards.

Lorsque ses yeux se furent habitués à la pénombre et que ses pieds et ses mains se furent un peu réchauffés, elle regarda autour d'elle. La pièce était propre. Une pile de bûches s'élevait dans un coin, un tas de paille dans un autre. Il y en avait assez pour que deux personnes s'en fassent une couche.

Elle frissonna et s'empressa de regarder ailleurs. Pourquoi avait-elle choisi ce lieu de rendez-vous ? Et pourquoi diable avait-elle fixé ce rendez-vous, pour commencer ? Elle avait eu tort d'accepter de se donner à Reynard en paiement de ses informations. C'était une erreur. Elle en avait la nausée... D'ailleurs, elle allait partir.

Elle rassemblait sa jupe et sa pelisse autour d'elle lorsque Reynard apparut sur le seuil, enveloppé de brouillard. Il s'empressa de refermer la porte. Les flammes s'élevèrent plus haut, puis retrouvèrent leur danse paisible. Pendant un instant, il la regarda, remarquant la tension de ses épaules, ses doigts crispés sur la laine rouge de sa robe, ses yeux écarquillés par l'inquiétude.

— Ce n'est pas la peine de partir, dit-il calmement, en frottant la neige qui restait sur ses mains. Je ne vous ferai aucun mal, lady Rhona.

— Je n'ai pas peur de vous, répliqua-t-elle.

Ce qui était la vérité, car c'était d'elle-même qu'elle avait peur.

Elle était en train de tout mélanger. Ses sensations, ses émotions, ses projets... Que lui arrivait-il ? Elle qui parvenait toujours à se maîtriser !

Reynard tira près du feu un banc de bois qui se trouvait le long du mur. Il s'assit, rajusta son manteau sur ses épaules d'un mouvement gracieux et tendit les mains vers les flammes. Ses gants épais étaient raccommodés, et ses bottes étaient usées, mais d'un cuir de bonne qualité. Il portait la même tunique verte que la fois précédente, et ses chausses laissaient deviner des cuisses musclées et des hanches étroites. Il avait les épaules larges et était assis tranquillement, détendu, lui offrant son profil.

Jamais elle n'avait rencontré d'homme comme lui, songea Rhona, qui ne pouvait s'empêcher de l'examiner. Soudain, il tourna le visage vers elle avec un demi-sourire.

— Nous voici seuls, milady. Seuls dans la tour d'Uther.

Pendant un instant, Rhona fut tentée de lui sourire aussi. Elle avait l'impression d'être une petite fille placée face à quelque chose de nouveau et de merveilleux.

— Nous avons fait un marché, dit-elle en se levant d'un air fier. Je suis venue honorer ma part du contrat, alors finissons-en le plus vite possible.

Il tendit le bras et s'empara de la main de la jeune femme. Elle lut de la compassion dans ses yeux. Osait-il la plaindre, elle, une dame normande ? Une colère sourde l'envahit.

— J'ai déjà fait cela, Reynard. Ne croyez pas que je sois une pauvre pucelle sacrifiant son honneur pour vous. Je suis une dame et je sais fort bien me débrouiller seule !

Les doigts de son compagnon étaient chauds, forts et rugueux. En dépit de sa colère, Rhona aurait voulu s'y accrocher.

— Je vous désire, dit-il, et si j'étais un manant, comme vous le croyez, je vous montrerais cette partie de moi qui vous veut plus que tout. Mais je n'ai aucune envie de vous prendre ici, en vitesse et sans sentiment, comme si nous étions des bêtes. Je veux apprécier le moment que je passerai avec vous, lady Rhona, mais pour cela, il faut que vous m'appréciiez aussi.

Rhona restait pétrifiée et s'accrochait inconsciemment à la main de Reynard. Ce qu'il demandait était impossible ! Ils avaient passé un marché, et maintenant, il en changeait les règles. L'apprécier ? Non, elle ne pouvait se le permettre, en aucune façon. Elle ne voulait pas éprouver de plaisirs ni d'émotions qu'elle ne pourrait contrôler et qui risqueraient de la transformer en une pauvre petite chose sans volonté.

Pourtant, elle mourait d'envie de s'abandonner à cet homme. C'était pour cette raison qu'elle avait tant hésité à conclure ce marché avec lui. Parce que, lorsqu'elle regardait Reynard, son corps s'embrasait.

Il l'attira soudain vers lui, et elle vacilla. En un éclair, elle se retrouva blottie contre lui, la tête sur son épaule. Elle se raidit, se forçant à paraître impassible alors qu'elle était complètement bouleversée.

Elle avait tort de se laisser aller ainsi. Pour survivre dans son monde, il fallait garder un cœur de pierre.

— Je vous ai dit que mon père construisait des bateaux, murmura Reynard à son oreille.

— En effet, chuchota-t-elle d'une voix rauque.

— Mais je ne vous ai pas dit qu'il savait naviguer et trouver son chemin grâce aux étoiles. Lorsqu'il était jeune et plus insouciant, il a voyagé dans des contrées lointaines et vu des choses bien étranges. Des terres couvertes de glace en toute saison, d'autres inondées de soleil et faites seulement de sable.

Rhona aurait voulu se gausser, mais il éveillait en elle un désir d'aventure qu'elle n'avait jamais ressenti. S'échapper, voyager loin, être libre... Serait-ce jamais possible ?

— J'aimerais voir ces lieux, dit Reynard.

— Pourquoi n'y êtes-vous jamais allé ? demanda-t-elle, se détendant de plus en plus dans ses bras.

Ses seins effleuraient la tunique de Reynard, et elle avait envie de nouer les mains autour de son cou, d'attirer sa bouche vers la sienne.

— Parce que cela me semblait assez triste de partir seul. J'aimerais être accompagné, pour pouvoir dire : « Regarde ! » à quelqu'un. Quelqu'un avec qui rire lorsque je suis heureux et pleurer quand je suis triste. Je préfère ne pas voyager si je dois voyager seul, lady Rhona.

Il tissait autour d'elle une toile magique, et elle n'arrivait plus à réfléchir. Ils étaient venus ici pour parler de lord Henry et de lady Jenova, et voilà qu'il la retardait en lui racontant de drôles d'histoires sur des terres glacées !

— Parlez-moi de votre maître, dit-elle en s'écartant pour regagner son tabouret.

Elle se rassit, lissa sa robe et replaça sa lourde tresse sur son épaule.

— C'est pour cela que je suis venue, ajouta-t-elle en le fusillant du regard.

Reynard sourit d'un air penaud. Mais il n'avait pas l'air de se préoccuper beaucoup de la colère de la jeune femme, car il noua tranquillement ses mains autour de son genou.

— Lord Henry a une belle demeure à Londres, de nombreuses maîtresses et encore plus d'amis puissants. Et pourtant, il ne veut pas quitter Gunlinghorn.

— Et pourquoi, selon vous ?

— Peut-être parce qu'il a de l'affection pour lady Jenova et qu'elle l'aime bien aussi.

— C'est plus que de l'affection, dit Rhona, s'il reste ici malgré tout ce qui l'attend à Londres.

— Ils sont amis depuis l'enfance.

— Une enfance depuis longtemps révolue…

Reynard leva les yeux vers elle.

— Non, lady Rhona, dit-il calmement. Ce n'est pas ce que vous pensez. Ils ont grandi ensemble en Normandie. Lady Jenova a demandé à lord Henry de venir pour la conseiller sur son mariage. Je ne crois pas qu'il lui ait dit quoi que ce soit pour la dissuader d'épouser votre frère. Elle a pris sa décision toute seule.

— Mon père n'en croit rien, et moi non plus.

— Votre père ne veut pas le croire, répliqua Reynard.

Il n'avait pas tort…

— Votre maître a-t-il parlé de rentrer à Londres prochainement ?

— Oui, il en a parlé, mais il ne veut pas quitter lady Jenova tant qu'il existe des tensions entre elle et votre famille. Il craint pour sa sécurité.

Là encore, se dit Rhona, lord Henry voyait juste. En fait, s'il avait pu deviner à quel point son père était dangereux, il aurait filé à Londres sur-le-champ, en emmenant Jenova avec lui. Peut-être y avait-il déjà songé… se dit Rhona avec un frisson d'appréhension. Dans ce cas, il fallait absolument qu'elle retienne Jenova à Gunlinghorn. Sinon, elle pourrait elle-même dire adieu à ses désirs de liberté.

— Je veux qu'il parte, déclara-t-elle froidement. Il est de notre intérêt à tous que lord Henry rentre à Londres dès que possible. Seul.

— Je vois. Vous espérez qu'une fois lady Jenova sans protection, elle ne pourra résister aux pressions de votre père ? C'est bien cela, lady Rhona ?

Elle soutint son regard scrutateur. Ainsi, il voyait clair en elle… Mieux valait alors qu'il ne sache rien de ce qu'elle projetait. Elle devait même faire preuve de la plus grande discrétion.

— J'ai chargé lady Jenova de transmettre un message à votre maître à propos du château de Nuit. L'a-t-elle fait ?

— Je pense que oui, car il a reçu un choc. On dirait un loup blessé, maintenant. Il me crie dessus, mais il dit à lady Jenova que tout va bien.

Rhona haussa les sourcils.

— J'ignorais que c'était un message aussi important. Mon père dit qu'il a un ami qui connaît un lourd secret, quelque chose que lord Henry tient absolument à garder caché.

— Savez-vous qui est cet ami, lady Rhona ?

— Non, répliqua-t-elle en lui jetant un regard soupçonneux. Vous êtes bien curieux, Reynard. Je croyais que c'était vous qui deviez me donner des informations, et non le contraire.

Il tendit le bras et effleura des doigts la joue de la jeune femme, avec un respect qui la surprit. Mais la lueur ardente de ses yeux contredit aussitôt son attitude.

— J'ai hâte de vous servir, lady Rhona, afin de recevoir ma récompense.

Elle sentit son cœur bondir dans sa poitrine et retint le désir fou de se jeter dans ses bras. C'était elle qui dirigeait les opérations, elle ne devait pas l'oublier ! Sa vie en dépendait…

— Vous savez, lord Henry n'est pas naïf, reprit-il. Il ne sera jamais convaincu que votre père connaît son secret tant qu'il n'aura pas de preuve supplémentaire. Vous devrez lui donner le nom de cet ami si vous voulez avoir le moindre contrôle sur lui.

Ce qu'il disait était sensé, et sa voix persuasive. Mais, pour avoir une preuve supplémentaire, il faudrait qu'elle parle à son père et lui soutire ce nom. La seule idée de cette conversation la terrorisait. Et pourtant, elle devait avancer.

— Très bien, dit-elle en se levant si brusquement que les flammes bondirent soudain en arrière. Je trouverai ce nom, dit-elle. Nous verrons-nous ici, la prochaine fois ?

— Non. Au *Black Dog*, dans le port de Gunlinghorn. Nous y serons en sécurité, et ce sera plus confortable. Faites-moi savoir quand vous serez prête à m'y retrouver, lady Rhona.

Était-ce un effet de son imagination ou bien y avait-il un sous-entendu dans sa voix lorsqu'il lui avait parlé d'être « prête » ? Ses yeux d'onyx brillaient toujours de cette lueur ardente… Elle feignit de ne rien remarquer.

— Au *Black Dog*, répéta-t-elle. Fort bien.

— Rappelez-vous, dit-il d'une voix douce. Je veux que vous appréciiez le moment de notre union autant que moi.

Sur ces mots, il se tourna et alla ouvrir la porte. Rhona le suivit, désemparée et furieuse. Comment faisait-il pour renverser les rôles et avoir toujours le dernier mot ?

Dehors, il faisait encore plus froid que quand elle était arrivée, et elle se mit à trembler de tout son corps tandis que Reynard allait lui chercher sa monture. Lorsqu'elle mit le pied dans l'étrier, il la saisit par la taille et, avant d'avoir eu le temps de protester, elle se retrouva en selle. Elle se redressa, rougissante, et saisit nerveusement les rênes. Nul doute qu'il était conscient de l'effet qu'il produisait sur elle. Nul doute qu'il savait qu'elle brûlait d'envie de s'abandonner dans ses bras de manant !

— Adieu, Reynard.

— Adieu, lady Rhona, répondit-il.

Il s'inclina respectueusement, mais Rhona eut le temps de voir son sourire triomphant.

Vexée, elle s'éloigna au galop mais, lorsqu'elle arriva au pied de la colline, sa colère était retombée, et elle ne songeait plus qu'à son prochain rendez-vous avec cet audacieux et séduisant manant.

Lorsqu'il regagna la tour d'Uther, Reynard était songeur. De toute évidence, éloigner lord Henry était pour lady Rhona une nécessité vitale. Baldessare voulait donc que Jenova soit seule et vulnérable, afin de pouvoir s'emparer de Gunlinghorn ! Une sourde colère animait Reynard. Il devinait aisément ce que cette brute de baron avait en tête, et ce n'était guère plaisant.

Henry partirait-il ? Il n'était pas homme à abandonner une femme sans défense pour sauver sa peau. De plus, il n'irait nulle part avant de connaître le nom de son ennemi – cet ami dont Baldessare avait parlé à Rhona. La jeune femme avait promis de soutirer à son père le nom de cet individu, mais il avait vu à quel point cela l'effrayait.

Même sa propre fille avait peur de Baldessare, songea Reynard avec dégoût.

Et s'il parvenait à la faire passer dans leur camp ? Il sentait qu'elle n'était pas foncièrement mauvaise. Elle était fière, certes, et elle avait été blessée. Et si la moitié de ce qu'on racontait sur elle était vraie, elle ne s'embarrassait pas non plus de scrupules.

Mais, sous cette apparence glacée, il y avait une femme de chair et de sang. Il l'avait tenue contre lui, l'avait sentie trembler, avait vu le désarroi se peindre sur son beau visage. Elle avait de graves ennuis, il le sentait. Et il sentait aussi qu'il pouvait l'aider, en dépit d'elle-même, et la sauver du péril qui la menaçait.

Désormais, il serait aux aguets. Pour servir son maître autant que pour protéger cette femme sans défense.

15

Tôt ce matin-là, un messager vint annoncer au château qu'un nouveau bateau s'était échoué dans le chenal, un caboteur qui avait cherché refuge dans le port au cours de la tempête. Le temps s'était en effet gâté au cours de la nuit, mais Henry n'y avait guère prêté attention, avec Jenova blottie contre lui sous les chaudes fourrures.

— Je suis inquiète, déclara Jenova. Non pour les marins, car, grâce à Dieu, ils sont sains et saufs, mais pour mon port. Je crains qu'il ne s'ensable complètement. J'avais tellement de projets, Henry !

Ses inquiétudes étaient fondées, car de nombreux ports sur la côte avaient connu ce fâcheux destin.

— Voulez-vous que j'aille examiner les lieux, ma douce amie ?

Jenova tenait beaucoup à ses prérogatives de châtelaine, et Henry veillait à ne pas prendre d'initiatives qui risquaient de lui déplaire. Mais, aujourd'hui, elle semblait abattue. Il lui caressa la joue et glissa les doigts dans ses longs cheveux soyeux.

Elle posa la joue dans la paume de sa main, parfaitement confiante. Comme Raf l'était aussi avec lui.

Henry sentit son cœur se serrer. Ils ignoraient tous deux à quel point il était indigne de leur confiance !

— Votre offre est généreuse, Henry. Je sais que vous avez envie de rentrer à Londres depuis plusieurs semaines… N'ai-je pas raison ?

Elle baissa les yeux et se mordit la lèvre inférieure. Henry aurait voulu la serrer dans ses bras et respirer son odeur, sentir la douceur de son corps, lui dire qu'il resterait à Gunlinghorn pour toujours si elle le lui permettait…

Mais il ne pouvait pas faire cela. Il n'osait même pas y songer, tant qu'il ignorait ce que Baldessare savait sur lui. Et il ne pouvait pas partir en laissant Jenova régler seule la situation.

— Je ferais n'importe quoi pour vous, Jenova, dit-il d'une voix calme.

Elle releva les yeux, agréablement surprise, et sourit d'un air ravi.

— N'importe quoi ? répéta-t-elle.

— Presque n'importe quoi, répliqua-t-il en se forçant à sourire. Je refuse de vider le pot de chambre de Raf une autre fois.

Jenova éclata de rire.

— Oh ! Henry ! Il ne vous a tout de même pas demandé cela ?

— Si, répondit-il dans un soupir. Il ne voulait pas qu'Agetha le prenne pour un bébé qui a besoin de se soulager pendant la nuit. J'ai dû prétendre que c'était moi qui avais fait usage du pot…

Cette fois, Jenova partit d'un fou rire. Puis elle se calma brusquement et posa son front contre le sien.

— Puisque vous m'avez fait cette promesse, Henry, il faut que je vous pose une question tant que j'en ai le courage… Voulez-vous rester à Gunlinghorn ?

Il se sentit brûler, puis devenir glacé.

— Vous savez que je dois rentrer à Londres, murmura-t-il. J'aimerais rester, mais je crains que vous ne vous lassiez de moi et que vous ne souhaitiez finalement que je parte. Car je suis… Vous ne me connaissez pas aussi bien que vous le croyez, Jenova.

Il dut se taire un instant, la gorge nouée de chagrin et de crainte. Jenova lui avait demandé de rester, elle le voulait près d'elle, et il aurait dû crier de joie. Mais elle ignorait son secret, et si Baldessare le lui révélait, si elle découvrait qui il était réellement, elle le détesterait. Et il ne voulait pas voir de haine dans les yeux qui l'avaient adoré.

Une larme coula sur la joue de la jeune femme.

— Oh ! Henry ! dit-elle avant d'éclater en sanglots.

Il la tint contre lui, longtemps, impuissant à calmer le chagrin qu'il avait causé.

Loin au-delà du donjon, les vagues s'écrasaient contre les falaises. Le vent soulevait l'écume, qu'il rejetait sur le quai du port de Gunlinghorn. La mer était d'un gris sombre qui se confondait avec le ciel plombé.

Le vaisseau qui s'était échoué sur le banc de sable avait été remis à quai, et on déchargeait sa cargaison. *Master* Will se montrait partout, jouant l'important, contrôlant les faits et gestes de tous. Il salua Henry d'un signe de tête, mais il était clair qu'il aurait préféré ne pas le voir sur le port.

— Ce n'est pas un de vos amis, lord Henry ? demanda Reynard.

— Il pense que je l'ai empêché d'escroquer lady Jenova. Il ne se rend pas compte qu'elle n'aurait jamais cru à ses mensonges, de toute façon. Elle est bien trop intelligente pour cela.

Reynard contempla la mer.

— Quelle est votre intention, lord Henry ? Le chenal va continuer à s'ensabler si on ne fait rien.

— Tu as raison, Reynard, approuva Henry. Il faut construire un mur de soutènement qui s'avancera dans la mer et servira de barrière pour empêcher les courants de repousser le sable dans l'entrée du port.

— Il y en a eu un ici, il y a bien longtemps.

Henry lui jeta un regard intéressé.

— Comment le sais-tu ?

— Par Matilda, ma tante qui tient le *Black Dog*. Lorsque le premier vaisseau s'est échoué, elle m'a raconté que son mari lui avait dit qu'autrefois, il y avait un mur de bois et de pierre, assez étroit, qui s'avançait dans la mer. Il était très ancien et à moitié écroulé lorsque le père de son mari était enfant. C'était certainement un ouvrage des Romains.

Henry hocha la tête.

— Les Romains ont été très actifs à Gunlinghorn. Sais-tu exactement où se dressait ce mur ?

— Je peux le savoir, milord. Il doit en rester des traces et les gens ont de la mémoire, par ici.

— Dans ce cas, nous bâtirons notre propre mur au même endroit.

Reynard acquiesça.

— Cela demandera beaucoup d'hommes, et le travail ne sera pas facile. Nous devrons aller chercher des pierres dans des carrières et les rapporter jusqu'ici. Et il nous faudra abattre des arbres. Aurons-nous assez d'hommes ?

— Nous pourrons en faire venir de mes domaines. Cela en vaut la peine. Gunlinghorn s'enrichira grâce à ce port. Nous ne pouvons nous permettre de laisser passer cette occasion.

Henry s'entendit dire « nous » avec incrédulité. « Nous », comme si Jenova et lui étaient un couple ! C'était son cœur qui avait parlé ainsi, car elle lui avait demandé de rester, et il avait été trop lâche pour lui expliquer pourquoi il devait partir. Même si elle lui avait dit qu'elle lui pardonnerait pratiquement tout, Henry ne la croyait pas. Il n'était pas digne d'une femme comme elle et ne méritait pas d'utiliser ce « nous ».

— Dans ce cas, nous devons nous mettre au travail, dit Reynard. Et si cela échoue, au moins aurons-nous essayé.

— Oui, parfois, il faut prendre des risques, murmura Henry.

Comme avec Jenova… Il aurait dû lui parler, mais la seule pensée de lui raconter cet épisode de son passé le rendait malade. Ce serait de la folie… Il pouvait supporter de voir le roi lui tourner le dos, ses amis l'abandonner, mais pas Jenova. Si elle ne lui faisait plus confiance, il en mourrait.

Les deux hommes restèrent un long moment à contempler la mer, perdus dans leurs pensées. L'air glacé faisait du bien à Henry, lui permettant d'éclaircir ses idées. Sans doute ne serait-il plus là pour le voir terminé, mais il entamerait la construction du mur de soutènement. Ce serait pour Jenova, et cela durerait de nombreuses années, longtemps après le départ de Henry. Et peut-être, lorsqu'elle le regarderait, penserait-elle à lui tendrement.

— Lord Henry ?

Reynard ne regardait plus la mer, mais l'étroit chemin qui traversait les dunes de sable jusqu'au sommet des falaises, par-delà le quai et les baraquements de bois. Henry suivit son regard et aperçut un cavalier qui se dirigeait droit sur eux. Le vent faisait claquer les pans de son manteau noir derrière lui comme des ailes. Il portait une sorte de longue robe sombre, probablement une soutane de prêtre, et son visage… Henry plissa les yeux. L'homme n'avait pas de visage !

— Seigneur ! murmura Reynard en se signant.

Plusieurs marins qui travaillaient tout près s'empressèrent de se signer aussi, comme s'ils venaient de voir le diable.

Le cavalier atteignit le quai, s'y engagea sans ralentir sa course, puis s'arrêta brusquement à quelques mètres de Henry et de Reynard. Henry réalisa alors qu'il portait une cagoule sur la tête, avec des trous percés pour la bouche et les yeux. Henry avait vu des lépreux affublés d'un tel masque. L'homme portait l'habit religieux. Ce prêtre était-il lépreux ? Avait-il contracté ce mal en voulant soulager des malheureux ? L'un de ses yeux, à travers les minces fentes du tissu noir, semblait aveugle.

Il avait une allure bien menaçante, en tout cas, pour un homme d'Église. Sa visite n'avait certainement rien d'amical.

— Qui êtes-vous et que voulez-vous ? demanda Henry d'une voix forte, en posant la main sur la poignée de son épée.

De sa main gantée, le prêtre caressa l'encolure de son superbe cheval. C'était un bel animal, un étalon noir qui aurait mieux convenu à un riche baron qu'à un simple prêtre. L'homme baissa la tête vers Henry, et celui-ci sentit le poids de son regard sur lui. Un regard qui lui donna la chair de poule.

— Qui êtes-vous ? répéta-t-il en s'avançant et en tirant son épée de son fourreau.

— Je suis le père Jean-Paul, répondit l'inconnu d'une voix rauque.

Henry tressaillit. Cette voix lui était vaguement familière. C'était vraiment pénible de ne pas voir le visage de l'homme. Il aurait voulu arracher ce masque.

— Et je suis aussi le chapelain de lord Baldessare, poursuivit le prêtre.

— Que faites-vous ici, père Jean-Paul ? demanda Reynard en rangeant sa propre épée. Êtes-vous venu acheter de la laine ou du vin ? ajouta-t-il en désignant de la tête le caboteur à quai.

— Je suis venu parler à lord Henry de Montevoy.

— C'est moi, dit Henry.

Il ne savait plus, soudain, s'il avait vraiment envie de voir le visage de celui qui se cachait ainsi. L'homme lui répugnait instinctivement.

Il y eut un long silence, durant lequel le prêtre sembla examiner Henry de la tête aux pieds. Le malaise de ce dernier ne cessait de croître, car le personnage lui inspirait une véritable aversion.

— J'ai un message pour vous, dit enfin le père Jean-Paul.

— De la part de qui ?

— De lord Baldessare.

— Alors, donnez-le-moi. Vous me faites perdre mon temps.

Henry se sentit mieux en retrouvant son ton autoritaire.

Les épaules du prêtre tressautèrent en silence, comme s'il riait.

Furieux, Henry s'avançait pour soulever le capuchon de l'homme lorsque ce dernier reprit la parole, d'un ton rusé qui figea Henry sur place.

— Baldessare connaît votre secret, lord Henry. Il sait qui vous êtes. Il connaît le château de Nuit et répandra votre histoire parmi vos puissants amis. Et je ne doute pas qu'elle parvienne jusqu'aux oreilles du roi. Que deviendrez-vous alors, lord Henry ? Qui vous soutiendra ?

Henry crut qu'il allait étouffer. Puis, soudain, l'air s'engouffra dans ses poumons, le fit tousser. Baldessare était au courant ! C'était précisément ce qu'il craignait.

Mais alors, quelqu'un l'avait informé, quelqu'un qui avait survécu à cet enfer. Quelqu'un qui voulait détruire Henry.

— Non, dit Henry d'une voix sourde.

Tremblant comme un vieillard, il ferma un instant les yeux, rassemblant ses forces, se rappelant qui il était. Un phénix, qui avait pu renaître de ses cendres. Un puissant seigneur. Quelqu'un qui n'avait aucune raison de craindre Baldessare et son soi-disant ami.

— Non, répéta-t-il d'une voix plus ferme. Baldessare ne sait rien du tout. Vous mentez. S'il cherche à me provoquer, je l'affronterai. Dites cela à Baldessare, curé ! Dites-lui qu'il a intérêt à se préparer s'il tente de chercher noise à lord Henry de Montevoy !

Les épaules du prêtre s'agitèrent de nouveau.

— Et lady Jenova, milord ? Vous croira-t-elle ? Ou bien le doute semé dans son esprit vous effacera-t-il de sa mémoire ? Vous la perdrez, et Gunlinghorn aussi. Vous ne pourrez jamais revenir. Comment vous sentirez-vous alors, Bel Henry ?

Bel Henry !

Henry reçut ce nom comme un coup de poing dans l'estomac. Pendant une seconde, sa vision se troubla, et un poids lui écrasa la poitrine. Personne ne l'appelait plus ainsi depuis des années, sauf dans ses cauchemars. Pâle, défait, il regarda l'homme qui le tourmentait.

— Qui êtes-vous ? demanda-t-il en détachant chaque syllabe.

— Un messager, voilà tout, répliqua l'homme d'une voix indifférente.

Non, pas si indifférente que cela, se dit Henry. Une voix satisfaite, contente de le voir souffrir. Il y avait une cruauté incroyable chez ce prêtre. C'était un ennemi, un homme à combattre avec acharnement.

— Lord Baldessare peut se montrer généreux, reprit le chapelain. Il vous laisse le choix.

— Quel choix ?

— Si vous partez loin de Gunlinghorn, vous conserverez votre réputation et votre place à la cour. Votre passé ne sera pas ébruité. Mais vous ne devrez jamais revenir ici, ni emmener lady Jenova avec vous. Et, avant de partir, vous la persuaderez d'épouser lord Baldessare – mon seigneur a décidé qu'il ferait un meilleur époux pour lady Jenova que son fils. Cette dame a besoin d'être menée d'une main ferme. Lord Baldessare vous demande donc, lord Henry, de bénir leur union avant de partir.

Henry fut pris d'une telle nausée qu'il crut qu'il allait vomir sur le quai, devant le prêtre et la foule des badauds. Cet homme lui demandait de quitter Jenova, de l'abandonner à son destin... de l'encourager à épouser ce monstre, ce sauvage...

Elle n'accepterait jamais, il en était certain. Mais s'il partait, qui sait quels moyens Baldessare utiliserait pour l'y obliger ? Si ses machinations réussissaient, le baron ferait d'elle sa prisonnière et traiterait Raf comme il avait traité Alfric...

— Vous êtes fou, murmura Henry.

— Vous avez une semaine pour réfléchir, Henry, dit le père Jean-Paul, avec une familiarité dans la voix qu'il n'avait pas eue jusqu'ici.

Cette fois, Henry sentit la rage l'envahir.

— Qui ? rugit-il. Qui se sert de Baldessare pour me détruire ainsi que Jenova ? J'exige que vous me donniez son nom !

Le prêtre sans visage le regarda longuement, et Henry eut l'impression qu'il savourait chaque minute du spectacle. Lorsqu'il reprit enfin la parole, Henry reconnut dans sa voix la note de triomphe qui l'irritait au plus haut point.

— C'est à moi que vous devez tout cela, Bel Henry. Je suis votre pire ennemi, votre cauchemar vivant. Je vous déteste tellement que je ferai tout ce qui est en mon pouvoir pour vous nuire, et je n'ai rien à perdre.

Sa voix vibra soudain d'une colère contenue.

— Je vous ai observé, Henry, et j'ai attendu mon heure. Je suis venu en Angleterre, chez lord Baldessare, pour une raison bien précise. Je savais qu'il vous détestait presque autant que moi. Et je savais qu'il voulait Gunlinghorn. Alors, je lui ai conseillé d'ordonner à son fils d'épouser lady Jenova, et j'ai mis au point un contrat qu'elle ne pouvait que refuser de signer. Je savais qu'elle n'accepterait pas que lord Baldessare devienne le protecteur de son fils si Alfric mourait et qu'elle ferait appel à son fidèle ami pour la conseiller… Je vous ai fait venir ici, voyez-vous, pour vous punir comme vous le méritez. Ce n'est que justice. Je sais à quel point vous tenez à Gunlinghorn et à sa châtelaine. Sans cela, vous n'êtes rien. Vous allez souffrir, comme j'ai souffert quand vous m'avez pris ma maison et ceux que j'aimais. Oh, oui, Bel Henry, je veux que vous souffriez autant que j'ai souffert…

Henry le fixait, bouche bée. Qui cela pouvait-il être ? Qui était cet homme résolu à le détruire encore une fois ? Mais le prêtre avait déjà fait pivoter son cheval, et il était trop tard pour que Henry le jette à terre et le démasque. Une seconde plus tard, le chapelain galopait sur le quai, son manteau noir volant autour de lui comme un nuage diabolique.

— Qui était-ce, lord Henry ? Que voulait ce prêtre ? demanda Reynard.

Son valet s'était approché de lui, tout en surveillant du coin de l'œil *master* Will, qui rôdait autour d'eux d'un air intrigué. Henry ne parvenait pas à savoir combien de temps s'était écoulé. C'était comme si sa vie lui avait soudain échappé. Le prêtre avait dit vrai : il avait l'impression de vivre le pire des cauchemars.

Il prit une profonde inspiration et tenta de se ressaisir. S'il voulait sauver Jenova et se sauver lui-même, il allait avoir besoin de toute son intelligence pour vaincre ce monstre.

— Baldessare m'a envoyé un message, Reynard. Tu as entendu ce qu'a dit ce… cette créature. Si je ne veux pas que mon secret soit révélé au grand jour, je dois partir dans une semaine et abandonner lady Jenova à son sort.

Le corps massif de Reynard se dressait contre le vent, et ses cheveux noirs ébouriffés formaient un halo autour de son visage basané.

— Je ne comprends pas, milord. De quel secret s'agit-il ? Qu'est-ce qui pourrait vous contraindre à abandonner lady Jenova aux griffes d'un porc comme Baldessare ?

— La peur de voir ma vie détruite, Reynard, tout simplement. Voilà le marché qu'il me propose : préserver ce que j'ai mis tant de temps et d'efforts à devenir, ou…

— Lord Henry… je ne comprends pas.

— Je n'aurais jamais dû venir ici. Si j'étais resté à la cour, le sort de lady Jenova ne reposerait pas ainsi entre mes mains.

— Mais, milord, vous êtes venu parce que lady Jenova prévoyait d'épouser lord Alfric. Si vous étiez resté à Londres, le mariage aurait sans doute déjà été célébré, et elle serait prise au piège. Au moins, maintenant, vous savez ce que Baldessare manigance. Vous pouvez le contrer. Parlez à lady Jenova… Armez-vous contre votre ennemi.

Reynard avait raison, mais seulement jusqu'à un certain point. Car comment s'armer contre un ennemi qui n'avait pas de visage ?

Henry savait qu'il ne pouvait pas rentrer à Londres. Il aurait préféré se jeter tout de suite dans l'océan plutôt que de prendre le risque de voir souffrir Jenova à cause de lui. Le prêtre le savait aussi. Cela faisait partie de son jeu. Il donnait à Henry un choix qui n'en était pas un…

— Milord ? insista Reynard en posant la main sur le bras de Henry. Dites-moi ce qu'il en est. Comment vous tiennent-ils ? Cela a-t-il un rapport avec le château de Nuit ?

Henry tressaillit et regarda son valet d'un œil soupçonneux.

— Comment connais-tu ce nom ?

Pendant un instant, il se demanda même si son fidèle Reynard était impliqué dans ce complot pour l'anéantir.

— Je vous dirai tout ce que je sais, je le jure, dit Reynard. Mais répondez d'abord à ma question…

Henry n'était plus que la proie d'une obscure terreur qui l'empêchait de raisonner. Il allait tout perdre, Jenova, ses biens, son honneur… Il avait toujours craint que cela n'arrive un jour et, soudain, il se trouvait dans l'œil du cyclone.

— J'ai un horrible secret, Reynard, murmura-t-il, la voix assourdie par la douleur. Je pensais que tous les êtres au courant étaient morts mais, apparemment, Baldessare a trouvé un revenant. Ce prêtre semble tout savoir. Le nom qu'il m'a donné, Bel Henry… c'est ainsi qu'on m'appelait dans ma jeunesse, et j'espérais que plus personne ne connaissait ce surnom. Baldessare tient mon secret devant moi comme une corde devant un condamné, et il attend que je la noue moi-même à mon cou.

— Avez-vous fait quelque chose de mal, lord Henry ? Sinon, pourquoi craignez-vous tellement ces gens ?

Il avait commis des actes atroces, justement. Mais il ne voulait pas entrer dans les détails, juste expliquer à Reynard de quoi il retournait.

— Le château de Nuit appartenait à l'oncle du roi Guillaume, le comte Thearoux. Le roi l'aimait beaucoup. Il y a longtemps, après avoir combattu auprès du roi à Hastings, Guillaume m'a récompensé et est devenu mon ami. Ce jour-là, il m'a parlé de Thearoux et de la façon dont il est mort. Tout dans son récit était faux, mais je ne l'ai pas détrompé. Il m'a dit qu'il finirait par découvrir qui avait assassiné son oncle préféré et qu'il châtierait le coupable de façon exemplaire. Et pendant qu'il me disait tout cela, je savais que c'était moi qu'il recherchait.

— Vous ? s'exclama Reynard. Mais...

— J'étais là quand Thearoux est mort. Il était cruel et détestable, bien différent de l'homme affable qu'il prétendait être devant le roi. Il y a eu... un incendie. Je garde peu de souvenirs de cette nuit-là. Mais si quelqu'un me désigne du doigt, comment pourrais-je prétendre être innocent ? Je suis sûr d'une chose : si le roi apprend que je me trouvais là-bas cette nuit-là, il ne me traitera plus en ami. Peut-être acceptera-t-il ma version des événements – après tout, il ne voudra pas passer pour un imbécile après m'avoir témoigné tant d'affection pendant si longtemps –, mais je lui ai caché la vérité, comprends-tu ? Je n'ai rien dit pendant dix ans. Et cela seul fait de moi un être déloyal.

— Vous perdrez votre rang à la cour, reconnut Reynard.

— Je perdrai tout.

— Sauf si vous rentrez à Londres avant une semaine.

Henry eut un rire amer.

— Jamais je n'abandonnerai Jenova. Le prêtre dit me connaître et, si c'est vrai, il sait que je ne la quitterai pas, quelles qu'en soient les conséquences pour moi. Il n'aura pas à se salir les mains. Je nouerai moi-même la corde autour de mon cou.

Henry avait cru que Reynard insisterait pour connaître d'autres détails, l'obligeant à revivre des souvenirs qu'il avait soigneusement enfouis au plus profond de sa mémoire. Mais son compagnon n'en fit rien. Il resta silencieux et songeur, comme s'il examinait la situation sous tous les angles. Henry comprit soudain à quel point son valet pouvait se révéler précieux dans cette épreuve. Il avait grand besoin d'un homme intelligent et fort à ses côtés.

— Je dois vous dire quelque chose, milord, dit enfin Reynard d'un air grave. J'avais déjà l'intention de le faire, mais j'attendais d'en savoir davantage...

Il lui expliqua alors comment lady Rhona l'avait approché et ce qu'il avait réussi à apprendre. Henry ne douta pas un instant de sa loyauté.

— Tu as bien agi, Reynard, dit-il en plongeant le regard dans celui de son valet. Tu pourras sans doute soutirer des informations fort utiles à lady Rhona.

— Merci, milord... Je me disais aussi, tout à l'heure, que le roi n'accepterait jamais que lord Baldessare force lady Jenova à l'épouser. Il a de l'affection pour elle. Lord Baldessare ne s'attend donc pas à être puni lorsque le roi reviendra en Angleterre ?

— Il pense sans doute que je vais lui faciliter les choses, expliqua Henry. Le roi ne se réjouirait certes pas d'une telle union mais, s'il est mis devant le fait accompli et que Baldessare lui fait croire que Jenova est satisfaite, il ne bougera pas. Il a bien d'autres questions importantes à régler. Il est fort possible qu'il doive faire face à une rébellion, à son retour. Il n'aura pas le temps de s'occuper de Baldessare.

— Je vois...

— Mais il n'y aura pas de mariage, Reynard, dit Henry d'une voix ferme. Baldessare et son prêtre peuvent raconter ce qu'ils veulent, je ne laisserai pas Gunlinghorn sans défense.

Reynard acquiesça, et son regard parut s'enflammer. Il aimait le combat, se dit Henry, amusé.

— Quand dois-tu revoir lady Rhona ? demanda-t-il.

— Dans deux jours. Au *Black Dog*.

— Tente de savoir qui est vraiment ce prêtre. Ce nom de Jean-Paul ne me rappelle rien. Il était au château de Nuit, je le sais. Mais sous quel nom ?

— Que dirai-je à lady Rhona, milord ? Elle voudra que je lui donne des informations.

Henry réfléchit quelques instants.

— Dis-lui que je me prépare à rentrer à Londres. Fais-lui croire que son père a gagné. Cela devrait l'inciter à t'en dire davantage.

— Bien. Et vous, milord, allez-vous expliquer ce qui se passe à lady Jenova ?

Henry préférait de loin cacher la vérité à Jenova, au moins pour l'instant. Tant qu'il pourrait éviter de la mêler à tout cela, il le ferait.

— Je me charge de lady Jenova, Reynard.

— À vos ordres, milord.

Reynard s'éloigna, et Henry écouta ses pas crisser sur le sable du quai. Il se retrouva bientôt seul, face à l'océan gris et glacé. Il balaya l'horizon du regard, priant Dieu d'épargner Jenova. Il fallait qu'il réussisse et que son secret retourne aux ténèbres dont on voulait l'extraire.

Il ferma les yeux, et l'image de Jenova flotta sous ses paupières closes. Depuis peu, il avait découvert qu'il se sentait triste s'il restait trop longtemps sans la voir. Elle lui manquait... Il avait besoin de la sentir près de lui, de la tenir dans ses bras.

Lorsqu'elle le regardait, il lisait tant d'admiration dans ses yeux ! Cela le rendait heureux et, finalement, c'était ce qu'il avait de plus précieux au monde. Si elle apprenait la vérité sur la noirceur de son passé, il ne verrait plus jamais cet éclat dans ses grands yeux verts. Et cela, il ne pourrait pas le supporter... Comme il ne pouvait pas supporter de la savoir si gravement menacée. Sa vie à Londres ne comptait plus. Sa place était à Gunlinghorn, auprès de Jenova.

Or, cette place était menacée par ce prêtre sans visage. Qui était-il, en réalité ? Il les avait crus morts, tous autant qu'ils étaient. Ce ne pouvait être Thearoux – s'il avait survécu, ç'aurait été un vieillard, maintenant. Quant aux autres, il avait fait son possible pour les oublier, pour survivre. Tous, sans exception, étaient des monstres. Même son ami, le jeune compagnon de ses infortunes.

Henry revit le visage étroit et le nez pointu de celui qu'on appelait Souris, ses yeux vifs, pleins de jubilation sous les boucles brunes qui retombaient sur son front. Dans le monde où ils vivaient, où survivre consistait à accepter le pire, Souris avait été son seul ami.

Mais Souris était mort avec Thearoux et les autres, durant l'incendie qui avait réduit en cendres le terrible château de Nuit. Et dans les flammes s'étaient éteints les cris, les plaintes et les abominations…

Seul Henry avait réussi à s'échapper. Du moins l'avait-il cru jusqu'ici. Qui donc avait pu survivre à ce feu ? Qui était ce fantôme du passé qui réapparaissait aujourd'hui, aussi cruel qu'autrefois ?

16

Dans le magasin aux herbes, entourée de ses sirops et de ses potions, Jenova retrouvait un peu de calme. Elle avait demandé à Henry de rester à Gunlinghorn, et il avait refusé. Contrairement à ce qu'elle avait prévu, elle s'était effondrée, en larmes. Il l'avait tenue tendrement contre lui pendant qu'elle sanglotait éperdument, et pourtant, il n'avait pas changé d'avis.

C'était tellement douloureux, tellement triste… Elle se souvenait de Henry durant leur enfance en Normandie. Il était incroyablement beau, avec ses yeux bleus et ses traits parfaits, et si attachant. Son sourire avait égayé ces longs mois passés ensemble. Comme elle avait regretté, ensuite, ce compagnon espiègle, tendre et joyeux !

Un jour, il lui avait demandé si un garçon l'avait déjà embrassée. Elle avait répondu non, timidement, un peu gênée. Alors, il lui avait pris la main et ils s'étaient promenés dans la prairie sous le soleil d'été. Au bout d'un moment, il s'était emparé de sa bouche, tendrement, avec innocence. Ils s'étaient allongés dans l'herbe et avaient prolongé ce baiser. Jenova se souvenait encore du ciel bleu au-dessus de leurs têtes et des lèvres de Henry sur les siennes, de ses bras autour de sa taille…

Lorsqu'ils étaient rentrés au château, la mère de Jenova les attendait, folle de rage. Elle avait dévisagé sa fille comme si elle cherchait à lire le signe du péché sur son visage, et Jenova en avait été blessée. Sa mère ne lui faisait pas confiance et, pire, ne comprenait pas la magie du moment qu'elle venait de vivre. Car ce ne pouvait être un péché d'embrasser un garçon qu'on aimait et qui vous aimait en retour, tout de même !

Henry était parti peu après, envoyé près d'un lointain parent qu'il ne connaissait pas et qui ne voulait probablement pas de lui. Jenova avait cru que son cœur allait se briser, mais elle s'en était remise. Ils s'étaient revus, des années plus tard, et elle n'avait plus ressenti l'impérieuse attirance d'autrefois.

Comment avait-elle pu croire un instant qu'ils étaient destinés l'un à l'autre ? C'était un beau et charmant courtisan, qui n'était pas fait pour elle, et leur enfance n'était plus qu'un souvenir. Mais elle voulait retourner avec lui dans la prairie, main dans la main, et l'embrasser sous le ciel bleu. Elle voulait l'aimer, indéfiniment.

Il devait bien y avoir un moyen de le convaincre de rester, songea-t-elle, désespérée. Car comment feraitelle pour vivre sans lui, à présent ?

— Eh bien ?

Jean-Paul examina Baldessare en silence, s'amusant de l'impatience de son hôte. Il aimait torturer les gens, et torturer Baldessare était jouissif.

— Il a peur et il a raison d'avoir peur, dit-il enfin. Il prétend nous défier, bien sûr, mais il fallait s'y attendre. Il est trop bravache pour filer immédiatement devant le danger. Mais soyez assuré, en tout cas, qu'il est déjà vaincu. Il sait que nous irons jusqu'au bout.

Baldessare eut un sourire cruel.

— Bien ! Fort bien ! Qu'il tremble de peur... Je veux qu'il sache qui est responsable de sa chute. Qu'il souffre autant qu'il m'a fait souffrir.

Jean-Paul resta silencieux. Baldessare avait une étrange conception de la souffrance ! Pour lui, souffrir, c'était se voir refuser toutes les terres qu'il convoitait. Il aurait fait un excellent Viking, pillant et maraudant dans tout le pays, volant ce qui lui plaisait et tuant ceux qui lui barraient la route.

Comme il le méprisait ! songea Jean-Paul. C'était un sot brutal et tyrannique. Mais il avait besoin de lui pour punir Henry. Il laissait donc croire au baron qu'il était entièrement à son service. Ce gros lourdaud ne comprenait rien à rien… Il s'était même étonné du choix que Jean-Paul avait laissé à leur ennemi, ne saisissant pas la torture mentale que cela devait être pour Henry. Car ce dernier était bel et bien piégé. Quoi qu'il fasse, il était perdant. S'il regagnait Londres, il perdait Jenova. S'il restait à Gunlinghorn, il perdait son honneur et ses biens.

Jean-Paul eut un sourire satisfait. Le Bel Henry était fait comme un rat ! Il allait agoniser lentement, devenir un objet d'opprobre, un misérable, un paria… Et cet idiot de baron qui croyait tirer les ficelles !

Baldessare détourna les yeux. Il avait beau ne pas avoir l'estomac délicat, le visage ravagé de son chapelain le mettait toujours mal à l'aise.

— Va-t-il persuader Jenova de m'épouser ? demanda-t-il. C'est bien la condition que vous avez posée, n'est-ce pas ? Il la trahira ?

Trahir, le baron n'avait que ce mot à la bouche ! songea Jean-Paul. C'était ce que le baron aurait fait à la place de Henry, naturellement. Il était incapable de comprendre qu'on puisse se sacrifier pour quelqu'un.

— Il n'a pas le choix, répliqua Jean-Paul d'un ton fielleux. Il devra abandonner la femme qu'il aime pour sauver sa peau.

Peut-être Baldessare perçut-il le mépris dans la voix de Jean-Paul, car il lui jeta un regard lourd de soupçons.

— J'espère que vous n'avez pas l'intention de me priver de lady Jenova, marmonna-t-il. J'ai décidé qu'elle serait à moi et je l'aurai, qu'elle y consente ou non !

— Ne vous inquiétez pas, milord. Même si Henry rechigne à pousser la dame dans vos bras, j'ai… un ami dans les murs de Gunlinghorn. Je ne parle pas du palefrenier qui espionne pour votre compte, mais d'une personne proche de la famille. Vous aurez ce que vous voudrez, je vous le garantis.

Baldessare en resta bouche bée. Il n'avait pas réalisé que Jean-Paul pouvait faire preuve d'une plus grande duplicité que lui... et il n'avait pas l'air d'apprécier ! Mais Jean-Paul s'en moquait. C'était Henry qui l'intéressait, et sa vengeance était sur le point de s'accomplir.

Combien de fois avait-il essayé d'épargner au Bel Henry la colère de Thearoux ? Combien de fois lui avait-il apporté du pain et de l'eau quand il était enfermé dans son cachot ? Il avait même caché aux autres que Henry ne faisait pas la moitié de ce qu'on lui demandait de faire. Et, en remerciement de ses bontés, Henry l'avait condamné à brûler vif.

Le château de Nuit était le seul foyer que Jean-Paul eût jamais connu. Sans lui, il n'était rien. Henry l'avait abandonné à une mort atroce et au néant.

Jean-Paul serra les poings pour calmer sa rage. Ce n'était pas le moment de se laisser aveugler par la colère. Il revit le visage de Henry sur le quai. Il avait vieilli, mais il n'avait pas changé. Il était toujours aussi beau, avec ses yeux d'un bleu presque violet. Comme ce fier visage avait pâli lorsque Jean-Paul l'avait menacé !

Jean-Paul avait savouré chaque seconde de son supplice.

Henry ne l'avait pas reconnu, naturellement. Jean-Paul gardait cette révélation pour la fin. Que le Bel Henry se torture à essayer de mettre un nom sur son ennemi, qu'il frémisse à l'idée de perdre tout ce à quoi il tenait, qu'il sente le poison de la haine l'envahir. Ensuite, peut-être pourraient-ils parler d'égal à égal...

Rhona retenait son souffle. En passant devant la grande salle, elle avait aperçu son père et le chapelain et s'était blottie près de la porte pour écouter leur conversation. Jean-Paul était donc l'ennemi mystérieux qui menaçait lord Henry ! Elle aurait dû s'en douter. Elle n'avait jamais fait confiance à ce prêtre défiguré.

Pourquoi détestait-il tant lord Henry ? Rhona comprenait que son père le haïsse, car il contrariait ses projets de conquête, mais le prêtre ? Il fallait qu'elle en sache plus. Plus elle donnerait d'informations à Reynard, plus elle aurait de chances d'être libre un jour, ainsi qu'Alfric.

Justement, elle avait rendez-vous avec Reynard aujourd'hui. Cette pensée l'obsédait. Il lui tardait d'entendre sa voix, de le voir, de sentir son corps près du sien. Elle avait l'impression d'être plus forte quand il était avec elle. Pourtant, c'était un inconnu, un manant indigne d'elle. Mais il l'attirait comme un aimant, avec ses rêves de voyage et son assurance tranquille. Elle avait envie de le suivre dans les voyages lointains qu'il décrivait, de naviguer avec lui sous les étoiles.

Elle était tellement lasse de vivre dans la crainte, de tout calculer, de songer à ce qu'elle devait dire ou faire pour plaire à son père afin de s'épargner sa colère. Même dans son sommeil, son esprit restait en alerte. N'avait-elle pas le droit d'espérer être heureuse un jour ?

Heureuse ! Ce seul mot la remplissait de tristesse, elle qui devait se concentrer à tout instant pour survivre et maintenir son frère en vie. Parfois, elle craignait de devenir comme son père, de ne plus éprouver de sentiments, de ne plus avoir de cœur. Si elle ne s'échappait pas bientôt, elle deviendrait sans doute aussi dure que lui.

Un sanglot lui noua la gorge. Elle le réprima aussitôt. Avait-elle perdu la tête ? Si son père la surprenait en train d'écouter aux portes, il la ferait enfermer dans sa chambre, et elle ne pourrait plus aller retrouver Reynard.

Et cela, songea-t-elle, affolée, elle ne le supporterait pas !

La perspective de revoir Reynard était la seule chose qui lui permettait de ne pas sombrer dans le désespoir. Il était sa seule issue, sa planche de salut. Savoir qu'il existait dans ce monde un homme comme lui, qui s'intéressait à elle, l'aidait à croire qu'elle méritait mieux que cette prison de peur.

— J'ai entendu un bruit. Qu'est-ce que c'était ? grogna son père, comme un chien qui renifle le sang.

S'il approchait, elle s'enfuirait, songea Rhona, le cœur battant.

— Rien. Une souris… répondit Jean-Paul en ricanant comme s'il avait fait un bon mot. Ne vous inquiétez pas, mon fils. Tout est en œuvre pour écraser lord Henry, ajouta-t-il d'une voix qui vibrait de joie, en détachant chaque syllabe.

— Lord Henry ?

La petite voix de Raf semblait impatiente. L'enfant devait l'appeler depuis un moment, se dit Henry en s'arrachant à ses pensées pour prendre la main du garçonnet dans la sienne. Depuis quelque temps, ce geste lui était devenu complètement naturel, mais il ne pouvait s'empêcher de s'émerveiller encore de la confiance que l'enfant avait en lui.

Comment vivre, désormais, sans pouvoir faire quelque chose d'aussi simple que tenir la main de Raf dans la sienne ?

— Qu'y a-t-il, Raf ?

— Maman a dit que je pouvais faire du cheval hors de la cour du château, si vous venez avec moi.

Raf levait vers lui des yeux pleins d'espoir. Cela faisait un moment qu'il tentait de persuader sa mère de le laisser sortir de la cour. Pour lui, c'était quasiment une question d'honneur. Henry les avait écoutés avec amusement plaider chacun leur cause, Raf s'entêtant pour obtenir ce qu'il voulait, et Jenova refusant, inquiète pour la sécurité de son fils. Mais l'enfant avait fini par la convaincre.

— Maman, je lui ai dit !

Henry leva les yeux et vit Jenova traverser la grande salle pour les rejoindre. Sa longue jupe bleue virevoltait autour d'elle à chacun de ses pas, et sa ceinture de joyaux soulignait le rythme sensuel de ses hanches. Une fine fourrure ornait le décolleté de sa robe et l'extrémité de ses longues manches. Dans la lumière des bougies, elle paraissait auréolée d'argent. Un bandeau d'or fin, au centre duquel brillait une pierre rouge, maintenait son voile en place. Elle ressemblait à une reine. Sa reine. Avec ses yeux verts rivés aux siens, ses lèvres roses qui lui souriaient, elle était ce qu'il avait de plus précieux au monde. Et il ferait tout pour elle, même s'il ne devait jamais la revoir.

— Je prendrai soin de lui, dit Henry.

— Je sais... répondit-elle avec un sourire si confiant que le cœur de Henry se serra.

— On va monter sur la colline ? s'écria Raf, qui trépignait d'impatience. Celle qui domine le château et d'où l'on voit toutes mes terres ?

— Pour que tu voies le travail qui t'attend lorsque tu seras grand ? répliqua Henry d'un ton taquin.

— Mais je suis déjà grand ! protesta Raf, vexé.

Jenova ne put s'empêcher de rire, et Henry l'imita. N'avaient-ils pas l'air de deux époux admirant leur petit garçon ?

— Tu deviendras encore plus grand, expliqua Jenova en caressant les cheveux de l'enfant. Plus grand que moi, j'imagine.

Raf la dévisagea d'un air songeur.

— Plus grand que lord Henry ? murmura-t-il, les yeux écarquillés.

— C'est possible, répondit Henry. Tu es le fils de Mortred, et il avait la taille de lord Radulf.

— Celui qu'on appelle l'Épée du Roi ? fit l'enfant, incrédule, comme s'il n'arrivait pas à imaginer avoir un jour la taille de ce guerrier légendaire.

Puis il aperçut Agetha.

— Un jour, s'écria-t-il en courant rejoindre la jeune femme, je serai aussi grand que l'Épée du Roi !

Jenova posa la main sur le bras de Henry, et aussitôt, il sentit son corps se tendre de désir.

— J'espère qu'il ne sera pas tout à fait comme son père, même s'il devient aussi grand qu'il l'était, dit-elle tristement.

Henry eut soudain honte de lui. Jenova avait été trahie par un époux qu'elle aimait, et lui aussi la trahirait, un jour ou l'autre, lorsqu'elle apprendrait ce qu'il avait fait... Il n'avait pas le droit de s'attacher à elle, mais comment s'en empêcher ?

— Raf est aussi votre fils, lui rappela-t-il, luttant pour ne pas enlacer ses doigts aux siens. Ce sera un homme bien. Lorsque le roi le fera venir à la cour, je veillerai à ce qu'il ne se laisse pas corrompre.

Jenova retira soudain sa main et le regarda avec intensité.

— Vous serez donc toujours à la cour dans une dizaine d'années ?

Il savait que cette question en cachait une autre, mais il se contenta de répondre :

— Certainement.

Il vit le chagrin assombrir les yeux de Jenova avant qu'elle ne détourne la tête.

— Évidemment, dit-elle d'un ton détaché.

Son indifférence était feinte, Henry le savait. Pourtant, il en fut blessé. Peut-être serait-elle contente de le voir partir, après tout, se dit-il.

— Jenova... commença-t-il, hésitant.

Il avait peu de temps. Une semaine, avait dit le prêtre. Une semaine pour se racheter et sauver Jenova... Ce n'était pas assez.

— Qu'y a-t-il, Henry ? Je sais qu'il se passe quelque chose, insista-t-elle. N'essayez pas de prétendre le contraire !

Il ne pouvait lui dire la vérité, mais il fallait au moins qu'il lui en révèle une partie. Sinon, il allait devenir fou...

— J'ai rencontré le chapelain de Baldessare lorsque je suis allé au port de Gunlinghorn. Il portait une sorte de masque sur le visage.

— Jean-Paul ? Son visage est fort abîmé, en effet. Il a été pris dans un incendie, je crois. Sa peau est complètement boursouflée et marquée d'horribles cicatrices. C'est si terrible qu'il porte ce masque pour ne pas effrayer les gens. Que faisait-il au port de Gunlinghorn ?

Il imagina l'expression de Jenova s'il lui disait la vérité, le dégoût qui envahirait ses yeux. Il ne pourrait supporter de la voir se détourner de lui.

— Ce prêtre est intelligent et très cultivé, poursuivit Jenova, songeuse. C'est cruel à dire, mais il perd son temps chez Baldessare. Il a l'étoffe d'un cardinal, vous savez... Mais il ne m'inspire pas confiance. On dirait qu'il fait tout pour cacher ce qu'il ressent. J'ai toujours l'impression qu'il doit bouillir à l'intérieur et qu'il risque d'exploser, comme un chaudron sur le point de déborder dans l'âtre.

— Vous le décrivez fort bien, ma douce amie.

— Que vous a-t-il dit, Henry ? Je veux le savoir.

— Il m'a demandé de... de vous persuader d'épouser lord Alfric.

Inutile de l'effrayer en lui expliquant que Baldessare voulait remplacer son fils dans le lit nuptial !

— J'ai répondu que la décision vous appartenait, poursuivit-il. Est-ce que son visage est totalement ravagé ?

— Méconnaissable, vous voulez dire ? Pas vraiment. En fait, il devait être assez beau, avant l'incendie. Ou, plus exactement, fascinant... Des yeux clairs avec de longs cils... Il lui en reste un. L'autre est aveugle, désormais. Il est difficile de lui donner un âge.

Henry hocha la tête. Cette description correspondait à plusieurs de ses compagnons du château de Nuit. En tout cas, il était clair que celui qui était capable d'une telle haine, d'une telle patience et d'une telle cruauté cherchait à se venger d'une trahison. Et il ne connaissait qu'une personne au monde qui ait des raisons de lui en vouloir ainsi...

— Fuyez ce prêtre ! dit-il d'un ton pressant. Ne restez pas seule avec lui, Jenova, et tenez Raf loin de lui. Je ne l'aime pas. Il est dangereux.

Jenova l'enveloppa d'un regard inquiet.

— Je serai prudente, Henry, mais je ne risque absolument rien. Vous me le diriez si c'était le cas, n'est-ce pas ? Vous savez que vous pouvez avoir confiance en moi !

Henry lui sourit, mais son cœur saignait. Justement, il n'avait pas assez confiance en elle pour lui révéler la noirceur de son âme. Et cela les séparerait à jamais.

C'était bien la première fois que Jenova voyait Henry agir de façon aussi étrange. Il fallait absolument qu'elle le force à lui dire ce qui se passait. Il prétendait que tout allait bien, plaisantait et riait avec elle, mais elle le sentait sur ses gardes. Elle le connaissait trop bien pour ne pas être dupe.

Pourquoi avait-il parlé de la cour ? Même si c'était pour évoquer l'avenir de Raf, cela avait jeté une ombre sur ce moment de joie. Allait-il réellement rentrer à Londres et la laisser seule ici, à Gunlinghorn ?

Avec Mortred, elle avait appris à quel point il pouvait être douloureux de se donner tout entière à un homme. Elle devait garder ses distances, si elle ne voulait pas souffrir une fois de plus. Mais si sa raison lui dictait sa conduite, son cœur ne lui obéissait plus...

— Jenova ?

Henry avait dû lire son inquiétude sur son visage, car il lui avait pris la main et la serrait avec intensité. Soudain, elle sentit le désir l'envahir. Elle avait envie de se blottir contre son corps, de savourer sa chaleur...

— Henry... murmura-t-elle en répondant à la pression de sa main.

— Je vous désire, Jenova... maintenant.

Elle rit comme une femme ivre.

— Maintenant ? Là, devant tous mes gens ?

Il releva les yeux et parut s'apercevoir soudain qu'ils n'étaient pas seuls.

— Allez dans votre chambre, murmura-t-il. Trouvez un prétexte... Je vous rejoins.

Elle s'écarta, tremblante de désir, et annonça au bout de quelques instants qu'elle allait chercher sa broche. Puis elle s'élança dans l'escalier. Avait-elle perdu la tête ? Jamais elle n'aurait cru se conduire ainsi un jour !

Puis, soudain, son excitation retomba. Agetha était sûrement dans la chambre, à cette heure-ci ! Elle allait faire demi-tour dans l'escalier lorsqu'un bras puissant se referma sur sa taille et l'entraîna sur l'étroit palier plongé dans l'ombre.

Henry la dévisagea, haletant.

— Agetha n'est pas encore descendue, expliqua-t-elle. Nous ne pouvons pas aller dans ma chambre.

— Et ici ? murmura-t-il en pressant son corps contre celui de la jeune femme.

Elle écarquilla les yeux.

— Non, Henry, ce n'est pas possible...

— Personne ne nous verra. Et il y a quelque chose d'excitant à faire l'amour en risquant d'être découverts.

Excitant ? Elle avait tellement envie de lui qu'elle en défaillait. Mais elle restait tout de même réticente, à l'affût du moindre bruit... jusqu'à ce que Henry s'empare de sa bouche et la plaque contre le mur. Alors, elle oublia tout. Il leur restait sans doute bien peu de temps à passer ensemble... Une journée ? Une semaine ? Un mois ? Elle s'abandonna, pantelante et désespérée, son désir aiguisé par l'idée qu'elle pouvait le perdre à tout instant.

Henry goûtait lui aussi chaque seconde de volupté. Il voulait la faire sienne totalement, la tenir dans ses bras pour toujours... Il avait besoin d'elle. Il devait la sauver des griffes de Baldessare et, pour cela, il n'y avait qu'un seul moyen : avoir des droits sur elle. L'épouser.

— Épousez-moi, murmura-t-il, une fois leur passion assouvie.

Ces mots résonnaient si fort dans sa tête qu'il n'aurait su dire s'il les avait prononcés à haute voix. Il en eut la certitude, cependant, lorsqu'elle s'écarta de lui, l'air stupéfait.

— Henry ? Vous m'avez demandé de vous épouser ? chuchota-t-elle.

— Il me semble que oui.

Elle n'avait pas l'air contente, se dit-il, inquiet. Plutôt déconcertée, incertaine.

Elle se recoiffa d'une main nerveuse.

— Henry, je vous ai proposé de rester et vous avez refusé, alors pourquoi me demandez-vous en mariage, à présent ? Je ne comprends pas.

Il eut un rire nerveux.

— N'y voyez rien de personnel, murmura-t-il.

Elle se figea.

— Vraiment ?

— Vous êtes en danger et je veux vous protéger. Si je suis votre époux, ce sera beaucoup plus aisé.

Henry trouvait son explication fort rationnelle, mais le silence qui suivit lui parut lourd de menaces. Jenova avait fermé les yeux. Lorsqu'elle les rouvrit, son regard était froid et distant.

— Non, Henry, je n'ai pas besoin de votre protection. Je peux très bien me débrouiller seule. Je suis navrée si, en vous demandant de rester, je vous ai donné l'impression de m'accrocher à vous par faiblesse. Ce n'était pas du tout mon intention. Maintenant, si vous voulez bien m'excuser…

C'était ridicule. Ils venaient de faire l'amour passionnément sur le palier, et elle le traitait comme un visiteur importun ! Il ne put s'empêcher de rire, même si tout son être s'effondrait à l'intérieur. Il comprenait, cependant, le point de vue de Jenova. Pourquoi lui aurait-elle fait confiance ? Il n'était pas le genre d'homme sur qui une femme pouvait compter.

— Jenova, je vous en prie, murmura-t-il.

Mais elle s'éloigna sans se retourner. Il entendit son pas dans l'escalier, puis plus rien. Il était seul. Pour la première fois de sa vie, il avait demandé une femme en mariage, et il avait tout gâché. Qu'avait-il espéré ? Qu'elle pleure de reconnaissance en criant « oui » ?

Il eut un sourire amer. Peut-être, dans le fond, était-il secrètement heureux qu'elle l'ait repoussé. Car qu'avait-il à lui offrir, sinon le déshonneur ?

Henry posa le front contre le mur où, quelques instants auparavant, Jenova s'était offerte à lui. Il respira son odeur, éperdu, et tenta en vain de répondre à la question qui le hantait : qu'allait-il faire, à présent ?

17

Je veux vous protéger… Les mots résonnaient dans l'esprit de Jenova lorsqu'elle entra dans sa chambre. Finalement, Agetha ne s'y trouvait pas. Quelle ironie ! songea-t-elle en claquant la porte derrière elle.

Elle se mit à faire les cent pas entre la fenêtre et le brasero. Henry voulait l'épouser parce qu'il la trouvait faible ! Il n'aurait pas pu l'humilier davantage.

N'y voyez rien de personnel… Comment avait-il pu lui parler ainsi, après les baisers et les caresses qu'ils venaient d'échanger ?

Elle se recoiffa lentement et remit de l'ordre dans sa toilette. Son corps vibrait encore des caresses de Henry. Pourtant, ce souvenir la glaçait. Il lui avait demandé de l'épouser, et jamais elle n'avait été aussi furieuse de sa vie.

Car il ne la voulait pas pour vivre à ses côtés, oh, non ! Ce n'était pas par amour qu'il souhaitait l'épouser, ni même par affection. Ce n'était pas non plus parce que leurs corps déclinaient chaque jour toutes les nuances de la volupté. Non, Henry voulait lui offrir la protection de son nom pour éloigner Baldessare et pouvoir ensuite galoper à Londres la conscience tranquille. Même Baldessare n'oserait pas mettre la main sur un domaine appartenant à lord Henry de Montevoy !

Le cœur battant, les tempes moites, elle prit un carré de broderie plié avec soin sur un tabouret et le lança contre le mur. Puis elle fit de même avec un gobelet et une paire de pantoufles. Ces gestes puérils la soulagèrent un peu, mais la colère grondait encore en elle. La colère et la déception.

Elle s'était juré de ne plus s'attacher à un homme après ce qui s'était passé avec Mortred, à qui elle s'était donnée corps et âme. Elle avait cru son amour réciproque, mais il l'avait trahie, humiliée, blessée si profondément qu'elle avait pensé ne plus jamais pouvoir aimer. Lorsqu'elle avait découvert la véritable nature de son défunt époux, elle avait voulu se venger et, dans sa solitude, avait jeté un œil indulgent à Alfric, songeant qu'il serait parfait pour lui tenir compagnie, avec sa grâce juvénile et son caractère indolent. Mais, là encore, elle s'était trompée.

Et Henry ne valait pas mieux que Mortred. Il la quitterait, et elle se retrouverait aussi seule qu'avant. Plus encore, même, car elle avait pris l'habitude de le sentir près d'elle nuit et jour. Ce serait comme perdre Mortred une seconde fois. Non, ce serait encore pire, bien pire…

Elle ne pouvait pas accepter la demande en mariage de Henry. Ce serait une terrible erreur, car il était évident qu'il préférait vivre loin d'elle. Jenova revoyait son visage lorsqu'il lui avait fait sa demande. Il semblait malade, en état de choc, comme s'il se forçait à prononcer ces mots. Comme s'il y était obligé ! On eût dit qu'il voulait la rétribuer pour ce qu'ils venaient de faire sur le palier. Alors que, pour elle, ces instants de passion dévorante où elle avait tout oublié avaient été les plus incroyables de sa vie. C'était si peu dans son caractère, de jouer avec le feu !

Ç'avait été une expérience merveilleuse, et Henry avait tout gâché.

Soudain, elle sentit ses yeux s'emplir de larmes qui roulèrent aussitôt sur ses joues. Oh ! Elle savait bien que le mariage était surtout un contrat d'affaires, destiné à assurer la perpétuation de la lignée et la transmission des biens, mais elle avait toujours espéré, rêvé, même, d'un amour partagé et solide.

Finalement, ce n'étaient que des enfantillages. Elle avait cru à un mirage, parce que Henry avait semblé heureux ces dernières semaines. Il appréciait visiblement les tâches complexes qu'elle lui confiait, tout en veillant à ne pas empiéter sur les prérogatives de la jeune femme. Il se conduisait de façon parfaite, tour à tour compagnon et amant. Tout ce qu'elle avait toujours rêvé de trouver chez un homme, il le lui avait donné.

Oui, Henry, son vieil ami Henry, était l'homme de sa vie. Mais il ne voulait pas de l'amour qu'elle ressentait pour lui… Car elle l'aimait, et de plus en plus, elle devait bien se l'avouer.

Comme elle était faible ! Avec quelle hâte elle avait renié tous les serments qu'elle s'était faits et renoncé à ses froides résolutions !

Elle s'allongea sur le lit recouvert de fourrures et sanglota jusqu'à ne plus avoir une seule larme dans le corps.

Ce qu'elle craignait depuis le début était arrivé. Après l'excès de joie venait l'excès de peine.

— Lady Jenova ? appela Agetha, de l'autre côté de la porte. Vous vous sentez bien ?

Jenova se redressa et s'essuya le visage du revers de la main. Ses joues étaient brûlantes et gonflées, comme ses paupières. Mais qu'importait ? Agetha était son amie, et elle avait bien besoin d'amitié en ce moment.

— Entrez, Agetha ! s'écria-t-elle.

— Que se passe-t-il, milady ? s'exclama la jeune femme. Vous pleurez ?

Jenova soupira.

— C'est fini, maintenant. Vous voulez bien me peigner et refaire ma tresse ?

La suivante mourait d'envie de poser des questions, mais Jenova ferma les yeux pour l'en dissuader. Elle se sentait très lasse et triste, mais au moins, maintenant, elle y voyait plus clair. Elle sentit les mains d'Agetha glisser le peigne dans ses cheveux emmêlés et se laissa faire, engourdie.

Elle ne pouvait pas épouser Henry. Ce serait un désastre. Elle souffrirait encore plus de vivre loin de lui s'ils étaient mariés. Elle resterait veuve et s'occuperait de Gunlinghorn de son mieux jusqu'à ce que Raf soit en âge de la remplacer. Ensuite, elle se rendrait utile d'une façon ou d'une autre, et quand elle aurait des petits-enfants, elle tenterait de les guider pour leur éviter ses propres erreurs.

Ce ne serait pas une vie si désagréable, après tout.

— Lady Jenova ? demanda Agetha. Vous pleurez encore ?

— Non, non… Je vais bien, Agetha, vraiment.

— Hum… fit Agetha en continuant à tresser les longs cheveux de sa châtelaine. Vous pleurez à cause de lord Henry, je le sais.

— Agetha…

— C'est un homme qui aime les femmes, et elles l'aiment aussi, reprit sa dame d'atour. Mais il ne reste jamais longtemps avec la même et il n'en aime aucune. Je savais que vous seriez blessée, lady Jenova. Il ne mérite pas de toucher l'ourlet de votre robe.

— Cela ne vous regarde pas, Agetha. Taisez-vous, je vous prie.

— Vous n'auriez pas souffert si vous aviez accepté d'épouser lord Alfric. Il est doux et aimable, lui, et n'aurait jamais rien fait qui puisse vous contrarier. Vous savez, je suis sûre que vous n'auriez qu'un mot à dire pour…

— Non, Agetha ! Je ne veux pas épouser Alfric, ni Henry, ni personne. Je suis bien comme je suis. Cela suffit, maintenant. J'en ai assez entendu !

Agetha resta silencieuse, mais Jenova savait que ce n'était pas l'envie qui lui manquait de continuer à plaider la cause d'Alfric. Lorsqu'elle eut fini de la coiffer, Jenova lui demanda de commander de l'eau chaude pour son bain. Agetha supervisa les servantes, s'occupa des savons et des parfums, entourant Jenova de mille soins. Et pour une fois, Jenova apprécia ces attentions.

Ensuite, une fois baignée et habillée, elle se sentit mieux. Elle n'avait plus envie de pleurer et avait pris une décision : elle insisterait pour que Henry rentre à Londres le plus vite possible. Il l'avait assez blessée en lui faisant comprendre qu'elle ne l'intéressait pas vraiment. Plus vite il partirait, mieux cela vaudrait pour eux deux.

Elle reprendrait son ancienne vie et tenterait de l'oublier. C'était la seule chose à faire.

Le seul problème serait d'annoncer la nouvelle à Raf, car son fils s'était beaucoup attaché à Henry. Mais peut-être que, plus tard, il se rappellerait leur complicité comme un souvenir agréable. Et puis, les enfants oubliaient si vite…

Henry galopait à toute allure. Les sabots de Lamb martelaient le sol tandis qu'ils parcouraient d'innombrables collines, filant à travers bois, à travers champs. Henry ne se rendit pas compte que la neige fondait avant d'avoir parcouru des dizaines de kilomètres. Elle faisait un bruit mou sous les sabots de Lamb et dégoulinait des branches des arbres. Et le froid était moins vif. Le dégel arrivait, signe que le printemps était proche.

Comme il aurait aimé être à Gunlinghorn pour voir le printemps, assister aux semailles et à la naissance des jeunes animaux dans les étables, travailler à la construction du mur de soutènement… Et surtout, être près de Jenova lorsque le monde renaîtrait sous un manteau d'herbe verte et de fleurs.

Comment pourrait-il se réveiller sans sentir son corps près de lui ? Comment pourrait-il continuer à vivre sans la voir sourire, ni entendre son rire ? Il n'arrivait pas à imaginer la vie sans elle. C'était comme tomber dans un gouffre sans fond.

Jamais il n'avait ressenti cela pour une femme. Comment faire face à cette impression de vide ?

Le fier et brillant Henry de Montevoy ne savait plus quoi faire, sinon épouser Jenova.

Mais elle l'avait repoussé. Devait-il lui dire la vérité, comme elle l'exigeait, et perdre aussi son amitié ? Dans ce cas, elle le chasserait à jamais de son domaine, et Baldessare serait libre de la posséder.

— Non !

Lamb tressaillit, effrayé par le cri de son cavalier, et faillit le faire tomber. Henry garda son équilibre de justesse et tira sur les rênes pour arrêter sa monture.

— Ton maître est un imbécile, murmura-t-il en flattant l'encolure de son cheval.

Épouser Jenova était vraiment la seule solution pour la protéger de Baldessare. Et il fallait faire vite. Si, par la suite, Jean-Paul décidait de révéler la vérité à Jenova et qu'elle rejette Henry, il serait tout de même en position de veiller sur elle, en tant qu'époux. Et puis, le roi ne pourrait le désavouer entièrement, ni refuser sa protection à Jenova !

Mais cela signifiait se marier en cachant la vérité à la jeune femme, fonder leur union sur un mensonge.

Lentement, il fit pivoter sa monture et reprit le chemin du château. C'était son foyer, le lieu où l'attendaient Raf et son sourire confiant, et Jenova avec son corps chaud et aimant. Un foyer qu'il risquait de perdre s'il n'y prenait garde.

Durant toutes ces années, il avait tenté d'oublier le château de Nuit. Il le revoyait souvent en rêve mais, durant le jour, il menait une vie normale. Maintenant, ses cauchemars le poursuivaient jour et nuit. Pourvu que Reynard trouve le nom de celui qui le haïssait ainsi ! Lady Rhona lui fournirait certainement des indices qui l'aideraient à identifier son ennemi, à mettre un nom sur ce prêtre sans visage.

Souris.

Le nom s'imposa à son esprit comme dans un murmure. Souris, son brillant compagnon d'infortune, qui l'avait sauvé plus d'une fois mais à qui il n'avait jamais pu se fier entièrement. Car Souris ne l'aurait jamais aidé à s'enfuir. Le château était son foyer, son antre, et il ne voulait ni le quitter ni libérer son compagnon. Oui, il avait dû se sentir trahi lorsque Henry s'était finalement échappé. Seul.

Avec les années, songea Henry, la rancune de Souris avait dû se changer en haine. Souris était capable de tout, il l'avait toujours su. Oui, tout s'expliquait… Si quelqu'un avait appris à tourmenter, à torturer et à éteindre en lui toute étincelle de compassion et d'amour, c'était bien Souris. Un revenant avait donc surgi du château de Nuit…

On servait le repas de midi dans la grande salle, et le brouhaha semblait insupportable à Jenova. Elle décida de l'ignorer, tout comme elle ignorait déjà les regards accusateurs d'Agetha, toujours incapable de comprendre que sa châtelaine ait repoussé un parangon de vertu tel qu'Alfric.

Elle s'avança, droite et impassible, vers la porte qui menait à la cuisine et y pénétra. Soudain, alors qu'elle approchait du magasin aux fruits, quelqu'un la retint par le bras. Henry ! Il l'avait donc attendue là, au milieu des pommes séchées ? Lord de Montevoy caché dans une réserve, il fallait le voir pour le croire !

— Allez-vous-en, Henry ! murmura-t-elle.

— Il faut que je vous parle…

— Non. Regagnez Londres, rentrez chez vous ! Je ne veux plus vous voir ici. Vous êtes venu me donner un conseil, et vous l'avez donné. Partez, à présent !

Elle s'obligeait à le regarder au fond des yeux pour être plus convaincante. Mais ce n'était pas une très bonne idée, car il l'enveloppa d'un regard si caressant qu'elle se sentit fondre de plaisir.

Henry ne se laisserait pas manœuvrer si facilement…

— Vous ne comprenez pas, Jenova. Il faut que vous m'épousiez. Vous courez un grand danger… Si je deviens votre époux, je serai en mesure de contrer Baldessare et de protéger vos intérêts. Ne croyez pas que j'aie l'intention de vous empêcher d'agir selon votre bon vouloir. Je ne serai pas jaloux, ni possessif, je vous le jure. Vous pourrez continuer à vous occuper de Gunlinghorn comme il vous plaira.

Elle le contemplait, incrédule. Il ne renonçait donc jamais ?

Il sourit et posa la main sur l'épaule de la jeune femme. « Ma parole ! se dit-elle. Il pense donc m'avoir convaincue aussi facilement ? »

— Vous devez le faire pour Raf, ajouta-t-il. Pensez à lui !

— Ça suffit !

Comment osait-il se servir de Raf pour parvenir à ses fins ? Il se trompait lourdement s'il pensait pouvoir lui soutirer son consentement avec un tel prétexte.

— Henry, j'ai dit non, et c'est non ! Je peux veiller sur mon fils et sur moi-même, j'en ai l'habitude. Mortred n'était jamais là, comme vous le savez fort bien, et j'étais seule avant même d'être veuve.

— Jenova, vous devez m'écouter, insista-t-il.

Elle ne lui avait jamais vu ce regard désespéré. Il semblait vraiment souffrir. Mais enfin, pourquoi ? se demanda-t-elle, exaspérée.

— Qu'y a-t-il, Henry ? Dites-moi ce qui se passe ! Vous croyez donc que je n'ai rien remarqué ?

— Impossible. Je ne puis parler.

Il se détourna pour cacher son expression, mais Jenova l'avait vu pâlir. Était-il malade ?

— Henry, comment pouvez-vous me demander de vous épouser, de mettre ma vie entre vos mains, et d'accepter que vous refusiez de me dire ce qui ne va pas ?

— Il n'y a rien à dire.

Elle soutint son regard. Un regard d'enfant, buté, enfermé dans quelque secret qu'il ne voulait pas révéler. Jenova soupira. Très bien ! S'il ne lui disait rien, il devrait quitter Gunlinghorn. C'était à lui de choisir.

— Dans ce cas, déclara-t-elle d'une voix calme et froide, je vous demanderai de partir dès demain. Vous m'avez comprise ?

— Oui. Et je refuse.

Il serra les lèvres et reprit son expression farouche de guerrier.

— Je ne partirai pas tant que vous ne serez pas en sécurité, ajouta-t-il.

Il osait la défier ? Elle avait presque envie d'en rire. Il n'y avait pas si longtemps, il semblait pressé de regagner Londres et, maintenant, il refusait d'envisager cette possibilité. Avait-il décidé de la rendre folle ?

Henry essaya une autre tactique.

— Vous voulez que je parte parce que vous avez peur de moi, dit-il d'un ton provocant.

— C'est absurde. Je ne vous crains pas le moins du monde, et vous le savez très bien, rétorqua-t-elle en reculant malgré tout.

— Vous savez que je finirai par vous convaincre et que vous ne pouvez me résister.

Il lui prit la main, l'embrassa et s'écarta aussitôt.

Jenova sentit ses jambes faiblir. Son corps la trahissait, elle mourait d'envie qu'il lui reprenne la main... Non ! Assez !

— Je vous résiste sans peine, répliqua-t-elle d'un air hautain.

Il sourit, mais avec tant de lassitude que Jenova fronça les sourcils. Et soudain, elle remarqua ses cheveux en désordre, sa tunique froissée. Henry, d'ordinaire, prenait soin de sa personne. Que lui arrivait-il ? D'ailleurs, depuis quand n'avait-il pas demandé d'eau chaude pour son bain ? Il devait être très occupé pour se négliger ainsi. Et pourtant, cela ne le rendait pas moins séduisant.

— Voyons si c'est vrai, dit-il en s'approchant.

Elle s'écarta.

— Je veux seulement effleurer vos lèvres, ma douce amie. Elles sont si douces... Elles ont un goût de baies sucrées... d'un fruit sauvage, comme vous lorsque vous êtes dans mes bras...

— Henry ! protesta-t-elle, tandis que les paroles de son compagnon tissaient un filet magique qui l'attirait irrésistiblement vers lui.

— Vous êtes unique au monde, Jenova.

Il avait l'air sincère. Comment le repousser, dans ces conditions ? Il fallait absolument qu'il la laisse seule, qu'elle puisse réfléchir.

— Je vous en prie, Henry, supplia-t-elle. Il faut que vous partiez. Cela ne sert à rien que vous restiez, je ne vous épouserai jamais. Je n'épouserai personne. Je ne reviendrai pas sur ma décision.

— C'est très long, jamais... répliqua-t-il en haussant les sourcils. Acceptez donc de m'épouser, et si ça ne marche pas, nous ne serons pas obligés de nous voir très souvent. Seulement une fois par an, sur le palier...

Jenova poussa un cri de colère et tourna les talons. Il se moquait d'elle, à présent ! Elle marchait vite, pour le distancer au cas où il déciderait de la suivre... Mais il n'en fit rien. Il devait savoir qu'il en avait assez dit.

Qu'allait-elle faire de lui ? Le faire jeter devant le pont-levis ? L'enfermer dans les oubliettes ? Ou le bâillonner, pour qu'il cesse de raconter des sornettes...

Toute cette histoire était ridicule. Elle l'aurait cru trop orgueilleux pour s'imposer dans un endroit où on ne voulait plus de lui. À moins que ce ne fût précisément par orgueil qu'il réagissait ainsi : elle l'avait vexé en refusant de l'épouser, lui, le plus bel homme d'Angleterre, et maintenant il voulait la pousser à le supplier.

— Je n'en peux plus, murmura-t-elle. Je ne veux pas d'un homme qui m'épouserait par devoir. Je ne veux pas d'un homme qui me cache une vérité que je suis en droit de connaître !

Je l'aime et je veux qu'il m'aime aussi...

Elle se mordit la lèvre, effrayée. Elle ne devait surtout pas exprimer ses sentiments à haute voix ! Henry pourrait l'entendre... Comme il rirait d'elle, alors ! Il triompherait et son orgueil de mâle serait satisfait, tandis qu'elle connaîtrait le comble de l'humiliation.

En tout cas, sa décision était prise : soit il lui disait ce qui le préoccupait à ce point, soit il partait. Il y avait des moments où même Henry de Montevoy devait obéir aux ordres, conseiller du roi ou pas !

18

Le *Black Dog* était un bâtiment d'un seul étage, flanqué d'un entrepôt sur un côté et d'un four à pain de l'autre. L'enseigne, qui représentait un féroce chien noir, était placée devant la porte. Sans elle, Rhona aurait eu du mal à distinguer l'auberge des autres maisons. Elle mit pied à terre, les jambes tremblantes, et s'avança vers la porte d'un pas mal assuré.

Depuis deux jours, elle craignait que son père ne trouve un moyen de l'empêcher de venir. Alfric était resté dans sa chambre la plupart du temps, mais Rhona refusait de se laisser abattre. Pourtant, l'atmosphère qui régnait au château de Hilldown était devenue presque irrespirable.

Et ce matin, lorsqu'elle avait entendu Jean-Paul et son père, elle avait eu encore plus peur que d'habitude. Quelque chose avait changé dans la voix du prêtre. On aurait dit un animal assoiffé de sang, ivre de vengeance…

Combien de temps pourrait-elle vivre cette vie ? Son père, Jean-Paul, tout l'écœurait, même les gémissements d'Alfric. Certes, elle aimait son frère, mais elle n'en pouvait plus de le porter à bout de bras. S'ils ne partaient pas rapidement en Normandie, ils étaient perdus, elle le sentait.

À l'intérieur de l'auberge, Rhona fut assaillie par un mélange d'odeurs puissantes – fumée, bière, nourriture, effluves de corps mal lavés.

Elle resta un instant debout sur le seuil, désorientée.

— Je mets votre cheval à l'écurie, milady ?

Elle tressaillit en entendant la voix aiguë d'un jeune garçon qui fixait sur elle ses yeux d'un bleu vif.

— Oui, merci. Dis-moi, je cherche Reynard. Le connais-tu ?

— Oui, milady. Il est là, près du feu, répondit l'enfant avant de sortir.

Rhona tenta de distinguer la silhouette de Reynard dans la pénombre. Elle fit quelques pas, et le visage de Reynard apparut soudain devant elle.

— Bienvenue, lady Rhona !

— Bonsoir, Reynard, répondit-elle d'un ton condescendant.

Il lui prit le bras et caressa la laine jaune de sa manche.

— Vous ressemblez à un rayon de soleil, dit-il. Venez. Il y a une salle à l'arrière où nous serons tranquilles.

Elle l'aurait suivi n'importe où, parce qu'il lui donnait de l'espoir, se dit-elle en ressortant avec lui dans une allée étroite. Devait-elle lui en être reconnaissante, ou bien cela causerait-il sa perte ?

Ils se retrouvèrent dans une petite cour. Adossée à la façade de l'auberge, une échelle de bois menait à un grenier au-dessus de la salle enfumée qu'ils venaient de quitter. Elle grimpa l'échelle d'un pas léger et s'assit sur un tas de foin. Reynard dut se pencher pour pénétrer à son tour dans le grenier, car le toit était bas.

Il la dévisagea. Elle savait qu'elle était pâle, car elle n'avait guère dormi, dernièrement.

— Quelque chose ne va pas, fit-il. Dites-moi ce que c'est, pour que je puisse vous aider.

Il voulait l'aider ? Il existait quelqu'un dans ce monde qui voulait l'aider ? Soudain, Rhona dut lutter contre l'envie de pleurer.

— Comment le pourriez-vous ? répliqua-t-elle d'une voix nouée par l'émotion. Je crois qu'il n'y a pas d'issue.

Reynard lui caressa doucement la joue.

— Bien sûr que si, il y en a une.

Elle aurait aimé le croire.

— Les choses ne sont pas faciles dans la demeure de mon père, dit-elle dans un soupir. J'ai appris depuis longtemps à être forte, pour moi autant que pour mon frère. Mais, maintenant, nous avons une chance d'être libres, et je ne veux la laisser passer à aucun prix.

Elle le regarda par-dessous ses cils baissés, se demandant jusqu'à quel point elle pouvait se confier à lui.

— Une chance ?

— Une occasion pour nous de partir très loin. En Normandie. Mon père nous laissera partir, Alfric et moi, si je l'aide à obtenir la main de lady Jenova.

Reynard se figea un instant.

— Il n'a pas renoncé à ce qu'elle épouse votre frère ? dit-il.

— Non, Reynard. Maintenant, mon père la veut pour lui.

Pourquoi ne réagissait-il pas ? Était-il déjà au courant ? Dans ce cas, elle pouvait continuer ses confidences.

— L'idée est de moi.

Elle vit aussitôt le dégoût se peindre sur son visage.

— Je ne peux me permettre d'avoir des scrupules, expliqua-t-elle. Je dois penser à mon frère. Je ne pourrai pas emmener Alfric en Normandie s'il épouse lady Jenova. Si je dois la sacrifier pour que nous soyons libres, je n'hésiterai pas.

Reynard hocha la tête, comme s'il comprenait son point de vue.

— Et vous croyez que votre père tiendra parole ? Qu'il vous laissera partir ?

— Je veux le croire, répondit-elle avec un sourire amer. Je n'ai pas le choix.

— Avez-vous confiance en moi ? demanda-t-il à brûle-pourpoint.

Elle hésita et plongea le regard dans le sien. Dans ses yeux sombres, le désir se mêlait à des images de liberté, d'aventure, de lointain.

— Je ne sais pas, murmura-t-elle.

Il effleura de sa bouche les lèvres de la jeune femme, et elle gémit de plaisir. Son baiser devint plus audacieux, et, au lieu de s'écarter, elle glissa les bras autour de son cou. C'était si bon...

— Lady Rhona, chuchota-t-il contre la joue de la jeune femme. Vous savez que je vous désire, mais je veux que vous me désiriez aussi.

Elle retint son souffle. Elle avait tellement envie de lui, de sa passion, de sa protection ! Cet homme l'enivrait.

— Je vous désire aussi, dit-elle.

« Tout entier, corps et âme », faillit-elle ajouter.

Il sourit, fit glisser le capuchon de la jeune femme et caressa ses cheveux blonds, avant de déposer un baiser sur son front lisse.

— Bien, dit-il.

Rhona porta les mains aux liens de son manteau pour le défaire, mais il l'interrompit. Elle lui jeta un regard étonné.

— Vous ne voulez pas ? Vous disiez que... balbutia-t-elle.

Il secoua la tête, sans cesser de lui caresser les cheveux. Elle tremblait sous ses doigts.

— Je veux que ce soit tout à fait spécial. Que cela marque le début d'une relation entre deux personnes qui veulent partager leurs vies.

— Reynard, nous nous connaissons à peine ! protesta-t-elle.

— Pourtant, il me suffit de regarder vos yeux pour savoir qui vous êtes. J'y vois votre beauté intérieure, vos souffrances, votre force, votre courage.

Les yeux de Rhona s'emplirent de larmes, et elle baissa la tête.

— Vous ne pouvez pas savoir ce qu'a été ma vie, chuchota-t-elle.

— À partir de maintenant, tout sera différent, promit-il en relevant le menton de la jeune femme pour l'obliger à le regarder.

De ses pouces, il essuya les larmes de Rhona.

— Ayez confiance en moi, je vous aiderai à vous libérer, dit-il avant de s'emparer de ses lèvres.

Elle lui rendit son baiser avec fougue. Jamais elle n'avait désiré un homme, jamais elle ne s'était autorisée à être subjuguée par ses émotions. Mais, à présent, elle s'en moquait.

Reynard glissa les mains sous le manteau de la jeune femme et les referma sur ses seins, dont il caressa les pointes dressées. Un éclair de plaisir la traversa aussitôt, et Reynard l'attira contre lui, sans cesser de l'embrasser.

Soudain, des voix montèrent de la cour. Le jeune garçon qui s'était chargé du cheval de Rhona parlait à un autre. La jeune femme s'immobilisa, tentant de recouvrer ses esprits, tandis que Reynard s'écartait, tendait l'oreille, puis s'approchait du bord pour distinguer les nouveaux venus. Les voix s'éloignèrent bientôt, et tout redevint silencieux.

Reynard se retourna vers Rhona, regarda ses lèvres gonflées, ses yeux brillants... Lui-même semblait vibrant de désir. Mais il avait pris le parti de la raison, et elle lui en était reconnaissante. D'ailleurs, elle devait penser à son projet.

— Dites-moi ce que vous avez entendu à Gunlinghorn, durant ces deux derniers jours, demanda-t-elle.

Il s'assit en face d'elle.

— Votre chapelain, Jean-Paul, est venu voir lord Henry alors qu'il se trouvait au port de Gunlinghorn. Il lui a ordonné de quitter le domaine et de rentrer à Londres. Apparemment, il sait quelque chose sur lord Henry, un secret qu'il est le seul à connaître, et si mon maître refuse d'obtempérer, il le révélera. Mais il veut aussi que lord Henry persuade lady Jenova d'épouser votre père.

Cela correspondait avec ce qu'elle avait entendu de la conversation entre Jean-Paul et son père...

— Et qu'a répondu lord Henry ? demanda-t-elle.

— Rien. Il a été pris par surprise.

— Que va-t-il faire ?

Reynard ne répondit pas tout de suite, hésitant visiblement à lui en dire plus.

— Il ne veut pas abandonner lady Jenova à un tel destin, dit-il. Mais il ne veut pas non plus qu'on révèle son secret. Jean-Paul lui a donné une semaine pour se décider.

— Il restera, murmura-t-elle, désespérée. Ce n'est pas le genre d'homme à abandonner une femme en danger. Jean-Paul révélera son secret... Il savait sans doute déjà comment lord Henry réagirait en le mettant devant ce dilemme. Il veut le faire souffrir à tout prix, par tous les moyens. Reynard, je crois qu'il a un autre plan. Quelque chose que lord Henry ignore. Je l'ai entendu parler à mon père, ce matin. Jean-Paul disait qu'il avait un ami, ici, à Gunlinghorn.

— Un palefrenier espionne pour lui, répliqua Reynard.

— Non. Quelqu'un d'autre, une personne proche de la famille.

Reynard demeura un instant perplexe.

— Vous avez raison, lady Rhona. Le prêtre ne va pas attendre la réponse de lord Henry, puisqu'il la connaît déjà. Il va faire en sorte de le désarmer pour l'empêcher de porter secours à lady Jenova.

— Sa haine est démesurée. Je crains le pire, Reynard !

— C'est un monstre...

— Pas plus que mon propre père.

— Dans ce cas, je plains lady Jenova.

— Sait-elle que lord Baldessare veut l'épouser ? demanda Rhona après quelques secondes de silence.

— Non, je ne crois pas. Lord Henry ne lui a rien dit de son secret non plus.

— Il devrait le faire. Si elle l'aime, elle comprendra. Les femmes sont beaucoup plus fortes que les hommes ne le croient.

Rhona regretta aussitôt ses paroles. Pourquoi défendre une ennemie ? Sa liberté et celle d'Alfric dépendaient de la soumission de lady Jenova. À aucun prix elle ne devait céder à la pitié.

— Que savez-vous au juste sur Jean-Paul ? demanda Reynard.

— Il est chez nous depuis un an, maintenant. Je suis surprise qu'il soit resté si longtemps, car il est très intelligent. Il pourrait avoir un poste élevé dans le clergé... On dirait qu'il est venu à Hilldown pour une raison bien précise... Sinon, je sais qu'il a été défiguré dans un incendie, il y a très longtemps. Ses cicatrices sont anciennes, et il paraît qu'il en a sur tout le corps. C'est un miracle qu'il ait survécu.

— Il n'a pas d'autre nom que Jean-Paul ?

— Pas à ma connaissance. Voyez-vous, ajouta-t-elle en faisant tourner une bague à son auriculaire, ce n'est pas quelqu'un à qui on a envie de faire la conversation. Je ne me suis jamais sentie à l'aise avec lui. Il y a quelque chose dans son regard... comme s'il se moquait cruellement de moi, même lorsqu'il me témoigne de la sympathie.

Elle ne pouvait s'empêcher de se confier, et Reynard lui prit les mains, attendri. Elle était si fragile, si désemparée... Il ne voulait pas qu'elle retourne au château de Hilldown, et pourtant, il n'avait aucun moyen de la retenir.

Pourrait-il la persuader de changer de camp ? De trahir son père et de se mettre sous la protection de lord Henry ? Reynard ne croyait pas une seconde que Baldessare les laisserait partir, son frère et elle. Le baron était bien trop tyrannique pour accorder la liberté à sa propre progéniture.

Des voix retentirent de nouveau dans la cour. Cette fois, c'était Matilda qui grondait un de ses employés parti chercher du bois.

— C'est l'aubergiste, murmura Reynard. Ne craignez rien, elle ne vous trahira pas.

Rhona lui jeta un regard soupçonneux.

— Vous semblez bien la connaître, Reynard.

— C'est la sœur de mon père, avoua-t-il. Autrefois, c'était la femme d'un riche marchand. Elle l'avait épousé ici, à Gunlinghorn. Elle portait de beaux atours et une bague à chaque doigt, comme vous. Mais son mari est mort après avoir perdu sa fortune, ne lui laissant que des dettes et cette auberge.

— Cela a dû être difficile pour elle.

— Oui. Je l'aide autant que je peux. Je regrette seulement de ne pouvoir faire davantage pour elle.

Rhona le regarda avec surprise.

— Vous l'aidez ? Vous ne l'avez pas abandonnée parce qu'elle est pauvre et ne vous sert à rien ?

Il eut l'impression de recevoir un coup de poing. Comment Rhona pouvait-elle le croire capable d'une chose pareille ? Mais c'était probablement le genre de principe que prônait Baldessare.

— Non, milady, je ne l'ai pas abandonnée, et je lui viendrai en aide tant qu'elle en aura besoin.

Elle contempla un long moment ses mains nouées sur son giron. Puis elle poussa un long soupir, et Reynard sut qu'il avait eu raison de lui faire confiance. La carapace de glace que la jeune femme s'était construite ne demandait qu'à fondre sous la chaleur de l'amour.

— Je vous aiderai à conquérir votre liberté, dit-il en caressant la peau tendre de son cou.

Elle était tellement belle… Il ne se lasserait jamais de la regarder, de la caresser…

— Vraiment ? murmura-t-elle en battant des cils pour cacher son trouble.

— Vous avez souffert, Rhona, mais je peux défaire les liens qui vous retiennent prisonnière. Voyagerez-vous avec moi vers des terres lointaines ?

Elle leva vers lui des yeux émerveillés.

— Oh ! Oui ! Reynard...

Il s'empara de ses lèvres fraîches, qui s'ouvrirent sous les siennes, et serra contre lui son jeune corps menu et souple qui tremblait de désir. Soudain, elle s'écarta et posa les mains sur son torse.

— Écoutez, il faut que vous sachiez... Ce qu'on dit de moi est vrai. Mon père a vendu mon honneur en échange d'un domaine. Et ensuite, plusieurs fois, j'ai été obligée de...

— Je m'en moque.

Elle tressaillit, comme si elle n'était pas sûre d'avoir compris ce qu'il voulait dire. Comme si elle s'attendait à quelque commentaire méprisant.

— Votre passé ne m'intéresse pas, expliqua-t-il avec douceur. Et j'espère que le mien ne vous influencera pas non plus. Nous sommes deux âmes solitaires, mais nous pouvons unir nos destins.

Des larmes perlèrent aux paupières de Rhona.

— Aidez-moi, Reynard ! Si je peux échapper à mon père, sauver mon frère et aussi lady Jenova, je serai tout à vous. Mais seule, je n'arriverai à rien.

— Je vous aiderai. Nous réussirons, ne craignez rien.

Il l'embrassa une dernière fois, en espérant qu'un jour, il n'aurait plus jamais à se séparer d'elle. Mais le moment n'était pas encore venu, et il devait attendre, patiemment.

— Il fait aussi froid que dans le cœur d'une sorcière, ce soir, dit Matilda lorsque son neveu vint s'asseoir près d'elle.

— Que sais-tu du cœur des sorcières ? répliqua Reynard en riant.

Sa tante grommela en tournant une cuillère de bois dans le chaudron posé dans l'âtre. Du civet de lièvre, se dit Reynard en reconnaissant l'odeur. Un lièvre qu'il avait attrapé ce matin et qu'il lui avait apporté.

— C'est une dame, Reynard, poursuivit Matilda en gardant les yeux rivés sur le chaudron. Elle n'est pas pour toi. Les Normands sont trop fiers pour se lier à des inférieurs.

— Elle est peut-être lasse des hommes de sa caste. Et peut-être que je peux lui donner quelque chose qu'ils n'ont pas.

— Je l'ai vue, avec ses velours, ses fourrures et ses doigts couverts de bagues. Comment peux-tu t'imaginer être à la hauteur, Reynard ? Tu vas souffrir, et c'est tout ce que tu auras gagné.

Connaissant l'histoire de sa tante, Reynard comprenait pourquoi elle lui faisait ce sermon. Mais elle ne savait rien de ce que vivait Rhona. Elle ignorait qu'elle était désespérée et prête à tout abandonner pour l'amour qu'il pouvait lui donner.

— Je serai prudent, dit-il en humant avec délices le fumet du civet. Ne t'inquiète pas pour moi, je sais ce que je fais.

Elle lui jeta un regard chagrin.

— J'ai entendu tellement d'hommes dire ça, mon petit, et aucun ne le savait, justement... Ils se trompaient tous. Prends garde à toi, d'accord ?

Rhona galopait à toute allure, sautant par-dessus les branches cassées, évitant habilement les trous du chemin ravagé par le dégel. Elle allait trop vite, mais elle s'en moquait. Jamais elle n'avait été aussi heureuse. Elle avait cru trouver en Reynard un espion qui servirait ses intérêts, et il lui offrait l'amour et la liberté dont elle avait toujours rêvé !

Certes, c'était un valet, un mercenaire, le fils d'un entrepreneur. Leur éducation et leur passé creusaient un fossé entre eux, mais elle ne laisserait pas les critères de sa classe détruire sa vie. Le pouvoir, la lignée et la richesse avaient transformé son père en monstre et leur vie familiale en cauchemar. Elle ne voulait plus jamais leur accorder d'importance !

Désormais, elle pouvait espérer un avenir meilleur. Reynard lui avait donné rendez-vous le lendemain à la tour d'Uther. D'ici là, il aurait peut-être conçu un plan pour qu'ils restent ensemble.

Elle avait la certitude à présent que lord Henry ne laisserait jamais Baldessare épouser lady Jenova. Seulement, Jean-Paul le savait également… Et lui aussi devait avoir un autre plan.

Alors, elle allait le découvrir, coûte que coûte, et avec l'aide de Reynard, elle empêcherait le chapelain et le baron de nuire. Et ensuite ? Lorsqu'il constaterait qu'il avait échoué, son père serait furieux et voudrait la tuer. Mieux vaudrait pour elle se trouver bien loin de là !

— Le roi sera fort mécontent quand il apprendra les manœuvres de Baldessare pour contraindre lady Jenova, lui avait dit Reynard. Il le dépossédera de ses terres et de sa fortune. Dans ce cas, vous serez ruinée aussi.

Curieusement, elle savait qu'elle ne regretterait ni son titre ni sa fortune. Reynard comptait plus que tout cela. Mais elle ne pourrait sans doute attendre le retour du roi. Dès que Baldessare verrait son projet contrarié, il lui faudrait fuir.

— Alors, venez à Gunlinghorn, lui avait proposé Reynard lorsqu'elle lui avait confié ses craintes. Vous y serez en sécurité.

Venez à Gunlinghorn ? Comme si c'était la chose la plus simple au monde ! Comme si elle n'était pour rien dans le piège tendu à lady Jenova… Pourtant, Rhona savait que c'était sa seule chance d'échapper à la rage du baron.

Elle arriva bientôt en vue du château de Hilldown. Elle franchit la poterne et fit un signe au garde. Il avait reçu une pièce pour son silence, et personne ne saurait qu'elle était sortie si longtemps. Ensuite, elle laissa son cheval à un palefrenier et se hâta de regagner sa petite chambre dans le donjon. Elle devait se recoiffer et arranger sa tenue avant de descendre dans la salle commune.

Mais, quand elle ouvrit la porte de sa chambre, elle découvrit une silhouette assise devant la fenêtre. Elle se figea sur le seuil.

Jean-Paul se leva de son siège, la bouche plissée en un sourire cruel.

19

— A-t-elle dit à quoi il ressemblait sous son masque ? demanda Henry.

C'était la première fois que Reynard voyait son maître aussi négligé. Il ne s'était pas rasé, sa tunique était froissée et ses cheveux hirsutes, comme s'il venait de sortir du lit.

Pourquoi lord Henry était-il aussi inquiet ? se demanda Reynard. Lorsqu'il était entré à son service, il l'avait trouvé extraordinairement calme. Il ne perdait jamais son sang-froid, quelles que soient les circonstances. Aujourd'hui, il ne le reconnaissait pas.

— Ses brûlures sont très nombreuses, répondit-il. Il est difficile de dire à quoi il ressemblait avant, ou même de deviner son âge, mais il semble avoir eu un beau visage. Et il a un espion ici, lord Henry. Une personne proche de la famille. Il a sûrement l'intention de vous faire croire qu'il a un projet particulier, tout en complotant autre chose.

Le poing de Henry s'abattit sur la table.

— Comment le savoir ? C'est peut-être un leurre.

— Est-ce un risque que vous pouvez prendre ?

Henry se figea, et Reynard put voir au regard de son maître à quel point il était tourmenté. Pour sauver lady Jenova, il lui faudrait renoncer à sa réputation, au pouvoir et à la gloire, mais il ne reculerait pas. Il devait l'aimer de toute son âme, se dit Reynard.

Henry ferma les yeux et, lorsqu'il les ouvrit de nouveau, ils lançaient des éclairs.

— Si ce prêtre arrive à ses fins, je n'aurai plus un seul ami. Il lui suffira de semer le doute, Reynard, pour causer ma perte.

— Lady Jenova vous soutiendra toujours, milord.

Henry eut un rire triste.

— Tu n'as aucune idée de ce qu'elle fera lorsqu'elle apprendra les horreurs auxquelles j'ai participé. Les femmes n'aiment pas avoir affaire à des hommes de cette espèce. Elles préfèrent s'en détourner et trouver quelqu'un d'autre.

— Lady Jenova n'est pas ainsi, milord. Vous savez qu'elle restera toujours votre amie.

« Peut-être, songea Henry. Mais plus jamais elle ne sera ma maîtresse, et je n'aurai plus aucune chance qu'elle devienne mon épouse... » Et comment l'en blâmer ? Il ne la méritait pas. Il n'avait aucun droit d'être heureux, ici, à Gunlinghorn, avec Jenova et Raf, après la vie qu'il avait menée.

Henry s'éclaircit la gorge, conscient du regard de Reynard sur lui.

— Si j'avais une armée, dit-il, nous pourrions prendre le risque d'attaquer le château de Hilldown. Mais, pour l'instant, Baldessare n'a rien fait de mal. Je ne puis assiéger un homme sous prétexte qu'il m'a menacé !

Si seulement Jenova acceptait de l'épouser ! Même si Jean-Paul révélait son secret, il supporterait cette honte, heureux de la savoir à l'abri. Il ne lui restait plus qu'à tout lui avouer... Perspective aussi effrayante que l'idée de plonger dans la mer depuis les falaises de Gunlinghorn.

Toute sa vie, il avait choisi des femmes qu'il ne pouvait aimer et qui ne l'aimaient pas. À présent, il savait pourquoi. Trouver l'âme sœur et la perdre était pire que tout.

— Milord ?

Henry regarda Reynard comme s'il venait de voir un fantôme. Une douleur lancinante lui martelait le crâne, et la tête lui tournait. Quand avait-il mangé pour la dernière fois ? Les jours et les nuits se confondaient dans son esprit, hantés par trop de questions auxquelles il ne pouvait répondre, par trop de souvenirs qu'il ne pouvait chasser.

— Qu'y a-t-il, Reynard ?

Ce dernier parut hésiter.

— Lady Rhona est maltraitée par son père. Il est urgent qu'elle vienne ici, à Gunlinghorn, pour sa sécurité.

Henry lui jeta un regard surpris, puis éclata de rire.

— Tu veux que lady Rhona vienne ici ? Contre la volonté de son père et de son frère ? Crois-tu vraiment que nous ayons besoin d'un ennui supplémentaire, Reynard ? Aurais-tu décidé de déclarer la guerre à Baldessare ?

— Si c'est nécessaire, je le ferai, milord, répondit Reynard entre ses dents.

Henry rit de nouveau.

— Et moi qui croyais être fou ! Mais j'ai trouvé plus fou que moi...

— Elle est...

— Je sais, coupa Henry avec un sourire ironique. Elle mène une existence atroce, et tu veux la sauver. Très bien. Si elle accepte, fais-la venir ici. Pourquoi ne pas ennuyer Baldessare autant que possible, après tout ? Quand dois-tu la revoir ?

— Demain.

— Dans ce cas, ramène-la ici demain.

— Merci, milord.

Reynard s'éloigna d'un pas vif, et Henry soupira longuement. Au moins avait-il fait un heureux, ce soir...

Dans la cour du château, les soldats de la garnison de Gunlinghorn entraînaient les paysans, comme chaque semaine. Henry, après avoir sollicité la permission de Jenova et de sir John, avait donné des instructions au capitaine. Et ce soir, il pouvait constater que ses méthodes avaient porté leurs fruits. D'ici un mois ou deux, toute la troupe serait capable de combattre les mercenaires envoyés par Baldessare.

Le problème, c'était qu'il ne disposait pas d'autant de temps. Dans une semaine, sa vie serait un champ de ruines. Et si Jenova ne l'épousait pas, il ne pourrait pas la sauver non plus.

Cela faisait un bon moment que Henry était dans la cour du château, indifférent au froid, ignorant les soldats qui tentaient de quêter son approbation. Il semblait perdu dans une rêverie profonde.

Jenova soupira. Qu'avait pu lui dire Reynard pour le rendre si songeur ?

Elle lissa la laine rouge sombre qu'elle avait cousue avec tant de soin. À l'origine, cette tunique était un cadeau de Noël pour Henry. Mais, maintenant, ce serait un cadeau d'adieu. Elle était presque terminée, mais Jenova redoutait d'y mettre le point final. Aurait-elle le courage de la lui donner ? Elle lui avait ordonné de partir, mais aucun cadeau ne parviendrait à adoucir le chagrin que lui causerait son départ. Il lui manquerait tellement qu'elle aurait l'impression d'avoir perdu une partie d'elle-même.

Si seulement sa passion avait pu s'estomper, comme elle aurait dû le faire, au lieu de grandir et de dominer son cœur ! C'était devenu une grande et belle histoire d'amour, hélas dépourvue d'avenir.

Soudain, comme s'il avait senti son regard sur lui, Henry leva les yeux. Jenova tressaillit en croisant son regard. Ils se dévisagèrent un long moment, puis, brusquement, Henry fronça les sourcils et s'élança vers le donjon, le visage dur.

Jenova recula en vacillant. Qu'avait-il ? À quoi avait-il réfléchi si longuement dans le froid ? Et pourquoi avait-elle soudain envie de tirer le verrou avant qu'il n'entre dans sa chambre ? Car elle savait que c'était elle que Henry venait voir.

Un instant plus tard, en effet, il poussait la porte et entrait d'un pas vigoureux. Il était hors d'haleine, et son regard se riva aussitôt au sien. Ses joues étaient mangées par une barbe de plusieurs jours, ses bottes boueuses, et il y avait une grosse tache sur sa tunique. Voilà qui ne lui ressemblait pas du tout ! Que lui arrivait-il ?

Désemparée, elle laissa échapper son ouvrage, qui tomba à ses pieds.

— Jenova, dit-il d'une voix basse et vibrante, il faut que vous m'épousiez. Vous avez raison, je ne vous ai pas dit toute la vérité... Voyez-vous, c'est Baldessare qui a décidé de devenir votre époux, maintenant que vous avez refusé son fils. Et il est prêt à tout pour parvenir à ses fins, y compris à utiliser la force. Épousez-moi. Vous n'avez pas le choix.

Jenova se laissa tomber sur le siège près de la fenêtre. Les yeux bleu-violet de Henry brillaient d'une lueur sauvage, menaçante. Elle ne l'avait jamais vu dans cet état, si peu maître de lui, si violent dans ses propos.

— Henry, murmura-t-elle, nous avons déjà parlé de cela...

— Vous ne comprenez pas. Baldessare vous considère maintenant comme une proie.

— J'ai déjà eu à faire à lui par le passé, vous le savez. De plus, s'il essaie de me contraindre à l'épouser, le roi le punira. Même Baldessare n'est pas assez sot pour l'ignorer.

— Baldessare pense qu'il peut faire ce qui lui plaît. Lorsque le roi rentrera en Angleterre, le mariage aura été célébré.

Elle fronça les sourcils, cherchant une réplique. Mais il ne lui laissa pas le temps de répondre.

— Ne croyez pas que le roi ne vous aime pas, Jenova. Il a pour vous une réelle affection et a fait preuve d'une grande générosité à votre égard, alors qu'il était en son pouvoir de vous imposer un mariage qui lui aurait été utile. Mais si Baldessare, après vous avoir épousée, promet de mieux se comporter, le roi aura tendance à le croire, d'autant qu'il aura bien d'autres problèmes à régler. L'Angleterre vit une période trouble qui peut mettre le royaume en péril et, à son retour, Guillaume devra consacrer toute son énergie à consolider son pouvoir. Baldessare disposera de plusieurs mois pour répandre ses mensonges et vous soumettre à sa volonté.

Jenova tremblait de colère. Son visage s'était empourpré, et elle serrait les poings à en avoir mal.

— Personne ne me forcera jamais à faire quoi que ce soit, Henry. Vous, plus que quiconque, devriez le savoir. Je ne suis pas une faible femme !

— Baldessare vous fait espionner, Jenova. Un de vos intimes est à sa solde.

— Je ne vous crois pas ! s'écria-t-elle. Tous mes gens sont loyaux. Qui vous a dit cela ?

— Reynard.

— Et qui le lui a rapporté, Henry ?

Il hésita un instant.

— Lady Rhona.

— Ah… Très intéressant !

— Que voulez-vous dire par là ?

— Que je n'ai aucune confiance en lady Rhona. Elle ment probablement à Reynard dans le but de servir la cause de son frère.

— Comment un tel mensonge pourrait-il lui être utile ? Cela la met plutôt en danger. Je ne voudrais pas affronter la colère de Baldessare, si j'étais elle.

Il était sincère, Jenova le lisait dans ses yeux. Il voulait la protéger et ne voyait que le mariage comme solution. Elle le croyait, comme elle croyait qu'il avait de l'affection pour elle. Si elle n'avait éprouvé que de l'affection pour lui, elle aussi, sans doute aurait-elle accepté de l'épouser. Ils auraient été heureux en vivant chacun de leur côté et en se voyant de temps en temps. Mais elle l'aimait. Elle ne pouvait pas se contenter d'un mariage basé sur l'amitié. Elle préférait encore rester seule.

— Asseyez-vous, Henry, dit-elle en tapotant le siège près d'elle.

Il lui jeta un regard impatient, mais obéit. De près, il avait une mine encore plus épouvantable, constata-t-elle en examinant ses yeux cernés et le pli de lassitude de sa bouche.

— Vous n'avez pas l'air de comprendre ma situation, Henry, poursuivit-elle d'une voix parfaitement calme – la même voix qu'elle avait eue pour éloigner Alfric, songea-t-elle avec un pincement au cœur. Je suis mieux seule.

— Vous n'avez pas confiance en moi, répliqua-t-il, l'air profondément blessé.

Ainsi, elle avait trouvé son talon d'Achille ? Henry, le guerrier, l'homme puissant au sourire charmeur, pouvait être blessé par un manque de confiance… Il paraissait terrassé. C'était tout simplement incroyable !

— Détrompez-vous, répliqua-t-elle. J'ai bien plus confiance en vous que vous en moi. Je sais que vous me cachez quelque chose. Ce n'est pas seulement Jean-Paul qui vous inquiète, ni même Baldessare. Mais si vous ne vous confiez pas à moi, alors je ne puis prêter une oreille favorable à ce que vous me demandez. Je ne puis vous épouser dans ces circonstances, Henry, je regrette.

— Vous prétendez donc n'avoir besoin de personne pour vaincre Baldessare et son armée, découvrir qui vous espionne et protéger votre domaine avant le retour du roi ? Si c'est le cas, il semble en effet que je n'aie aucune raison de rester ici. Je ne fais que vous gêner.

Ses paroles furieuses se plantèrent dans le cœur de Jenova comme un poignard. Mais elle s'efforça de ne pas se laisser fléchir.

— Je n'ai jamais pensé que vous resteriez à Gunlinghorn pour toujours, répondit-elle. Vous me manquerez, bien sûr. Vous savez que je… que je me suis habituée à vous voir ici, Henry. Vous manquerez à Raf, aussi. Mais je suis tout à fait consciente que votre vraie vie est ailleurs. Vous n'avez jamais cherché à me faire croire le contraire.

Henry avait l'impression d'être assis sur des charbons ardents. Le moment était venu de lui dire ce qui le hantait, de lui faire vraiment confiance, de se jeter tête la première dans l'inconnu de l'amour. Mais il n'y arrivait pas. Il restait silencieux, incapable d'articuler le premier mot de sa confession.

Jenova l'enveloppa d'un regard triste, contemplant son profil parfait, ses épaules athlétiques, la tension de son corps de guerrier. Il était en proie aux pires tourments, mais il ne voulait rien lui dire. Et tant que ce silence durerait, il les séparerait.

— Vous êtes très compréhensive, Jenova, dit-il enfin d'une voix neutre.

— Henry, nous sommes amis depuis toujours, et j'espère que nous le resterons.

Comme cela lui coûtait, de se montrer si calme et si raisonnable alors que son cœur se déchirait !

— Des amis… répéta-t-il d'un ton amer.

Elle resta un instant silencieuse, attendant une confidence qui ne vint pas.

— Raf compte sur vous pour l'emmener en promenade, demain, reprit-elle d'une voix qui se brisait malgré elle.

— Je n'ai pas oublié, répliqua-t-il en cherchant le regard de la jeune femme. Est-ce vrai que je lui manquerai ?

Comment pouvait-il en douter ? Se croyait-il incapable d'inspirer des sentiments profonds ? Elle se détourna pour essuyer furtivement une larme au coin de ses paupières.

— Naturellement, murmura-t-elle. Vous êtes son héros, Henry.

Il lui prit la main, comme pour y déposer un baiser, puis se ravisa et s'éloigna sans un mot. Jenova ne fit rien pour le retenir. Il lui avait brisé le cœur, mais il n'en saurait jamais rien. Ainsi, elle lui permettrait de retrouver la vie qu'il aimait sans qu'il se sente obligé de rester avec elle.

C'était le cadeau qu'elle lui faisait. Et il était bien plus précieux que toutes les tuniques du monde…

— Jean-Paul ?

Rhona avait rapidement repris ses esprits. À aucun prix elle ne voulait que le chapelain voie à quel point il l'effrayait.

— Où étiez-vous, lady Rhona ?

De son œil unique, pâle et froid, il examina la jeune femme de la tête aux pieds, remarquant ses vêtements froissés, ses cheveux décoiffés, ses lèvres gonflées. Il savait très bien où elle était, songea-t-elle soudain. Ce serait stupide de sa part d'inventer un mensonge pour expliquer son absence. Mais elle pouvait déformer la vérité à son profit.

— J'ai un informateur proche de lord Henry, déclara-t-elle. J'avais rendez-vous avec lui. Je dois défendre les intérêts de mon père et de mon frère.

Il resta immobile dans l'ombre.

— Qui est cet informateur ?

— Le valet de lord Henry. Il est épris de moi, ajouta-t-elle avec un rire cynique. Je suis sûre qu'il ferait n'importe quoi pour obtenir mes faveurs !

— Est-ce pour cela que vous écoutiez aux portes, ce matin ? Qui est l'espion ? Vous ou lui ?

— Je… je n'ai pu m'empêcher d'entendre, je passais tout près, murmura-t-elle, la gorge serrée. Cela m'intéressait de savoir ce que pensait mon père. Il m'a demandé de m'arranger pour lui faire épouser lady Jenova.

— Il n'a pas besoin de vous pour ça, répliqua Jean-Paul d'un ton froid. Nous avons de quoi la faire plier.

Rhona tressaillit, imaginant la belle et calme lady Jenova battue et brimée par son père. Elle avait essayé de repousser cette image, mais elle s'imposait maintenant à elle avec tous ses détails terrifiants. Comment pourrait-elle vivre en ayant été complice d'une telle abomination ?

Reynard avait raison. Il fallait qu'elle abandonne son camp et rejoigne celui de Gunlinghorn.

Sans doute ses pensées se lurent-elles sur son visage, car Jean-Paul reprit d'un ton triomphant :

— Votre père a d'autres projets pour vous, milady. Et moi aussi. Ne croyez pas que son mariage avec lady Jenova vous libérera de vos obligations envers votre famille.

Rhona parvint à soutenir son regard et ne broncha pas lorsque Jean-Paul s'approcha d'elle, sa longue robe noire traînant sur le sol. Il sentait l'encens et la crasse.

— Vous êtes très jolie et très courageuse, ma chère, murmura-t-il en s'arrêtant devant elle. Dommage… On ne gagne pas à tous les coups ! Si vous essayez de quitter le château, je vous ferai enfermer. Est-ce clair ?

Ce n'était pas seulement les flammes qui avaient ravagé ce visage, songea Rhona, sans répondre. C'était aussi le poison d'une âme noire et cruelle.

— Très clair, répliqua-t-elle enfin d'un ton hautain.

Une fois seule, elle se laissa tomber sur le lit, le corps parcouru de tremblements. Elle se retrouvait aussi seule et désarmée qu'auparavant. Rien n'avait changé. Elle avait cru pouvoir échapper à son destin… Mais non. Elle était condamnée à servir les viles ambitions de son père, encore et encore.

Le lendemain, Reynard l'attendrait vainement à la tour d'Uther.

Jamais il ne saurait pourquoi elle n'était pas venue. Et si elle lui faisait parvenir un message par le palefrenier ? Mais son père et Jean-Paul ne manqueraient pas de l'apprendre. Elle serait châtiée, peut-être même battue à mort…

Une larme coula sur sa joue. Elle avait été tellement heureuse, tout à l'heure, en regagnant le château ! Et maintenant, tout son avenir s'écroulait. Elle n'avait plus le droit d'aimer, ni même d'éprouver la moindre émotion. Elle n'était plus qu'un instrument dans les mains de ces deux monstres.

— Rhona ? Tu es là ?

Alfric tapait doucement à sa porte. À l'évidence, il faisait le moins de bruit possible. Lui avait-on interdit de parler à sa sœur ? se demanda Rhona. Probablement. C'était courageux de la part d'un être aussi timoré d'être venu malgré tout.

— Oui, je suis là, répondit-elle.

— Rhona… j'ai peur. Je sais que… que tu vas nous sauver, mais j'ai vraiment très peur.

Les sauver ! Elle avait été folle de s'en croire capable. Face aux esprits malveillants de son père et de Jean-Paul, elle n'avait aucune chance.

— Je me repose, Alfric. Nous parlerons plus tard.

— Oh…

Il hésita. Puis elle entendit ses pas s'éloigner et ferma les yeux. Si seulement elle avait pu mourir tout de suite, oublier tout, échapper à son père et à Jean-Paul… être libre, enfin…

Un sanglot lui noua la gorge, tandis que les larmes coulaient sur ses joues sans qu'elle cherche à les réprimer.

20

Où l'emmenait son rêve ? Au début, il se crut à Gunlinghorn, mais les ombres étaient immenses, et les corridors si étroits... Il était perdu. Il faisait nuit, et il n'y avait pas de torches sur les murs. Pourtant, il sentait l'odeur de la fumée. Il trébucha, les bras tendus devant lui, cherchant son chemin. Aucune lumière nulle part... Aucune indication qui lui aurait permis de savoir s'il allait dans la bonne direction.

Jenova... Il fallait qu'il parle à Jenova, mais il devait d'abord la trouver. Elle l'avait encore repoussé. Il avait eu l'intention d'insister jusqu'à ce qu'elle cède, mais il avait échoué. Il ne supportait pas qu'elle le repousse... Il avait sa fierté, après tout, et elle la piétinait avec son sourire aimable et triste.

Aujourd'hui, il avait voulu lui dire qu'il avait été plus heureux à Gunlinghorn que nulle part ailleurs. Il avait voulu lui dire que c'était la première fois qu'il avait eu l'impression de faire partie d'une famille. Son passé d'enfant abandonné, passant d'un parent à l'autre, sans que personne veuille jamais de lui, semblait bien loin. Il avait craint de donner trop de lui-même mais, désormais, il savait que son besoin d'affection dominait sa peur.

Jenova était toute sa vie. S'il la quittait, s'il quittait Raf et Gunlinghorn, il serait de nouveau un être solitaire et errant. Il avait voulu lui dire tout cela, mais il n'avait pas pu. Assis à côté d'elle, il avait soudain senti qu'elle pouvait le rejeter, et il s'était montré lâche. Elle risquait de lui poser les questions qu'il craignait le plus et de se détourner ensuite de lui, dégoûtée, en écoutant ses réponses.

Henry n'était qu'un homme, pas un saint.

Bel Henry... Il se figea, la main posée sur une pierre rugueuse. Quelqu'un respirait derrière lui. Il n'était pas seul. Puis il sentit l'odeur. Un mélange de désespoir, de terreur, de souffrance... Il la reconnut aussitôt.

Il était de retour dans le château de Nuit.

Il se réveilla en sanglotant.

Jean-Paul attendait depuis longtemps, debout dans le bois qui longeait la prairie. Seule la légère brume de son souffle trahissait sa présence. Devant lui, le château de Gunlinghorn dressait sa masse sombre contre le ciel. Seule la flamme dansante de la torche de la patrouille transperçait parfois l'obscurité. On eût dit qu'il y avait plus de gardes qu'en temps normal, comme si le château se préparait à une attaque.

Il sourit. Ils étaient persuadés que le danger viendrait de l'extérieur, alors que la menace était bien tranquillement tapie à l'intérieur !

Une silhouette approchait, à pied. Le vent faisait claquer les pans de son manteau noir, et son pas semblait nerveux. Effrayé, même. Jean-Paul reconnut tout de suite ce sentiment, car, durant toute sa jeunesse, il avait vu des êtres fuir devant lui. C'était son travail de les attraper et de les ramener. Son travail et celui de Henry.

— Vous êtes en retard, dit-il en se plantant soudain devant la silhouette.

Elle s'arrêta aussitôt et porta les mains à son col.

— Vous m'avez fait peur ! Je ne vous avais pas vu...

— Quelles nouvelles ?

La silhouette émit un petit soupir contrarié devant ces manières brutales.

— Lady Jenova refuse d'épouser qui que ce soit. Même lord Henry.

— Même lord Henry, répéta Jean-Paul, songeur.

Il imaginait Henry suppliant Jenova de l'épouser et son humiliation de se voir repoussé. Lui avait-il parlé de son passé ? Avait-il osé ? Jean-Paul l'espérait, car alors Henry souffrirait bien davantage...

— Que dois-je faire ?

Jean-Paul regarda la figure à moitié cachée par la capuche du manteau de laine.

— Soyez courageuse. Si nous voulons donner à lady Jenova et à lord Alfric le bonheur auquel ils ont droit, il faut envisager une action extrême. Nous n'avons plus le choix.

— Quelle action ? demanda l'autre d'une voix suraiguë.

— Chut ! Voulez-vous qu'on vous entende ? gronda Jean-Paul d'un ton impatient. Je dis que c'est extrême parce que c'est inhabituel, voilà tout. Mais c'est nécessaire. Absolument nécessaire. Il n'y a pas d'autre moyen. Vous me faites confiance, n'est-ce pas ? ajouta-t-il en désignant la croix brodée sur son habit, l'exposant aux rayons de la lune pour rappeler à son interlocutrice l'importance de son statut.

La capuche s'inclina respectueusement.

— Bien sûr, père Jean-Paul. Je sais que vous ne voulez que le bien, tout comme moi. Parfois, les gens sont aveuglés, et il faut leur montrer le chemin.

Elle répétait fidèlement les mots qu'il avait utilisés pour la convaincre. Il sourit, satisfait.

— C'est vrai, mon enfant. Alors, je vais vous dire ce que vous allez faire pour mettre ces personnes sur le droit chemin. Écoutez-moi bien et ne perdez pas courage. Tout sera bientôt terminé.

Il continua de parler. La silhouette encapuchonnée s'agita, comme pour protester mais, peu à peu, les paroles de Jean-Paul la convainquirent et, lorsqu'elle s'éloigna, elle baissait docilement la tête. Jean-Paul pouvait partir tranquille. Ses ordres seraient exécutés.

L'air était vif, mais le ciel avait perdu sa couleur de plomb. Henry, qui guidait Raf en haut de la colline, se retourna pour sourire au garçonnet, rouge et radieux sous sa capuche de fourrure. Jenova et Agetha l'avaient tellement habillé qu'il ressemblait à un ballon de baudruche.

— Nous ne sommes plus très loin, dit Henry.

Raf répondit à son sourire et talonna sa monture, qui montait péniblement la pente derrière Lamb. Une escorte de douze hommes les entourait mais, jusque-là, Henry n'avait vu personne d'autre qu'eux. Les bois étaient tranquilles.

Son rêve de la nuit le hantait encore. Après son réveil en sursaut, Henry n'avait pu se rendormir. Il lui semblait que Jean-Paul, ou quel que soit le nom de son mystérieux ennemi, avait ouvert la porte de sa mémoire et qu'il ne pouvait plus la refermer. Tout remontait à la surface. Des fragments de souvenirs, des images lui traversaient l'esprit et refusaient d'en être chassés.

— Dépêchez-vous, lord Henry ! cria Raf.

Henry vit alors le jeune garçon le dépasser. Se prenant au jeu, il s'élança pour le rattraper. Ils arrivèrent ensemble au sommet de la colline, hors d'haleine. Les chevaux haletaient eux aussi. Les gardes étaient restés en arrière, mais Henry n'était pas inquiet. Ici, ils étaient seuls au monde.

Gunlinghorn s'étendait devant eux, comme le jour où Jenova l'avait conduit ici – le jour où tout avait commencé. En contrebas, la rivière encore à moitié gelée coulait lentement entre les arbres sombres et dénudés. Bientôt, ils seraient d'un vert tendre, et Gunlinghorn aurait l'air de sortir d'un écrin de verdure.

— Tout cela est bien à moi, lord Henry ? dit la petite voix de Raf, comme s'il n'arrivait pas à croire à sa chance.

— Tout cela, Raf.

Le garçonnet contempla les collines, le vallon et l'immensité de la mer au loin.

— C'est très grand, murmura-t-il.

— Mais toi aussi, tu deviendras grand, Raf. Tu seras un bon seigneur, comme ta mère est une bonne châtelaine. Les gens de Gunlinghorn t'aiment déjà... Mais n'oublie pas que l'amour a un prix. En échange de leur affection, tu devras toujours faire de ton mieux pour les protéger et gouverner avec sagesse et bonté.

Raf acquiesça d'un air grave, puis lui jeta un regard anxieux.

— Mais vous m'aiderez, avec maman, n'est-ce pas ?

Henry sentit son cœur se serrer.

— Ta maman t'aidera toujours, Raf. Et moi aussi, chaque fois que je le pourrai. Mais il est possible que je ne reste pas ici. Le roi a besoin de mon aide, lui aussi.

Raf réfléchit quelques instants.

— Alors, vous devez être quelqu'un de très important.

Henry ne put s'empêcher de sourire.

— J'ai appris que je ne l'étais pas autant que je le pensais. Il y aura toujours des hommes pour aider le roi...

« Mais il n'y aura pas d'autre Gunlinghorn pour moi », ajouta-t-il en lui-même.

— Il est temps de rentrer, reprit-il. Es-tu prêt ?

Raf feignit de ne pas avoir entendu.

— Maman sera triste si vous partez. Elle est très contente depuis que vous êtes là. Elle sourit beaucoup, et elle rit, aussi. Est-ce que...

Il hésita. Henry devinait sans peine ce qu'il voulait lui demander.

— Oui, Raf ? murmura-t-il.

— Est-ce que vous pourriez nous emmener avec vous, lord Henry ?

Henry aurait aimé lui promettre tout ce qu'il voulait, pour ne pas lui faire de peine. Mais il savait que l'enfant prendrait ses promesses au sérieux. Et même s'il acceptait de les emmener à la cour, lui et sa mère, Jenova refuserait.

— Ta maman ne voudra pas venir, Raf, et tu es trop jeune pour m'accompagner. Quand tu seras un peu plus vieux, je serai heureux de t'avoir près de moi aussi souvent que tu le désireras.

Raf secoua la tête.

— Je ne pourrais pas venir sans maman, dit-il. Mais merci, lord Henry. J'apprécie votre offre.

— Je t'en prie, Raf, répliqua Henry, amusé par le langage grave de l'enfant.

Inutile de lui dire qu'un jour, il serait heureux de voler de ses propres ailes, sans sa mère... L'amour qui unissait cet enfant et sa mère était émouvant, songea Henry avec un pincement d'envie. Quelle sorte d'homme serait-il devenu, s'il avait eu lui aussi une mère aimante ? S'il n'avait pas été abandonné à une multitude d'étrangers ?

— Lord Henry !

Surpris par ce cri, Henry porta la main à son épée. Puis il reconnut Reynard, qui venait à sa rencontre.

— Maître Raf, vous êtes un fier cavalier, dit le valet en s'inclinant devant l'enfant.

— Mon poney est un peu vieux, mais il est sûr, répondit Raf. Un jour, j'aurai un cheval comme Lamb. Quand je serai grand.

— Vous avez raison d'attendre, maître Raf. Lamb peut être fort difficile, certains jours, même pour moi.

Puis Reynard se tourna vers Henry, et le sourire disparut de son visage basané.

— Je me rends à la tour d'Uther, annonça-t-il.

Henry s'approcha de lui pour que l'enfant n'entende pas ce qu'il disait.

— Ramène-la avec toi, Reynard. Je crois comme toi qu'elle n'est pas en sécurité chez Baldessare. J'ai décidé de demander à lady Jenova la permission de solliciter l'aide de lord Radulf, au cas où je devrais partir... Je redoute que Baldessare ne soit trop pressé de mettre la main sur Gunlinghorn pour craindre la colère de Guillaume à son retour. Mais il n'osera pas s'en prendre à l'Épée du Roi.

Reynard acquiesça.

— Vous devriez faire venir ces hommes sans attendre, milord. Lady Jenova ne pourra pas les renvoyer.

Henry sourit.

— Je vois, dit-il à haute et intelligible voix. Je suivrai ton conseil, mon ami. Va à ton rendez-vous. Maître Raf et moi rentrons au château.

Il venait de voir l'enfant frissonner. Quel sot il faisait ! À rester immobile par un temps pareil, le garçonnet risquait de prendre froid. Ils firent aussitôt demi-tour, mais la monture de Raf donnait des signes de faiblesse et boitillait. Henry ne cessait de se reprocher son imprudence. Pourvu qu'il n'arrive rien d'autre !

Lorsqu'ils pénétrèrent enfin dans la cour du château de Gunlinghorn, Henry souleva Raf de son cheval exténué.

— Va vite te réchauffer à l'intérieur ! ordonna-t-il. Ta mère va me gronder si tu attrapes un rhume.

— Mais je n'ai pas froid, lord Henry ! protesta Raf, vexé d'être traité comme l'enfant qu'il était.

Il regarda son cheval d'un air inquiet.

— C'était une longue promenade pour lui, expliqua Henry, mais je ne crois pas qu'il soit blessé. Il a simplement mal à une patte. Si tu veux, je lui mettrai un cataplasme. Je te montrerai comment on fait.

Le visage de Raf s'éclaira.

— Mais va d'abord te réchauffer, insista Henry. Je t'attendrai.

Une fois l'enfant parti, Henry conduisit Lamb dans sa stalle, tandis que le palefrenier se chargeait du cheval de Raf. Henry prenait soin de son cheval tous les jours. Il le brossait, lui parlait, le sortait… et il aurait juré que Lamb le comprenait mieux que beaucoup de gens !

Tout en accomplissant ces gestes quotidiens, il songea à ce que lui avait dit Reynard. Son valet avait raison. Il allait demander sans attendre à lord Radulf de lui envoyer son armée et resterait jusqu'à son arrivée. S'il ne pouvait persuader Jenova de l'épouser, au moins s'assurerait-il qu'elle ne risquait rien avant de partir. Ainsi, il s'en irait plus tranquille, sinon moins malheureux.

— J'ai déjà trop chaud ! s'exclama Raf avec une moue rebelle.

Agetha protesta, mais elle finit par renoncer à remettre son manteau à l'enfant. Elle plia le vêtement sur son bras et prit Raf par la main.

— Très bien, mais tu en auras peut-être besoin plus tard. Viens, sinon nous allons être en retard.

— En retard ? s'étonna Raf. Mais lord Henry m'attend à l'écurie. Mon poney a mal à une patte.

Il suivit néanmoins la jeune femme, habitué à lui obéir. Ils descendirent l'escalier et traversèrent les réserves, puis les caves à vin. L'air sentait le blé, la viande salée, le vin... Un chat surgit des ténèbres et se jeta sur une souris. On entendit un affreux couinement, et Raf tira sur la main d'Agetha pour la forcer à s'arrêter.

— C'est Raven ! Elle a attrapé une souris pour le repas de ses bébés !

— Taisez-vous, maître Raf.

— Mais j'ai promis à Gertrude de lui montrer...

— Venez vite !

Raf se tut et obtempéra. Sa longue promenade à cheval l'avait fatigué, et il se demandait où Agetha pouvait bien le conduire. Elle avait parlé d'un ami et d'une surprise.

Il avait bien envie de l'interroger davantage, mais Agetha n'aimait pas les questions. Et si elle était un peu brusque, la jeune femme était toujours gentille avec lui. Du moins, la plupart du temps.

Ils arrivèrent à une porte. Agetha tira un verrou et ils descendirent dans l'obscurité. Quelqu'un avait allumé une torche, qu'Agetha ôta de son applique pour éclairer leur progression. Ils étaient dans un tunnel !

En d'autres circonstances, Raf aurait été très intéressé, mais les ombres mouvantes sur le mur humide le rendaient nerveux. Ils arrivèrent à une autre porte, et Raf comprit que celle-ci était taillée dans le mur extérieur du château. Ils sortirent.

— Agetha ! murmura Raf.

Sans répondre, elle l'entraîna dans un taillis pentu. Elle courait presque, comme si elle craignait que les gardes sur le chemin de ronde ne l'aperçoivent. Raf tourna la tête et vit qu'ils se trouvaient derrière le château, près de la rivière.

Le taillis laissa place à un pré boueux, et Raf aperçut une barque sur le rivage. Agetha souleva l'enfant, le déposa dans l'embarcation et y entra à son tour, avant de prendre les rames. Ils se mirent à suivre le bord de la berge.

— Où allons-nous ? demanda Raf d'une petite voix.

Il avait peur, à présent. Ce n'était pas normal d'être seul avec Agetha dans la nature, alors que la nuit allait tomber.

— Nous y sommes presque, répondit-elle en haletant sous l'effort.

Elle ramait avec difficulté et transpirait à grosses gouttes. Puis le bateau toucha la rive. Elle parvint à en sortir en vacillant et tira Raf à terre, avant de coincer la barque pour qu'elle ne file pas, emportée par le courant.

— Vous me faites mal ! protesta-t-il. Je veux rentrer au château !

— C'est impossible, répliqua-t-elle. Du moins pas avant que votre mère n'ait retrouvé la raison.

Il ne comprenait pas. À cet instant, Agetha poussa un petit cri de soulagement. Il y avait des hommes entre les arbres, des hommes que Raf n'avait jamais vus à Gunlinghorn.

— Qui êtes-vous ? demanda-t-il en tremblant de tous ses membres.

— Je m'appelle Jean-Paul, répondit l'un des inconnus.

Raf s'aperçut alors que l'homme n'avait pas de visage. Un tissu recouvrait ses traits, avec trois trous pour ses yeux et sa bouche. L'enfant recula contre les jambes d'Agetha, et elle le retint par l'épaule. Elle lui faisait mal, mais il comprit qu'elle aussi avait peur. Puis Jean-Paul se pencha vers lui, et Raf s'évanouit.

21

Jenova écoutait attentivement son intendant lui présenter son inventaire. Il était presque l'heure du repas du soir, et ils étaient assis, dans la lumière déclinante, dans une petite alcôve à l'écart de la grande salle. Ils venaient de faire le compte de ce qui restait dans les réserves et de ce qu'il faudrait y emmagasiner pour l'année à venir. Jenova avait l'esprit plein de chiffres, depuis le nombre de kilos de pommes séchées jusqu'à celui des tonneaux de vin déjà vides.

— Ce sera bientôt le carême, dit-elle d'un air songeur.

Ce serait donc une période de jeûne – ce qui venait fort à propos en cette fin d'hiver, alors que les réserves se vidaient et que les récoltes de l'été n'étaient pas encore engrangées.

— La plupart des champs sont labourés, poursuivit l'intendant en les nommant un par un. Et nous venons de terminer la taille des arbres et des vignes.

— Parfait, dit Jenova. Je crois que nous pourrons fêter Pâques dignement, si nous sommes économes.

— En effet, répondit l'intendant en souriant. Nous aurons du rôti et du bon vin de Guyenne ! Il me tarde d'y être, en fait.

Jenova se força à lui rendre son sourire, mais elle était loin de partager la joie de son intendant. Si Henry n'était pas là, comment pourrait-elle se réjouir ? Sa vie serait si solitaire, si vide…

— Lady Jenova ?

Gertrude, une de ses dames d'atour, se tenait devant elle, l'air inquiet.

— C'est au sujet de maître Raf, milady. Je me suis rendue dans sa chambre pour aller voir les petits chatons avec lui, mais il n'y était pas et je ne le trouve nulle part.

Gertrude pouvait se montrer facétieuse, mais pas au point de faire des plaisanteries de mauvais goût. Et elle paraissait vraiment inquiète. Jenova sentit son estomac se nouer.

— Il est sorti se promener avec lord Henry, répondit-elle en s'efforçant de conserver son calme.

— Ils sont rentrés depuis longtemps, milady. Et maître Raf tenait à me montrer les petits chatons.

— Peut-être se cache-t-il… À moins qu'il ne soit avec lady Agetha.

Gertrude secoua la tête.

— Elle dit qu'elle ne l'a pas vu non plus… J'ai envoyé le fils du cuisinier inspecter tous les lieux qu'affectionne maître Raf, et je l'ai appelé dans tout le château.

Jenova se sentait au bord du malaise. Où Raf était-il passé ? Se cachait-il parce que Henry lui avait dit qu'il allait partir et que cette nouvelle l'avait bouleversé ? Non, c'était absurde. Si Raf avait été triste, il serait venu vers elle. Cela ne lui ressemblait pas d'aller se cacher pour pleurer.

— Où est lord Henry, Gertrude ?

— Dans l'écurie, milady.

— Allez le chercher… Non. À la réflexion, je vais y aller moi-même.

Elle s'élança dans le grand hall, à peine consciente des regards intrigués qu'elle suscitait sur son passage. Où diable Raf était-il passé ?

Dehors, les derniers rayons du soleil brillaient faiblement. Dans l'air flottait une promesse de chaleur qu'on ne percevait pas trois jours auparavant. Le printemps arrivait, et Jenova ne l'avait même pas remarqué. Elle traversa la cour en courant et se précipita dans l'écurie.

Les palefreniers dégageaient le fumier à la fourche, et plus loin, dans une aile, elle vit Reynard debout devant une stalle. Il parlait à quelqu'un.

— Elle n'est pas venue, lord Henry. Je voulais l'attendre encore, mais la nuit va tomber et je sais qu'elle ne sortirait pas si tard. J'ai peur pour elle.

En s'approchant, Jenova entendit la voix de Henry, étouffée par la paroi de bois.

— Si je me faisais l'avocat du diable, Reynard, je dirais qu'elle t'a mené en bateau. Comment peux-tu être sûr qu'elle a dit la vérité ?

Reynard se passa nerveusement la main dans les cheveux.

— Non, c'est impossible ! Il y a un problème, j'en suis certain.

Henry se leva au moment où Jenova arrivait à la hauteur de Reynard. En l'apercevant, il fronça les sourcils, alarmé par l'expression de la jeune femme. Lâchant le pansement qu'il préparait, il alla ouvrir la porte de la stalle en s'essuyant les mains avec un chiffon.

— Que se passe-t-il ? demanda-t-il.

Jenova porta la main à sa gorge. Elle avait soudain du mal à parler.

— C'est Raf, murmura-t-elle. Il a disparu.

Henry posa la main sur l'épaule de la jeune femme, et sa chaleur la rassura un peu.

— Calmez-vous, Jenova. Nous allons le trouver… Je l'ai cherché tout à l'heure, moi aussi, car il voulait m'aider à mettre un pansement sur la patte de son cheval. Je pensais qu'il avait changé d'avis.

— Non, Henry ! s'écria Jenova. Vous êtes son héros, et si vous lui demandez de l'aider, sous aucun prétexte il ne vous laissera tomber. Vous ne l'avez donc pas compris ?

Henry la dévisagea avec stupeur.

Il ne s'était pas rendu compte que Raf l'aimait autant ? Après tout, c'était possible, songea Jenova avec tristesse. Dans l'enfance de Henry, il n'y avait guère eu de place pour l'amour.

— Il est bien rentré avec vous, n'est-ce pas ? poursuivit-elle. Vous l'avez ramené au château ?

Henry parut encore plus stupéfait.

— Évidemment, Jenova ! Agetha est venue le chercher dès notre retour. Je ne l'ai pas revu depuis.

Ils se turent, effrayés.

— Lui avez-vous dit que vous alliez partir ? demanda soudain Jenova, ignorant la présence de Reynard. Était-il bouleversé ?

Henry réfléchit.

— J'ai parlé de la nécessité de rentrer un jour à la cour, reconnut-il. Il m'a demandé si je ne voulais pas vous emmener avec moi. Je ne souhaitais pas faire une promesse que je serais incapable de...

Il s'éclaircit la gorge et ne termina pas sa phrase.

— En tout cas, reprit-il, il n'était pas bouleversé. Il a parfaitement compris. Il était un peu fatigué après notre promenade, c'est tout.

Bien sûr, Henry n'aurait jamais rien fait qui ait pu bouleverser Raf, songea soudain Jenova. Il l'aimait comme son propre fils. Dans son chagrin, elle comprit autre chose sur Henry : il préférait les abandonner, Raf et elle, plutôt que de partager son secret. Ce devait être quelque chose de vraiment terrible...

— Où est-il ? murmura-t-elle, les yeux pleins de larmes. Henry, où est-il ?

Henry parut soudain surmonter sa surprise et se tourna vers Reynard.

— Prends des hommes et fouille le château, ordonna-t-il. Cherche partout, même dans les réserves. Et interroge tout le monde – tout le monde, tu entends ? Quelqu'un a dû voir maître Raf. Il faut savoir où il est allé après avoir quitté Agetha.

— Bien, milord, dit Reynard avant de s'éloigner à grands pas.

Jenova demeurait pétrifiée. Elle parut enfin sortir de son inertie et surprit le regard de Henry sur elle. Lui aussi souffrait…

— Ne vous inquiétez pas, mon amour, nous le trouverons, dit-il d'une voix calme.

Elle acquiesça. Elle se sentait tellement perdue ! Elle avait même du mal à respirer. Son fils était en danger, elle le sentait.

Pourtant, elle devait lutter. Henry le retrouverait, il l'avait promis. Même s'il n'avait pas confiance en elle, elle avait confiance en lui. Il était fort et intelligent. Et puis, elle aussi était forte, non ? Elle devait se reprendre et tout mettre en œuvre pour trouver la trace de Raf.

— Merci, murmura-t-elle. Je vais voir Agetha.

Elle s'éloigna avant de succomber à la tentation de se blottir dans ses bras. Elle se sentait si fragile, si vulnérable… Ce n'était pas le moment de s'effondrer, et elle savait que, si Henry la touchait, elle ne pourrait plus se reprendre.

Elle trouva Agetha en train de coudre dans sa chambre. La jeune femme, penchée au-dessus de la malle de vêtements, se redressa à son entrée.

— Agetha… Mon fils… Je suis sûre que ce n'est rien, mais on ne le trouve nulle part. L'avez-vous vu ?

Agetha écarquilla les yeux de surprise.

— Pas depuis qu'il est rentré au château avec lord Henry. Il était fatigué, alors je l'ai conduit dans sa chambre pour qu'il se repose. Quand je suis revenue le voir, un peu plus tard, il était parti.

— Parti ? Mais pour aller où ?

Agetha sembla décontenancée par le ton agressif de la châtelaine.

— Je l'ignore, milady.

Jenova marcha d'un pas vif jusqu'à la fenêtre, sa jupe dansant autour de ses chevilles. Elle ouvrit les volets, indifférente au froid vif du soir. Le soleil était presque couché, et les ombres étaient longues et épaisses. D'ici quelques minutes, la nuit serait totale. Comment retrouver un petit garçon perdu dans les ténèbres glacées ?

— Je suis certaine que tout finira bien, lady Jenova, dit Agetha d'une voix timide.

Mais Jenova ne l'entendit pas.

— C'est lui ?

Reynard hocha la tête. Henry et lui se tinrent un instant en retrait de la porte, observant le jeune homme râblé qui attendait dans la salle de garde. Celui-ci dut sentir leur regard, car il pivota. En dépit de la faible lumière de la chandelle, les deux hommes lurent la peur sur son visage criblé de cicatrices.

— Tu sais qui est ce seigneur, Cecil ? demanda Reynard en s'avançant.

Cecil s'inclina dans un salut.

— Oui, milord, répondit-il.

— Lord Henry veut entendre ce que tu m'as déjà dit.

Cecil s'inclina de nouveau hâtivement, puis posa sur Henry un regard droit et franc.

— J'étais dans la réserve où c'est qu'on serre le vin, milord. Je comptais combien de barriques y restait, pour l'intendant. Lady Jenova voulait avoir le compte exact avant le carême.

— Oui, oui, continue.

— J'étais couché par terre, parce qu'on aurait dit qu'y avait un tonneau qui fuyait, et fallait que j'aille voir. Puis, d'un coup, j'ai entendu qu'on marchait à côté de moi, très vite. Y en avait deux. Deux personnes qui marchaient. Je me suis dit : « Ben, qui ça peut être, alors ? Y a que moi qui suis en bas, que je sache. » Alors, je me suis relevé, j'ai regardé, et je les ai vus de dos, entre les tonneaux. Elle et lui.

— Sois plus clair, tonnerre ! grommela Henry.

— Ben, j'ai vu lady Agetha, milord, avec maître Raf. Il disait qu'il était fatigué, enfin, il se plaignait, quoi, et elle, elle lui disait de se dépêcher. Puis ils sont entrés dans une autre réserve, et j'ai plus rien entendu. J'ai trouvé ça bizarre, mais c'est pas mon rôle de poser des questions aux gens du château.

Reynard le remercia et lui tendit une pièce, que Cecil examina avec soin avant de la ranger dans la bourse qu'il portait à la ceinture. Lorsqu'il fut parti, Henry regarda Reynard avec perplexité.

— Je n'arrive pas à y croire. Que faisait Agetha avec Raf dans les réserves ? Les a-t-on fouillées ?

— Au moins trois fois, milord. Mais j'ai appris autre chose. Il y a une porte secrète dans l'une de ces salles. Elle donne sur un tunnel qui court sous les réserves. Peu de gens le connaissent. Il mène à la rivière. Je l'ai emprunté et j'ai repéré dans la boue des traces de pas qui pourraient être ceux d'un enfant. Et il y a une barque cachée dans le marais.

Henry eut l'impression que son crâne allait éclater. Agetha avait enlevé Raf… Où l'avait-elle conduit, et pourquoi ? Plusieurs possibilités lui venaient à l'esprit, et il ne devait en négliger aucune. La vie de Raf dépendait probablement de son sang-froid.

— Elle l'a donc emmenée, puis elle est revenue au château. Cela n'a pas de sens, dit-il.

— Lord Henry, vous rappelez-vous que lady Rhona a dit que Jean-Paul avait un espion à Gunlinghorn ? Une personne proche de la famille…

— Mais pourquoi s'en prendre à l'enfant ?

— C'est le fils de lady Jenova. Elle fera n'importe quoi pour qu'on le lui rende.

Même épouser Baldessare ? Tous les moyens étaient donc bons, pour ce scélérat ?

— Seigneur ! gémit Henry en se prenant la tête dans les mains.

— J'ai placé un garde devant la porte de lady Agetha, milord.

Henry n'arrivait plus à réfléchir. Lui qui avait été de toutes les batailles, sur qui le roi comptait pour briser les complots, était complètement dépassé. Tout était de sa faute. S'il n'avait pas été là, Jean-Paul ne s'en serait pas pris à Raf. C'était Henry, son ennemi, non l'enfant. Raf et sa mère auraient été épargnés par ce monstre, si Henry était resté à la cour…

Était-il donc damné, pour menacer la vie de ceux qu'il aimait ?

— Lady Jenova est-elle dans sa chambre ?

— Oui, lord Henry.

— Conduis Agetha chez elle. Nous l'interrogerons ensemble.

Reynard s'exécuta, laissant son maître seul. Durant quelques secondes, Henry demeura complètement immobile dans le silence de la salle de garde. Il revoyait le sourire confiant de Raf, sa joie d'avoir gravi la colline à cheval… Il le sauverait, songea Henry, même s'il devait raser lui-même le château de Baldessare. Même s'il devait étrangler ce monstre de ses propres mains !

Jenova, assise sur un tabouret près du brasero, regarda avec surprise le petit groupe qui entrait dans sa chambre. Henry d'abord, suivi d'Agetha puis de Reynard. Agetha était pâle, le visage fermé, et Henry la tenait fermement par le bras.

— Que se passe-t-il, Henry ? s'exclama Jenova.

— Lady Jenova, nous avons appris que Raf avait quitté le château avec lady Agetha, répondit-il en poussant la dame d'atour devant lui.

— Comment ? Agetha ?

Jenova dévisagea Henry puis Agetha, incrédule. Sa suivante baissa les yeux, mal à l'aise, et garda le silence. Mais Jenova comprit tout en voyant son regard fuyant et ses épaules raidies. Une rage effroyable s'empara d'elle. Cette femme qui se disait son amie lui avait pris son enfant ? Si Jenova avait eu un poignard, elle le lui aurait enfoncé dans le cœur sans hésiter.

— Où est-il ? demanda-t-elle d'une voix coupante.

Agetha secoua la tête sans la regarder.

Jenova se leva lentement de son tabouret, telle une panthère sur le point d'attaquer.

— Vous préférez que je vous fasse soumettre à la torture par mes soldats ?

Agetha gémit.

— Non, non, je vous en prie ! Tout ira bien pour Raf. J'ai essayé de vous faire entendre raison, mais vous n'avez pas voulu m'écouter… Si vous acceptez d'épouser lord Alfric, Raf vous sera rendu et vous connaîtrez un bonheur béni du Ciel.

Un silence pesant s'installa dans la pièce.

— Épouser Alfric ? murmura enfin Jenova. C'est donc cela ? Vous avez donné mon fils à Baldessare comme otage ?

Agetha se mordit la lèvre inférieure, au bord des larmes.

— C'était pour votre bien, murmura-t-elle d'une voix butée.

Jenova avait du mal à y croire. Agetha était donc si sotte et si arrogante qu'elle s'arrogeait le droit de lui dicter sa conduite par la menace, la force et le rapt ? Elle, la suivante qui lui manifestait de l'amitié et témoignait de l'affection à Raf ? Et pourtant, l'air supérieur d'Agetha confirmait bien ses paroles.

— Savez-vous ce qui est arrivé à la défunte femme de Baldessare ? demanda Jenova froidement. Il l'a battue à mort.

Agetha devint livide.

— Mais, milady, vous épouserez lord Alfric, qui est doux et gentil…

— Alfric ne veut plus m'épouser, Agetha, il a laissé la place à son père. Et vous avez donné à Baldessare le moyen de le faire. Il sait que je ferais n'importe quoi pour récupérer mon fils vivant.

Agetha s'agitait frénétiquement.

— Non, non, je ne l'ai pas donné à lord Baldessare, murmura-t-elle. C'est le prêtre qui l'a, Jean-Paul. Un prêtre ne fera jamais de mal à un enfant. Il m'a promis de bien le traiter. J'ai agi dans votre intérêt, lady Jenova, insista-t-elle. Il faut que vous compreniez…

— Jean-Paul est un homme cruel dont il faut se méfier. C'est lui qui manipule Baldessare. Comme il vous manipule, Agetha.

— Mais non, je suis sûre que…

— Sortez !

Agetha fila en sanglotant. Dès qu'elle ouvrit la porte, elle se heurta à un garde qui l'empoigna pour l'emmener.

Jenova aurait voulu pleurer, elle aussi, mais tout en elle était glacé. Au bout de quelques instants, elle sentit la chaleur d'un corps près d'elle. Elle tourna la tête et croisa le regard de Henry. Hagard, mal rasé, il semblait avoir vieilli de vingt ans mais, pour elle, cela ne faisait aucune différence. Elle l'aimait.

— Jenova, dit-il d'une voix calme qui contrastait avec son apparence torturée, Jean-Paul ne vous déteste pas. C'est de moi qu'il cherche à se venger. Tout ceci est destiné à me punir.

Elle secoua la tête. À quoi bon vouloir la rassurer ? Tant qu'elle n'aurait pas retrouvé son fils…

— C'est une longue histoire, reprit Henry, mais il faut que vous l'entendiez, même s'il m'en coûte terriblement. Vous comprendrez tout lorsque j'aurai terminé. Ce n'est sans doute pas le bon moment, et je connais votre tourment, mon amie. Mais il faut absolument que vous sachiez ce qui se passe. Que vous sachiez qui est Jean-Paul… Voulez-vous bien m'écouter, Jenova ?

— Et Raf, Henry ? Et mon fils ?

— Ce matin, j'ai envoyé un messager à Crevitch, le fief de lord Radulf, pour lui demander de m'envoyer une importante troupe d'hommes. Cela prendra quatre jours, trois s'ils font vite. Dès qu'ils seront là, nous assiégerons le château de Hilldown et menacerons Baldessare jusqu'à ce qu'il nous rende Raf. Pour l'instant, j'ai chargé Reynard de porter un message à Baldessare exigeant qu'il libère l'enfant sur-le-champ. S'il accepte, j'ai juré de ne rien tenter contre lui ni sa famille. Cela peut fonctionner. J'ai aussi dit à Reynard de mentionner la colère du roi lorsqu'il apprendra son acte. Un homme aussi cupide que Baldessare ne voudra pas prendre le risque qu'on lui retire ses terres et sa fortune. Il faut lui faire comprendre tout ce qu'il perdra s'il persiste. Quant à Jean-Paul… Mon plan est de persuader Baldessare de se retourner contre le prêtre, dans son propre intérêt.

— Que vont-ils faire à Raf ?

— Rien. Ni Baldessare ni Jean-Paul n'oseront lui faire le moindre mal. Ce n'est pas leur intérêt. Leur plan repose sur la bonne santé de leur otage.

Jenova réfléchissait à toute allure. L'armée de lord Radulf en route pour Gunlinghorn, les menaces faites à Baldessare, la nécessité de le monter contre le prêtre… Oui, tout cela était fort sensé. Henry aurait dû lui parler de son message à lord Radulf, mais sans doute s'était-il tu pour la protéger, et elle n'avait pas la force de se mettre en colère contre lui.

En fait, elle avait envie de hurler, de sauter sur son cheval et de galoper jusqu'au château de Hilldown, d'accepter tout ce que demanderait Baldessare à condition qu'on ramène Raf à Gunlinghorn, sain et sauf.

Mais, si elle épousait Baldessare, Raf serait toujours en danger. En fait, elle ne ferait que le condamner à vivre l'enfer.

Henry la dévisageait toujours d'un air interrogateur. Qu'avait-il dit ? Que tout ceci était destiné à le punir ? C'était absurde… Puis, soudain, elle comprit qu'il voulait lui confier ce qu'il lui cachait depuis si longtemps.

Dire que, quelques heures auparavant, cela lui paraissait vital ! Maintenant, elle n'y accordait plus d'importance.

Elle contempla son expression coupable, profondément peinée. Il se croyait donc responsable de ce qui arrivait à Raf ?

— Jenova, murmura-t-il en s'approchant d'elle jusqu'à poser le front contre celui de la jeune femme. Vous me voyez différemment de ce que je suis. Jusqu'à présent, je me suis toujours refusé à vous dire la vérité parce que je ne supportais pas l'idée que vous cessiez de m'admirer. Si je ne suis plus rien à vos yeux, je n'aurai plus aucune valeur du tout...

Il semblait tellement désemparé ! Elle prit son visage dans ses mains, l'obligeant à soutenir son regard.

— Que s'est-il passé, Henry ? Pourquoi Jean-Paul vous déteste-t-il à ce point ? Cessez de me mentir, je veux tout savoir !

Il hocha la tête, s'écarta et s'assit sur un banc face à la fenêtre à meneaux. Jenova s'installa près de lui en silence.

Il mit quelques instants avant de reprendre la parole.

— Tout a commencé au château de Nuit, murmura-t-il d'une voix qu'elle ne lui connaissait pas, comme s'il devenait soudain une autre personne. Vous allez comprendre pourquoi j'ai prétendu ne pas connaître ce lieu, Jenova. Cela s'est passé il y a très longtemps, après mon départ de chez vous, où j'avais été si heureux. J'ai eu l'impression de quitter la lumière pour entrer dans les ténèbres, et elles se sont refermées sur moi comme une malédiction.

22

Le vieux chariot poussif le conduisait sur des routes désertes qui traversaient des villages à l'air abandonné. Pas une fois il ne vit un paysan. Aucun chien ne venait aboyer au passage du chariot, aucun enfant ne courait pour saluer les voyageurs de la main. Toutes les maisons étaient fermées. On eût dit que le chariot était maudit.

Il allait chez le comte Thearoux, un cousin éloigné apparenté à sa mère par alliance, qu'il n'avait jamais rencontré. À force d'être transféré de famille en famille, Henry avait pris l'habitude de se créer son propre univers au milieu d'inconnus.

De toute façon, il n'avait pas le choix.

Jenova allait lui manquer. Elle avait pleuré lorsqu'il était parti. Henry aussi, mais en cachette, car il était presque un homme et un homme ne pleurait pas. C'était à cause de la mère de Jenova qu'il avait dû partir. Elle ne l'avait jamais aimé, et quand Jenova avait fait preuve de la même témérité que lui, elle avait décrété qu'il était un mauvais exemple pour sa fille, voire un danger.

Elle craignait sans doute que Henry ne veuille l'épouser, d'ici quelques années, lorsqu'ils seraient en âge de se marier. Jenova avait déclaré qu'elle ne voulait pas entendre parler de mariage avant d'être très vieille, mais sa mère ne l'avait pas crue.

Le chariot grimpait une forte côte, à présent. Tout en haut, entre des rochers nus et des arbres battus par le vent, se dressait un château de pierres épaisses et grises, aux fenêtres rares. Henry avait déjà vu bien des châteaux, et il ne trouva rien de particulier à celui-ci jusqu'à ce que le chariot franchisse la grille du pont-levis et pénètre dans l'enceinte.

Les sabots du cheval et le grincement des roues résonnèrent dans le silence. Quelque part, en haut, derrière l'une des petites fenêtres, une voix poussa un cri et se tut aussitôt. Avec un frisson, Henry se demanda pourquoi cet endroit était aussi sinistre.

Le cocher arrêta leur cheval et descendit pour déposer la malle de Henry accrochée à l'arrière du chariot. Henry mit pied à terre à son tour et regarda autour de lui, ne sachant que faire. Tout semblait désert.

Soudain, il entendit une porte s'ouvrir derrière lui.

— Ah ! Bel Henry ! Te voici enfin...

Surpris, Henry pivota et se retrouva face à un homme de grande taille, à l'énorme bedaine et au crâne rasé. Son visage hideux lui souriait.

— Monsieur, répondit Henry en s'inclinant devant lui.

— Je suis le comte Thearoux. Bienvenue chez moi. Je suis certain que tu te feras beaucoup d'amis, ici.

Des amis ? songea Henry en jetant un coup d'œil perplexe dans la cour vide. Le château semblait inhabité. Pendant ce temps, le cocher avait regagné son siège et se préparait à partir. Soudain, Henry eut envie de le retenir. L'homme avait été ronchon durant tout le voyage, mais il avait partagé ses maigres repas avec Henry et avait veillé à ce qu'il n'ait pas froid la nuit. Pour le jeune garçon, il était le dernier lien qui le rattachait à Jenova. Il aurait voulu s'agripper à lui, l'empêcher de partir...

— Viens, Henry ! ordonna le comte en se dirigeant vers la porte de son donjon.

Henry le suivit, tout en regardant par-dessus son épaule le chariot qui franchissait la grille et disparaissait.

À présent, il était vraiment seul.

La porte s'ouvrit en grinçant, et Thearoux la claqua derrière eux.

Henry sursauta. Il faisait sombre, à l'intérieur. Une seule torche traçait des ombres mouvantes le long d'un immense corridor.

— Je te tiens, maintenant ! murmura le comte.

Henry sursauta de nouveau, croyant avoir mal entendu. L'instant d'après, l'homme partit d'un rire gras, et Henry se crut obligé de sourire.

— Vivez-vous seul ici, lord Thearoux ? demanda-t-il timidement, en suivant le comte le long du sombre tunnel de pierre.

— Seul ? Pas du tout. Il y a du monde, ici. Les autres dorment, en ce moment, mais tu les rencontreras bientôt. La plupart du travail se fait la nuit.

Le comte était-il fou ? se demanda Henry, mal à l'aise. Que penserait Jenova lorsqu'il lui raconterait tout cela ? Puis, soudain, son cœur se serra. Jamais plus il ne reverrait sa tendre amie...

Il y avait une porte ouverte sur la droite, mais Thearoux ne ralentit pas le pas. Henry jeta un bref coup d'œil à l'intérieur, puis s'immobilisa, incrédule. Une grande roue cerclée de fer et hérissée de piques se dressait au milieu de la pièce. Des outils de forgeron étaient accrochés sur les murs. Enfin, cela ressemblait à des outils de forgeron, avec d'étranges et longues pinces, des chaînes et d'autres objets qu'il n'avait jamais vus.

— Par ici ! s'écria Thearoux, devant lui

Henry s'empressa de le rejoindre, encore éberlué par ce qu'il venait de voir. Ils arrivèrent à un tournant. Le couloir se rétrécissait, ce qui signifiait qu'ils longeaient le mur intérieur du donjon. Un escalier montait devant eux, et Thearoux s'y engagea en soufflant. C'est alors que Henry commença à entendre les bruits. Des gémissements, des plaintes sourdes, un souffle haletant... Quelqu'un qui sanglotait.

Les portes se succédaient, closes, verrouillées. Que se passait-il, ici ? Et cette odeur... Henry plissa le nez, écœuré. On se serait cru dans l'abattoir du château des parents de Jenova.

C'était l'odeur de la mort.

Arrivé sur le palier, Thearoux attendit que Henry le rejoigne, une expression de jubilation sur le visage, ses petits yeux noirs fixés sur lui. Henry remarqua que ses bajoues tremblotaient, et il hésita un instant.

Peu de personnes devaient sortir vivantes de cet endroit, songea-t-il.

— Je veux rentrer chez moi, dit-il d'une voix de petit garçon.

Thearoux le dévisagea d'un air songeur.

— Mais tu y es, Bel Henry, alors pourquoi ne pas rester encore un peu, hein ? Voici ta chambre ! ajouta-t-il en ouvrant une porte derrière lui.

La pièce était minuscule, à peine plus grande que la malle de Henry. Elle contenait un matelas de paille, une bougie et un seau. On eût dit un cachot. Un lieu de punition. Mais qu'avait-il fait pour être emprisonné ?

Thearoux le poussa à l'intérieur et claqua la porte, tirant aussitôt le verrou.

— Bienvenue, Bel Henry ! s'écria-t-il d'une voix joviale. Bienvenue au château de Nuit !

— Henry ?

La voix douce et mélodieuse de Jenova était comme un baume apaisant sur la brûlure de ses souvenirs. Lentement, Henry tourna la tête pour regarder la jeune femme. Depuis combien de temps se taisait-il ? La chambre était plongée dans la pénombre, maintenant, et Jenova n'avait pas allumé de bougies. Il ne pouvait pas distinguer son visage, mais c'était sans doute aussi bien.

— Quelle sorte d'endroit était-ce, Henry ? Que vous est-il arrivé, là-bas ?

Elle chuchotait, comme si elle avait peur de parler à haute voix. Comme si la scène qu'il lui avait dépeinte l'avait terrifiée.

Henry s'éclaircit la gorge et bougea sur son siège en se frottant la joue. Depuis quand ne s'était-il pas rasé ?

se demanda-t-il. Et ses vêtements... Ils étaient sales ! D'ailleurs, il sentait mauvais... Il avait grand besoin d'un bain.

Il dut faire un effort pour se replonger dans ses souvenirs oppressants. Jenova l'aida en serrant sa main dans la sienne.

— Ce château était l'antre de criminels sauvages et cruels, répondit-il d'une voix sourde. Thearoux vivait là avec trois hommes. La nuit, ils écumaient la campagne environnante. Quand Thearoux disait qu'ils allaient à la chasse, ses yeux brillaient d'une lueur mauvaise... Ils attrapaient tous ceux qui avaient la malchance de se trouver sur leur chemin. Des paysans, des villageois... J'ai compris, alors, pourquoi toutes les maisons étaient fermées dans les villages, pourquoi personne ne traînait dehors, pas même les chiens ! Les gens étaient terrifiés. Ils savaient que, s'ils rencontraient les hommes de Thearoux, la nuit, ils seraient tués ou violés, ou ramenés au château pour y être torturés.

Henry dut s'interrompre un instant.

— Thearoux et ses hommes étaient ivres de sang et de torture, Jenova. Ils vivaient pour ça. La nuit de mon arrivée, Thearoux m'a dit que, désormais, j'étais des leurs et que, si je n'allais pas chasser avec eux, je serais leur prochaine victime. C'est... c'est vraiment remarquable à quel point on peut faire taire sa conscience quand on regarde la mort en face. C'est moi qui ai donné le coup de grâce au pauvre hère que nous avons pourchassé cette nuit-là.

— Seigneur !

Elle était choquée, horrifiée, bien sûr, songea Henry. Mais il fallait qu'il aille jusqu'au bout de sa confession.

— Et je suis devenu l'un d'eux, Jenova...

— Henry ! Oh ! Mon pauvre Henry !

— Non, non, je n'ai pas droit à la pitié.

— Mais vous n'aviez que treize ans !

— Peut-être, mais j'ai causé tant de souffrances... Cette nuit-là, et toutes celles qui ont suivi, j'ai vomi tripes et boyaux, pleuré toutes les larmes de mon corps… dans ma cellule. Jamais devant eux. Il fallait que je fasse semblant d'être comme eux, si je voulais survivre. Parfois, j'arrivais à m'abrutir, à jeter un voile sur ma conscience. Je prétendais alors que je ne les voyais pas, qu'il ne se passait rien… Mais la plupart du temps, je voyais tout… Ces souvenirs me hantent, Jenova. Avez-vous déjà assisté à une chasse ? Oui, n'est-ce pas ? Nous, les Normands, nous aimons chasser, nous aimons tuer… La poursuite, les chiens qui aboient, les cris des hommes, la proie qu'on rapporte et qu'on déchire, ou bien qu'on égorge… Le sang, les flots de sang chaud… C'est un spectacle que personne ne veut manquer.

Jenova garda le silence. « Dieu merci, je ne vois pas son visage, dans l'ombre », se dit Henry. Il n'aurait pu supporter de lire le dégoût dans son regard.

Il s'éclaircit la gorge. Il n'avait pas terminé, et le pire était encore à venir.

— Il y avait un autre adolescent, dans la bande, un peu plus âgé que moi. Il s'appelait Souris. Parfois, on nous envoyait nettoyer les lieux après un meurtre. Ou, pire, aller pousser une pauvre créature hors de chez elle pour la conduire à la mort. J'essayais de sauver ces gens quand je le pouvais. Une fois, j'ai caché un petit garçon dans un arbre. Souris le savait, mais il n'a rien dit. Il trouvait cela drôle, que Thearoux et ses hommes cherchent l'enfant alors qu'il était caché juste au-dessus de leurs têtes. Moi aussi, je l'amusais. C'est pour ça que j'étais là. Pour distraire Souris.

— Mais il était aussi cruel qu'eux tous, n'est-ce pas ? murmura Jenova, qui serrait la main de Henry à lui faire mal.

— Oui. On l'appelait Souris parce qu'il était petit et ne parlait pas beaucoup. C'était le fils que Thearoux avait eu avec une femme du village qu'il avait séquestrée au château. Souris avait grandi au sein de cet enfer, et il aimait tuer. On m'avait fait venir pour lui tenir compagnie, pour qu'il ait un compagnon de son âge. Ma mère avait parlé de moi à Thearoux, et elle lui avait donné la permission de me prendre.

— Oh, Henry ! murmura Jenova. Pourquoi Thearoux faisait-il tout cela ?

— Par plaisir, répliqua Henry avant de fermer les yeux.

Il revoyait la forêt, la nuit, le clair de lune, leur proie qui courait, haletante. Il entendait les cris des chasseurs et les aboiements des chiens. Et puis… le silence. Il se rappelait la peur qui grandissait chaque jour en lui, la peur de devenir comme ces hommes-là, de prendre goût à ces massacres.

— Jenova, j'ai vu tellement de pauvres gens se faire tuer. Vous n'avez pas idée…

Elle ne répondit pas. Au bout de quelques instants, il comprit qu'elle ne dirait rien. Elle souhaitait probablement qu'il s'en aille. Elle devait penser à son fils. Qu'avait-elle à faire de sa misérable histoire ? Pourtant, il fallait qu'il aille jusqu'au bout. Malgré sa fatigue, malgré son dégoût.

— Un jour, ils ont attrapé une jeune fille… Elle était jolie, innocente… Elle me faisait penser à vous. Jusque-là, j'avais réussi à supporter l'insupportable, mais en la voyant… en songeant à ce qu'aurait pu être ma vie si ma mère ne m'avait pas envoyé dans cet enfer… quelque chose s'est brisé en moi. J'ai essayé de la sauver, mais Souris avait décidé que cela lui plairait de faire souffrir cette innocente. Il aimait ça, entendre les femmes hurler de douleur. Alors, après… j'ai perdu la tête. Je suis allé dans la salle de torture. Ils étaient tous ivres, repus du sang de cette innocente. Il y avait toutes sortes d'instruments, et je ne me souviens pas de ce que j'ai ramassé pour frapper Thearoux. Le sang a giclé. Il s'est relevé en rugissant, et je l'ai frappé de nouveau. Je ne pouvais plus m'arrêter.

Henry fut parcouru d'un long frisson, comme si parler lui faisait mal.

— J'étais content, Jenova. Chaque fois que je le frappais, j'étais content... Les autres ont commencé à se réveiller, et je me suis mis à les frapper aussi. J'exultais. J'ai alors su que j'étais devenu comme eux. J'étais devenu un assassin.

Jenova poussa un gémissement rauque. Il la dégoûtait, songea Henry.

Plus que quelques mots, et ce serait terminé.

— Il fallait que je parte avant qu'ils ne me tuent à mon tour, poursuivit-il d'une voix très basse. J'ai regardé autour de moi... Ils étaient tous couchés, certains assommés, d'autres ivres morts... Je me suis dit qu'ils ne méritaient pas de vivre, alors j'ai décidé de les tuer tous. J'ai pris une torche. Ç'a été tellement facile... En quelques secondes, la pièce était en flammes. Même si j'avais voulu éteindre l'incendie, j'en aurais été incapable. Je ne me souviens pas de ce que j'ai fait avec cette torche. Seulement de la fumée et du feu qui se répandaient partout...

« Tout à coup, j'ai pensé à Souris. J'ai couru jusqu'à sa chambre, mais il n'y était pas. J'étouffais. Je ne pouvais plus rester à l'intérieur. Je me suis toujours senti coupable de l'avoir laissé là-bas, malgré ce qu'il était. Il avait tout de même été mon ami, à sa façon... Et s'il était devenu aussi mauvais, ce n'était pas entièrement de sa faute. J'ai dû courir... Je ne me rappelle pas. Soudain, je me suis retrouvé dehors. Je sentais que j'avais été brûlé, j'avais du mal à respirer, mais j'étais en vie. J'avais l'impression de sortir d'un cauchemar. J'ai erré longtemps sur les routes, j'ai volé de la nourriture, je me suis caché des paysans jusqu'à ce que j'arrive dans une grande ville où personne ne me connaissait. J'ai volé des vêtements propres et je suis allé trouver le seigneur du lieu. Je lui ai proposé d'être son écuyer. Mon audace a dû lui plaire, car il m'a engagé.

« Ensuite, j'ai tout fait pour oublier. Je me suis dit que, à l'instar du phénix qui renaît de ses cendres, je m'étais métamorphosé. Je me suis promis de faire quelque chose de ma vie, de réussir. Je ne voulais pas que ce que j'avais vécu chez Thearoux m'empêche d'avoir un avenir. J'étais étonné que personne ne me recherche, mais, plus tard, j'ai appris que personne ne savait que j'étais au château de Nuit, pas même les amis de Thearoux. Ma mère n'a rien dit. Pourtant, elle devait être au courant, mais elle a emporté ce secret dans sa tombe. Je suppose que je lui dois mon salut...

« À l'époque où je suis arrivé en Angleterre avec Guillaume, je ne pensais plus au château de Nuit. Du moins, je ne voulais plus y penser. Du reste, qui aurait pu faire le lien entre lord Henry de Montevoy et le jeune morveux qui s'était enfui du château de Thearoux en flammes ? Je me croyais en sécurité. Jusqu'à ce que Jean-Paul me retrouve au port de Gunlinghorn.

Henry se sentait submergé de honte et de dégoût. Il voyait dans l'ombre que les yeux de Jenova brillaient de larmes. Comme ceux de la jeune fille d'autrefois, lorsqu'elle avait regardé ses bourreaux et compris qu'elle allait mourir. Il n'avait pas pu la sauver, pas plus qu'aujourd'hui il ne pouvait sauver Raf et Jenova.

— C'est de ma faute, comprenez-vous ? murmura-t-il. Jean-Paul se sert de Raf et de vous pour me faire souffrir. Il se fait appeler Jean-Paul, et il est tellement défiguré que je ne pourrais sans doute pas le reconnaître, mais c'est bien Souris. C'est lui, j'en suis sûr.

— Mais c'était votre ami ! murmura-t-elle contre la joue de son compagnon. Pourquoi vous détesterait-il ?

— Parce qu'il pense que j'ai voulu le faire mourir dans l'incendie. Parce que ce château était son foyer et que Thearoux était son père. Je lui ai pris tout cela, alors, maintenant, il veut vous enlever à moi, Raf et vous. Œil pour œil, dent pour dent.

Soudain, il prit conscience que Jenova était toujours près de lui, en dépit de tout ce qu'il lui avait dit.

Elle n'avait peut-être pas bien compris...

— J'ai été content de tuer Thearoux, insista-t-il. C'est le plus difficile à admettre. Parfois aussi, j'ai ressenti du plaisir durant les chasses. Cela donnait un sentiment de puissance… C'est peut-être pour cela que je les ai tués et que je me suis enfui, et non à cause de la jeune fille. Il fallait que je m'en aille avant de devenir un monstre.

Jenova gémit, et il sentit que sa main restait inerte dans la sienne. Il la serra avec force. Elle allait s'éloigner de lui, le juger… Et lui ne songeait qu'à la retenir. Pourtant, il aurait dû avoir la force de s'écarter le premier.

— Quand je l'ai vu au port, Jean-Paul m'a donné le choix, Jenova. Je ne vous en ai pas parlé, c'était trop épouvantable. Il m'a menacé de révéler mon passé au roi si je n'aidais pas Baldessare à vous épouser. Car Thearoux était l'oncle du roi, comprenez-vous ? Guillaume ne croira jamais que son oncle ait été un tel monstre. Et de toute façon, comment pourrais-je le convaincre de mon innocence, après être resté si longtemps sans lui en parler ? J'imagine qu'il m'exilera dans le plus lointain de mes domaines, s'il ne m'ôte pas tous mes biens. Quant à mes amis… Une fois qu'ils auront appris ce que j'ai fait, je n'en aurai plus.

— Vous parlez comme si c'était la seule possibilité, murmura-t-elle. Comme si vous ne pouviez fuir Gunlinghorn et que votre vie était déjà détruite.

— Je ne partirai pas d'ici, et Souris le sait, Jenova. Il sait que je ne vous laisserai pas à la merci de Baldessare. Mais il sait aussi que je ne supporte pas que vous connaissiez mon secret. C'est ce qu'il voulait : que je reste, que je sois obligé de vous révéler la vérité et que vous me rejetiez. Pour que je perde tout, comme lui.

— Mais il n'a pas tenu parole, et il a enlevé Raf. C'est un menteur et un tricheur, et nous ne céderons pas.

Jenova se leva et alluma une chandelle. La flamme vacilla, illuminant son visage humide de larmes. Ses yeux étaient rouges. Et pourtant, il ne l'avait pas entendue pleurer.

— Regardez-moi, Henry, ordonna-t-elle après avoir posé la chandelle sur une malle.

Il leva vers elle des yeux de condamné.

— Je comprends que vous craigniez que vos amis de Londres ne vous abandonnent – même si je suis persuadée que lord Radulf ne vous tournera pas le dos. Et je comprendrai aussi que les femmes qui partageaient votre lit refusent de vous voir. Il n'y avait pas d'amour entre vous. Mais je suis furieuse que vous pensiez cela de moi. J'aurais aimé que vous me racontiez tout cela avant, lorsque vous avez compris qui était Jean-Paul. En vous taisant, vous avez donné du pouvoir à cet homme. Si j'avais été au courant, Raf serait toujours ici.

Elle s'interrompit un moment et reprit :

— Non, peut-être pas... Agetha penserait toujours qu'Alfric est le mari idéal pour moi, même s'il avait deux têtes. Mais vous auriez tout de même dû m'en parler. Est-ce pour cela que vous vouliez m'épouser ? Pour me sauver des griffes de cet homme ? Oh, Henry ! Vous êtes idiot... et merveilleux à la fois. Comment avez-vous pu me croire capable de vous détester un jour, quoi que vous ayez fait ?

— Mais, Jenova, murmura-t-il avec effort, je ne pouvais pas laisser Baldessare ou Jean-Paul vous faire du mal.

Jenova sentit la nausée monter en elle. Il avait tenté de la sauver, comme il avait tenté de sauver tous ces pauvres gens lorsqu'il était enfant. Elle imagina Raf un peu plus vieux, dans une telle situation, et frissonna violemment. Elle revoyait Henry avant qu'il ne quitte le domaine de ses parents, si beau, si vibrant de vie. Comment avait-on pu vouloir souiller tant de pureté pour le simple plaisir de détruire ?

— Jenova ! implora Henry d'une voix brisée. Comprenez-vous ce que je vous ai dit ?

— Oui, Henry. Tout à fait. Et je sais que vous n'avez rien de commun avec ces monstres. Vous n'étiez qu'un enfant, vous étiez seul, et vous avez fait ce qu'il fallait pour rester en vie. Vous n'aviez pas le choix.

Elle se rapprocha de lui et prit sa main dans la sienne, mais il ne réagit pas. Alors, elle s'assit tout près de lui et l'obligea à poser la tête sur son épaule. Il resta tendu, comme s'il avait peur de s'abandonner. Sans doute craignait-il qu'elle ne change d'avis et ne l'abandonne.

Comment avait-elle pu se tromper à ce point sur lui ? Elle avait cru qu'il ne l'aimait pas assez, alors qu'il l'aimait trop.

Il avait tellement souffert qu'il n'avait jamais parlé de ces atrocités à personne, qu'il n'avait jamais partagé ses tourments. Il avait pensé qu'il devait tout supporter seul et conserver toujours une distance avec ceux qu'il aimait pour les épargner.

— Henry chéri, dit-elle, vous souvenez-vous qu'un jour, quand nous étions enfants, vous m'avez demandé si on m'avait déjà embrassée ? J'ai répondu non, et vous avez alors dit que vous seriez le premier à m'embrasser. Nous nous sommes allongés dans le pré, au milieu des fleurs, avec le ciel bleu au-dessus de nous. Nous nous sommes embrassés pendant un très, très long moment. Je m'en souviens encore. J'en ai éprouvé une telle joie… Lorsque la vie me paraissait sombre, je me rappelais cet instant avec vous. Je vous en prie, laissez-moi vous réconforter, mon cher amour.

Il gémit, et elle s'empressa de le faire taire. Il allait protester, dire qu'il n'était pas digne d'elle… Lui qui était prêt à tout sacrifier pour la protéger ! Lui qui se serait fait tuer pour Raf et elle… Comment avait-elle pu être aussi aveugle ?

— Je suis consternée par ce que vous avez vécu au château de Nuit, poursuivit-elle. Si j'avais été là, j'aurais tué cet homme moi-même. Je suis sûre que, si nous pouvions interroger les villageois, ils vous témoigneraient de la gratitude. J'ignore ce que le roi dira, Henry, et je m'en moque. Vous êtes mon ami, mon plus vieil ami, et je ne vous tournerai jamais le dos. Jamais.

Il enfouit le visage dans le cou de la jeune femme, et elle vit ses épaules tressauter violemment. Il pleurait, silencieusement. Sans mot dire, elle lui caressa la tête et partagea son chagrin.

23

Il y avait un enfant qui pleurait quelque part.

Rhona tendit l'oreille. Les pleurs étaient étouffés et provenaient de la pièce au-dessus de sa chambre, dans la tour. Le bruit l'avait réveillée et, pendant quelques secondes, elle avait cru rêver.

Il n'y avait aucun enfant au château de Hilldown. Qui cela pouvait-il être ?

Elle se leva, jeta un châle sur ses épaules et enfila ses pantoufles. Puis elle marcha jusqu'à la porte.

À son grand soulagement, elle n'était pas fermée à clé. Jean-Paul avait menacé de l'enfermer, mais il avait sans doute fini par estimer que ce n'était plus nécessaire. Il la croyait vaincue parce qu'elle n'avait pas quitté sa chambre depuis sa visite au *Black Dog*.

Reynard devait se demander où elle était passée. L'avait-il attendue longtemps, dans la tour d'Uther, ou bien avait-il renoncé très vite ? Était-il venu, au moins ?

Peut-être ne l'avait-il pas crue… Cela valait sans doute mieux pour lui.

Mais l'idée qu'il ait pu la prendre pour une intrigante et une menteuse la faisait souffrir. Pourtant, c'était bien ainsi qu'elle s'était comportée avec d'autres hommes. Pourquoi Reynard aurait-il pu espérer être traité différemment ?

Il ignorait que pour elle, il était le seul…

Les pleurs se firent plus forts à mesure qu'elle montait les marches. Un air glacé pénétrait par la meurtrière dans le mur, d'où l'on apercevait les étoiles dans le ciel noir. Rhona y voyait assez pour continuer à monter. Elle atteignit une porte. Elle était fermée. Rhona savait que ce n'était qu'une réserve, où on faisait parfois coucher un visiteur importun, car elle était très à l'écart du reste du château. Qu'elle soit occupée en ce moment, et par un enfant, lui parut vraiment étrange, d'autant qu'aucun visiteur ne s'était présenté au château depuis des semaines. Et personne au monde n'aurait l'idée d'envoyer un enfant chez eux !

Rhona souleva la lourde barre qui fermait la porte. Elle retomba avec un bruit métallique, et les pleurs cessèrent aussitôt.

— Il y a quelqu'un ? appela-t-elle doucement en poussant la porte.

Une petite chose vint s'enrouler autour de ses jambes, et elle faillit perdre l'équilibre. Seigneur, mais on l'agressait ! Elle lutta quelques minutes, puis finit par plaquer la créature sur le sol en la coinçant sous elle.

La chose continua de se débattre en poussant des grognements. Puis, voyant que cela ne servait à rien, elle s'immobilisa. Hors d'haleine, Rhona tâtonna dans l'obscurité et sentit un visage sous ses doigts. C'était un enfant, avec de courts cheveux épais et des joues humides de larmes. Rhona, dont les yeux s'étaient habitués à la pénombre, distinguait maintenant la pâleur de son visage, qui contrastait avec la masse de ses cheveux bruns emmêlés. Il renifla lorsqu'elle le poussa vers la meurtrière pour mieux le voir.

L'enfant fixait sur elle de grands yeux apeurés.

— Lady Rhona ? demanda-t-il en tremblant. Êtes-vous venue me délivrer ?

C'était le fils de lady Jenova !

Horrifiée, Rhona comprit soudain que l'enfant avait été enlevé par l'espion que Jean-Paul avait à Gunlinghorn. Ce monstre se servait de cet innocent pour arriver à ses fins ! Sa cruauté n'avait donc pas de limites ?

Elle sentit son sang se figer dans ses veines.

Elle avait assez attendu. Le moment était venu de se révolter, d'agir pour quitter ce lieu de perdition où jamais personne ne lui tendrait une main secourable.

— Je crois bien, oui, répondit-elle. Où est ton manteau ?

Raf s'assit et la gratifia d'un sourire radieux.

— Ah ! J'espérais que vous diriez ça ! Agetha m'a trompé, vous savez. Je ne l'aurais jamais suivie si elle m'avait dit la vérité.

Ses yeux s'emplirent de larmes, et Rhona le serra un instant dans ses bras.

— Ne t'inquiète pas, je suis certaine que lady Jenova et lord Henry seront très en colère contre elle lorsqu'ils découvriront ce qu'elle a fait.

Raf hocha la tête, puis tâtonna un peu autour de lui pour trouver son manteau. Elle lui prit la main et le conduisit à pas de loup dans l'escalier. La chambre d'Alfric se trouvait de l'autre côté de la grande salle. Rhona cacha Raf derrière une tapisserie et alla gratter à la porte de son frère. Il mit du temps à se réveiller, mais vint finalement entrouvrir sa porte, l'air ensommeillé.

— Rhona ! Ça va ? J'étais tellement inquiet...

— Je vais bien, mon cher frère, chuchota-t-elle en posant la main sur son bras pour l'obliger à se taire, avant de regarder brièvement par-dessus son épaule.

Le château était certainement désert, à cette heure, mais elle avait appris qu'on ne prenait jamais assez de précautions, dans la demeure de lord Baldessare.

— J'ai besoin de ton aide. J'ai quelque chose à livrer au château de Gunlinghorn. Un petit paquet.

Alfric la dévisagea avec incrédulité. Puis, sur son visage, la terreur succéda à la stupeur. Il savait qu'on avait amené l'enfant ici, comprit-elle.

— Rhona, murmura-t-il, tu ne veux tout de même pas...

— C'est très mal, ce qui se passe ici, Alfric. J'en ai assez d'avoir peur, alors je vais agir et tu vas m'aider.

Nous allons utiliser ce que tu sais… Notre père dormira pendant plusieurs heures. Jean-Paul est dans la chapelle… Nous en fermerons la porte avec la barre pour qu'il ne puisse pas sortir. Quant à nous deux, nous quitterons cet endroit et nous n'y reviendrons plus jamais.

Alfric la regardait d'un air hagard.

— Où irons-nous ? demanda-t-il d'une petite voix qui rappelait celle de Raf.

— Tout d'abord à Gunlinghorn… Et après, où nous voudrons.

— Et mon héritage ? demanda-t-il soudain avec la même avidité que le baron. J'hériterai du château et de tous les domaines de mon père. C'est moi, le prochain lord Baldessare !

Rhona se pencha vers lui pour murmurer à son oreille :

— Lorsqu'on saura ce que notre père a fait, le roi lui prendra tout et le jettera en prison. Tu veux l'y rejoindre ?

Alfric secoua la tête, les yeux écarquillés de peur.

— Alors, aide-moi, dit-elle.

— Je demande à parler à lord Baldessare !

Les torches que portaient ses hommes flambaient dans la nuit, et Reynard était obligé de plisser les yeux devant la masse sombre du château de Hilldown, où tremblaient les flammes d'autres torches.

Bouillant d'impatience, il attendit. Aux abords de la route, il avait vu les misérables masures des paysans et quelques hères affamés. Baldessare n'avait pas l'air de se soucier du sort de ses serfs. Lady Rhona n'avait pas menti à ce sujet. Où se trouvait-elle, en ce moment ? Le regardait-elle depuis une meurtrière, en riant de l'avoir trompé ? Qu'est-ce qui le poussait à croire qu'elle n'était pas aussi mauvaise que son père ? Qu'elle n'était pas désespérée au point de détruire lady Jenova pour être libre ?

Son instinct lui disait que la femme qu'il avait tenue dans ses bras était incapable d'une telle cruauté. Elle avait souffert, certes, et elle était devenue dure et amère. Mais son cœur était bon. Si elle n'était pas venue à leur rendez-vous à la tour d'Uther, c'était que quelqu'un ou quelque chose l'en avait empêchée. Rhona était en danger, et il ne savait comment l'aider.

Il n'aurait jamais dû la laisser rentrer chez elle, après leur entrevue au *Black Dog*. Il aurait dû la ramener avec lui à Gunlinghorn. Maintenant, il risquait de ne plus jamais la revoir.

— Lord Baldessare a été prévenu, répondit quelqu'un depuis le chemin de ronde. Que… que voulez-vous ?

La voix qui s'adressait à eux du haut du château était forte, mais suraiguë, comme si la peur étranglait la gorge de celui qui parlait. Reynard la reconnut aussitôt. Lord Alfric… Que faisait-il ici ? Où était Baldessare ?

Reynard s'abrita les yeux de sa main, aveuglé par les torches, mais tous les gardes qu'il vit portaient des heaumes et des cottes de mailles. Rien ne les distinguait les uns des autres.

— Il faut que je parle à votre père, lord Alfric, répliqua Reynard. Je viens de la part de lord Henry et…

— A-t-il peur de venir lui-même ? railla Alfric. Mon père refuse de vous parler. Lorsqu'il le décidera, il enverra un messager à Gunlinghorn. Rentrez chez vous !

— Vous avez le fils de lady Jenova.

Alfric ne répondit pas tout de suite.

— Vous vous trompez. Nous n'avons aucun enfant ici.

— Vous mentez ! J'exige de parler à votre père sur-le-champ !

Puis Reynard entendit quelque chose qui le déconcerta complètement.

— Attendez ! Vous devez être sourd… Je descends vous parler, cria Alfric.

Reynard se tourna vers ses compagnons, qui semblaient aussi stupéfaits que lui. C'était sûrement un subterfuge… Leur surprise s'accrut encore lorsque la herse se leva et qu'un groupe d'hommes apparut. L'un d'eux s'avança d'un pas prudent. C'était bien lord Alfric. Derrière lui, un petit soldat ventripotent le suivait avec peine. Ils s'arrêtèrent à deux mètres de Reynard et de ses hommes.

— Votre nom est-il Reynard ? demanda Alfric. Avancez, je désire vous voir.

— N'y allez pas ! s'écrièrent ses gardes.

Mais si les hommes de Baldessare avaient voulu leur tirer dessus, songea Reynard, ils l'auraient fait depuis les remparts. Il fit donc avancer sa monture. Et s'il écrasait lord Alfric ? Cela ne résoudrait rien… Et s'il l'enlevait et demandait une rançon en échange ? Vu la façon dont Baldessare traitait ses enfants, il refuserait probablement de payer pour revoir son fils…

— J'ai avec moi un homme, Reynard, dit Alfric d'un ton autoritaire, qui vous accompagnera au château de Gunlinghorn et parlera à lord Henry en personne. Il lui dira ce que nous désirons en échange du fils de lady Jenova. Ne lui faites aucun mal, son rôle est capital ! M'avez-vous compris ?

Que diable signifiait tout cela ? se demanda Reynard, déconcerté. Il finit par acquiescer, et Alfric fit signe au petit soldat de rejoindre le groupe des visiteurs. L'homme marchait difficilement et, sous son heaume, son visage était noir de crasse.

— Fais ce que nous avons dit et tout ira bien, murmura Alfric à son émissaire. Et n'aie aucune crainte pour moi… Je crois que j'ai enfin trouvé du courage.

Reynard, narquois, regarda les petites jambes du soldat, qui poussait en avant son ventre énorme. Comment allait-il hisser une telle créature sur un de ses chevaux ?

— Dépêchez-vous ! grommela le gros soldat en arrivant à la hauteur de Reynard. Je n'en peux plus, et Raf a du mal à respirer sous cette cotte de mailles…

En un éclair, Reynard avait mis pied à terre. Mais oui, se dit-il, c'était elle, le visage couvert de boue. C'était bien Rhona !

— Attention ! murmura-t-elle. Il y a peut-être un espion de mon père parmi les gardes, même si beaucoup d'entre eux sont de notre côté, à mon frère et moi. Nous avons donné une potion à mon père pour l'endormir, et il risque de se réveiller bientôt. Je croyais qu'Alfric viendrait aussi, mais il a finalement décidé de rester et de prendre la place de mon père. Il veut le garder prisonnier dans son propre château... Mon frère si timide qui se prend pour un héros ! Il le fait pour moi, pour que je sois en sécurité. Il dit que c'est pour toutes les fois où je lui ai sauvé la vie. Oh ! Reynard !

Les larmes coulaient sur les joues de la jeune femme, et Reynard mourait d'envie de la prendre dans ses bras, mais c'eût été fort imprudent, devant tous ces gardes.

— Venez aider cet homme à se mettre en selle ! cria-t-il. Nous rentrons !

Ils ne s'arrêtèrent qu'une fois à l'abri dans les bois. Là, Reynard aida Rhona à descendre de cheval et à ôter son immense cotte de mailles. Raf, attaché à la jeune femme par une large ceinture, fut enfin libéré.

— J'arrivais plus à respirer ! murmura-t-il d'une voix essoufflée. Où est maman ? Où est lord Henry ? ajouta-t-il tandis que son petit menton tremblait.

— Nous les retrouverons bientôt, répondit Rhona en lui caressant les cheveux. Tu as été très courageux, Raf. Ils seront fiers de toi.

Reynard observait la jeune femme et, lorsqu'elle leva les yeux vers lui, ils étaient pleins de larmes.

— J'ai pensé que cela valait la peine de prendre le risque de fuir. Sinon, qui sait ce que Jean-Paul et mon père auraient fait à cet enfant..., murmura-t-elle.

— Rhona, vous êtes une femme très courageuse. Une femme merveilleuse... Je l'ai toujours su.

Elle étouffa un sanglot.

— Oh ! Reynard ! J'ai cru que je ne vous reverrais jamais !

Il la prit dans ses bras et la serra contre lui, plus heureux qu'il ne l'avait jamais été. Elle était sienne, enfin ! Il pouvait la ramener à Gunlinghorn… Et cette fois, il ne la laisserait jamais partir.

Dans sa chambre, Baldessare s'agita sur son lit. Il ouvrit un œil, puis l'autre… Et soudain, la mémoire lui revint. Alfric ! Il le tuerait en premier, puis ce serait le tour de Rhona. Il était maître chez lui, après tout. Ses enfants l'avaient trahi, et les traîtres méritaient la mort.

24

— Lady Jenova ! Lady Jenova !

Les voix se faisaient plus fortes à mesure qu'elles approchaient de la chambre. C'étaient des cris presque hystériques. Jenova ouvrit les yeux. Elle avait fini par s'endormir sur le siège près de la fenêtre, blottie dans les bras de Henry. Ce dernier était déjà debout et courait à la porte.

Le battant s'ouvrit en grand avant qu'il ne l'ait touché.

Reynard entra en trombe, ses yeux sombres brillants comme des étoiles. Il tenait un petit garçon dans ses bras.

— Raf !

Jenova s'élança et serra son fils pâle et tremblant contre elle, le corps agité de frissons. Elle revint jusqu'au siège près de la fenêtre et s'y laissa tomber avec son enfant. Elle ne parvenait plus à réfléchir. Une seule pensée l'habitait : son cauchemar était terminé. Raf était là, dans ses bras, contre son cœur…

Elle entendit Henry poser des questions, mais les réponses, pour l'instant, ne l'intéressaient pas. Rien d'autre ne comptait que Raf, sain et sauf dans ses bras.

— Lady Jenova ?

Cette voix… Elle n'avait rien à faire dans sa chambre… Ce fut sans doute pour cela qu'elle leva la tête, étonnée. Elle tressaillit en découvrant lady Rhona, le visage couvert de boue, étrangement vêtue sous un long manteau.

— Lady Jenova, insista Rhona.

Elle avait toujours son air arrogant, mais il y avait quelque chose de suppliant dans sa voix.

— Je vous ai ramené votre fils, reprit-elle, et cela m'a coûté très cher, ainsi qu'à mon frère. Je m'en remets à vous et vous demande la permission de me réfugier à Gunlinghorn. Si mon père me trouve, il me tuera. Que Dieu ait pitié de mon pauvre frère, qui est resté à Hilldown.

Sa voix se brisa, et Jenova vit alors qu'elle avait pleuré. Lentement, elle enveloppa la jeune femme d'un regard scrutateur, s'attardant sur ses chausses tombantes et son immense tunique en cotte de mailles. Ses cheveux blonds étaient à moitié collés sur son visage.

— Maman, lady Rhona m'a sauvé ! dit Raf d'une voix rauque, en s'écartant légèrement de sa mère. Elle m'a trouvé dans la pièce où ils m'avaient enfermé, et elle m'a amené à son frère et ils ont fait un plan pour me sauver. Ils avaient peur, parce que leur père est méchant, mais ils l'ont fait parce qu'ils ont dit que c'était ce qu'il fallait faire. Laisse-la rester, s'il te plaît.

Rhona eut un faible sourire et soutint le regard de Jenova, une lueur de défi dans ses yeux bruns.

— J'admets avoir autrefois ignoré votre intérêt, lady Jenova, mais j'avais mes raisons pour cela. Il y a des moments dans la vie où il faut savoir changer de direction.

— Et vous avez atteint l'un de ces moments, dit Jenova en pensant à Henry, qui avait dû, lui aussi, modifier sa façon de voir les choses. Et Jean-Paul ? demanda-t-elle soudain. Où est-il ?

Le sourire de Rhona s'élargit.

— Je l'ai enfermé dans la chapelle et j'ai placé un garde devant la porte. Je lui ai dit de prier Dieu pour son salut !

— Maman ! dit Raf en tirant sur la manche de sa mère. Est-ce que Rhona peut rester ? Tu n'as pas encore répondu.

— Elle peut rester, Raf, dit Jenova en plongeant le regard dans celui de Rhona. Vous avez toute ma gratitude, lady Rhona, et je vous promets de faire tout ce qui est en mon pouvoir pour vous aider.

Rhona rougit sous son masque de boue et jeta un bref coup d'œil à Reynard.

— Merci, lady Jenova. Merci infiniment.

Puis Henry vint soulever Raf des bras de Jenova, qui le lâcha à regret. Mais elle savait que son fils était en sécurité avec Henry, et que lui aussi était prêt à mourir pour protéger l'enfant. C'était un homme remarquable, d'autant plus remarquable qu'il avait traversé des épreuves peu communes.

— Je suis très heureux de te revoir, Raf, dit Henry. Tu m'as manqué.

— Vous aussi, vous m'avez manqué, lord Henry ! répondit l'enfant d'une voix tremblante. Vous allez rester à Gunlinghorn, maintenant, n'est-ce pas ? Vous allez rester pour toujours ?

Henry évita de regarder Jenova.

— Je resterai jusqu'à ce que tout soit rentré dans l'ordre, dit-il. Je vous protégerai, ta maman et toi, aussi longtemps que ce sera nécessaire.

— Jusqu'à ce que je sois grand et fort et que je puisse protéger maman tout seul ! ajouta Raf, avant de se pelotonner contre l'épaule de Henry. Je suis très fatigué, dit-il en bâillant à s'en décrocher la mâchoire. Est-ce que je peux aller me coucher ?

Puis une pensée lui traversa brusquement l'esprit, et il se redressa.

— Je veux pas qu'Agetha vienne ! s'écria-t-il. Je ne l'aime plus !

— Elle ne viendra pas, dit Henry. Elle s'est très mal conduite et elle est punie. Nous en reparlerons demain matin.

Ses paroles semblèrent apaiser Raf. Quelques secondes plus tard, l'enfant dormait profondément dans les bras de Henry.

Baldessare jeta à peine un regard au corps ensanglanté de son fils. Alfric s'était battu âprement, bien plus qu'il ne l'aurait cru. Malgré sa rage, Baldessare en ressentit une certaine fierté.

Il sortit dans la cour, son épée à la main. Où était le prêtre ? Tout cela était la faute de Jean-Paul. Baldessare savait qu'il ne fallait pas s'embarrasser de subtilités et qu'il aurait mieux valu s'emparer de Gunlinghorn par la force. Mais Jean-Paul l'en avait dissuadé, soi-disant pour ne pas irriter le roi. « Il ne faut pas ignorer les lois, avait-il dit, il faut les contourner. » Eh bien, il allait lui montrer qui faisait la loi, dans son château !

— Où est le prêtre ? rugit-il.

Les gardes reculèrent, l'air inquiet.

— Dans la chapelle, milord, murmura l'un d'eux, plus courageux que les autres. Il y est enfermé. C'est lord Alfric qui en a donné l'ordre…

Baldessare les enveloppa tous d'un regard mauvais, afin de leur rappeler qui était le maître. Lorsqu'il prit la direction de la chapelle, on aurait entendu une mouche voler.

En fait, Baldessare avait encore l'esprit embrumé par la potion que sa progéniture dégénérée lui avait fait ingurgiter. C'était certainement l'idée de Rhona, se dit-il. Alfric ne pouvait être aussi futé. Sa fille ne serait pas épargnée non plus… Il la donnerait aux hommes de la garnison. On verrait si elle oserait encore se rebeller contre lui, une fois qu'elle leur aurait servi à tous !

Baldessare s'arrêta devant la porte de la chapelle et frappa du poing sur le battant.

— Es-tu là, prêtre ? cria-t-il.

Des pas résonnèrent de l'autre côté, et la voix rauque et étouffée de Jean-Paul lui parvint enfin.

— C'est vous, lord Baldessare ? Ouvrez-moi !

— Ça oui, marmonna Baldessare en soulevant la lourde barre et en la jetant de côté. Je vais t'ouvrir, racaille, et c'est pour te tuer !

Ses yeux brûlants de haine trouvèrent tout de suite le prêtre, debout devant la lueur d'une chandelle. Il fonça sur lui en brandissant son épée. Mais, au même instant, la terreur lui écarquilla les yeux.

— Toujours aussi prévisible, milord, dit Jean-Paul en lui enfonçant une dague dans le cœur.

— Henry ?

Henry pivota et vit Jenova à quelques pas de lui sur le chemin de ronde. Sa silhouette se détachait sur l'aube naissante, enveloppée d'un manteau. Henry jeta un dernier coup d'œil à la campagne et alla rejoindre la jeune femme. Elle avait les traits tirés, mais l'anxiété avait disparu de ses grands yeux verts et elle était plus belle que jamais.

— Que faites-vous ici ? demanda-t-il en lui prenant le bras pour la raccompagner jusqu'à l'escalier.

Tout était calme, dans le château, depuis le retour de Raf.

— Je vous cherchais.

— Je m'assure que vous ne risquez rien, Jenova. Je l'ai promis et je tiens ma promesse.

Ils étaient parvenus au palier. C'était là qu'ils avaient fait l'amour et qu'il lui avait demandé de l'épouser, mais il n'osait imaginer la tenir encore dans ses bras. Il était déjà abasourdi qu'elle lui conserve son amitié après tout ce qu'il lui avait révélé sur le château de Nuit.

— Que va-t-il se passer maintenant ? demanda-t-elle.

— J'espère que l'armée de Radulf va bientôt arriver de Crevitch, et j'ai envoyé un messager au régent, l'archevêque Lanfranc, pour lui expliquer ce que Baldessare a manigancé. Il n'échappera pas au châtiment, Jenova. Pas cette fois. J'y veillerai personnellement.

Jenova espérait qu'il en serait ainsi, car comment continuer à vivre ici avec un pareil voisin ? Surtout si Henry n'était plus là pour la soutenir et la protéger. Après le tumulte de cette nuit, elle avait pensé qu'il ne partirait pas. Mais, après ce qu'il avait dit à Raf, elle n'en était plus certaine.

— Jenova, reprit-il, je sais à quel point je suis indigne de vous, et je n'aurai pas le courage de vous poser la question une autre fois. Et puis, je suis si las… Je veux me reposer, dormir pendant cent ans et vous trouver dans mes bras à mon réveil.

Il plongea les yeux dans les siens, et elle lut dans son regard son inquiétude, sa fatigue et sa vulnérabilité.

— Lord Henry !

Ils sursautèrent tous deux, assaillis soudain par le souvenir de la peur des heures précédentes. D'instinct, Henry attira Jenova contre lui tandis que Reynard apparaissait en haut des marches.

— Qu'y a-t-il ? grommela Henry. As-tu décidé de réveiller Raf ?

Reynard parut penaud, mais toujours aussi déterminé à délivrer son message.

— Milord, *master* Will est en bas. Il vient du port de Gunlinghorn et il dit que le prêtre a payé son passage sur l'un des navires en partance.

Henry le bouscula presque pour dégringoler l'escalier. Dans la grande salle, des gens dormaient encore sur des bancs et des paillasses. Dehors, un coq se mit à chanter. *Master* Will se tenait devant l'âtre, où ne brûlaient plus que des braises. Il se retourna dès qu'il entendit le pas de Henry.

— Milord, le prêtre de Hilldown… Je sais qu'il ne compte pas parmi vos amis… J'étais au port lorsqu'il vous a parlé, la dernière fois. Il est arrivé il y a une heure, avec de l'or en abondance pour payer son passage sur un des vaisseaux qui font la traversée de la Manche. Le capitaine ne voulait pas le prendre, parce qu'il tient à emmener avec lui son cheval noir comme l'enfer. Mais le prêtre l'a payé grassement.

— Quand ce navire doit-il partir ?

— Maintenant, milord. C'est pour cela que je suis venu. Ils vont partir avec la marée !

Henry fit volte-face. Reynard et Jenova arrivaient dans la salle. Il n'y avait pas une minute à perdre.

— Je te confie le château pendant mon absence, Reynard ! lança-t-il en s'éloignant déjà. Je vais tenter de retenir Jean-Paul, s'il n'est pas déjà trop tard…

Il donna quelques coups de pied dans les corps endormis autour de lui, afin de réveiller ses hommes, et leur ordonna de se lever. Ils obtempérèrent rapidement, dans un cliquetis d'épées et un brouhaha de bottes.

Reynard échangea un regard avec *master* Will.

— Tu as bien fait de nous porter cette nouvelle, dit-il. Lord Henry t'en sera reconnaissant.

Master Will hocha la tête.

— J'espère qu'il saura se montrer reconnaissant quand le port de Gunlinghorn deviendra riche à souhait.

— Lord Henry préfère les hommes qui pensent avant tout au bien de tous, mon ami. Souviens-t'en !

Master Will poussa un petit grognement de mépris et s'éloigna vers la cuisine pour se restaurer. Reynard le regardait partir lorsqu'une main chaude se posa sur son dos. Il fit volte-face.

Rhona avait pris un bain, et ses cheveux blonds étaient lisses et humides. Elle portait une robe de Jenova, très bleue et bien trop longue pour elle, si bien qu'elle l'avait remontée par-dessus sa ceinture pour ne pas trébucher.

— Lady Rhona, murmura-t-il en se baissant pour effleurer de ses lèvres la bouche de la jeune femme.

Elle s'accrocha à son cou, debout sur la pointe des pieds, et pressa son corps contre le sien.

— Reynard… murmura-t-elle à son oreille. Je suis prête…

Il s'écarta pour lui jeter un regard interrogateur.

— Vous m'avez dit un jour que nous conclurions notre marché quand je serais prête à en tirer autant de plaisir que vous. Je suis prête, maintenant.

Il poussa un gémissement rauque.

— Rhona ! Êtes-vous cert…

Elle le fit taire en posant un doigt sur ses lèvres.

— Je sais ce que je dis. Je n'ai jamais été aussi sûre de moi.

— Je voulais vous aimer sur le sable chaud d'une plage, avec la mer qui murmure son chant sur le rivage…

— Vous êtes un poète, mon cher Reynard ! s'écria-t-elle en riant. Un lit moelleux serait tout aussi merveilleux… Mais peut-être me trouvez-vous trop audacieuse, ajouta-t-elle soudain. Sachez que jamais je n'ai partagé la couche d'un homme par amour. Jamais mon corps n'a brûlé de désir pour personne.

Il gémit encore et l'embrassa.

— Je vous rejoindrai dans votre lit, ma tendre amie. Mais seulement lorsque nous serons mariés.

Elle cligna des yeux, surprise, puis sourit.

— Mariés ? répéta-t-elle. Oh, oui ! Reynard, nous serons si heureux…

Henry s'était rué à l'écurie pour seller Lamb, mais Jenova l'y avait précédé. Elle donnait des ordres aux palefreniers, ses cheveux bruns répandus sur ses épaules, ses beaux yeux verts pleins d'inquiétude. Elle se tourna vers lui lorsqu'il approcha d'elle.

— Henry, surtout, soyez prudent !

— Vous aussi, mon amour. Je reviendrai dès que je le pourrai.

Elle le contempla comme si elle le voyait pour la dernière fois, et il sentit son cœur se serrer.

— Je vous aime, Henry, dit-elle, indifférente aux hommes qui s'affairaient autour d'eux. Je ne peux pas vivre sans vous… Voilà, je vous l'ai dit. Je vous ai ouvert mon cœur comme vous m'avez ouvert le vôtre. Mortred m'a blessée, et je pensais que je ne pourrais plus jamais aimer, mais j'avais oublié… que c'est vous que je n'ai jamais cessé d'aimer.

Près d'eux, quelqu'un s'éclaircit la gorge, mais Henry n'y prêta pas attention. Il se pencha et posa ses lèvres sur celles de Jenova. Ce baiser, ils le savaient tous deux, était un serment.

— Jenova, mon cher amour… Me permettrez-vous de rester à Gunlinghorn ? Vous voulez bien m'épouser et vivre avec moi ? Vous êtes ma famille, Raf et vous, et Gunlinghorn est mon foyer. Sans vous, je ne suis rien. Je vous aime.

Radieuse, Jenova prit le visage de Henry dans ses mains. Il n'était pas rasé ni coiffé, mais il avait jeté le masque et se montrait tel qu'il était, avec ses faiblesses et ses blessures.

— Henry, je craignais que vous ne vous ennuyiez ici et que vous ne rêviez de rejoindre la cour. Ne partez pas, je ne le supporterais pas ! ajouta-t-elle, les larmes aux yeux.

— Oh, Jenova, c'est mon ancienne vie qui me paraît bien ennuyeuse, maintenant ! Vous êtes tout pour moi… Je vais à la dérive depuis des années, craignant de me fixer, de trop donner de peur qu'on ne me rejette. Jamais je ne vous quitterai.

Elle l'embrassa avec tant de passion que, bientôt, des applaudissements crépitèrent dans l'écurie. Revenant à la réalité, Henry s'écarta et vit plusieurs de ses hommes essuyer discrètement une larme. Ils étaient donc aussi émus que lui…

Puis il se souvint de Jean-Paul. Il fallait absolument l'empêcher de s'enfuir !

— Je dois y aller, dit-il en sautant en selle.

— Revenez-moi vite ! murmura Jenova en souriant, les yeux brillants de larmes.

— Je vous reviendrai toujours, mon amour.

Il s'élança, suivi de ses hommes, tandis que la herse se levait pour les laisser sortir. Jenova entendit le galop des chevaux s'éloigner et murmura une brève prière pour l'homme qu'elle aimait.

L'aube s'était levée, éclairant le ciel gris d'une lumière blanchâtre. Henry plissait les yeux, le visage battu par le vent, sachant pertinemment que ce même vent gonflerait bientôt les voiles du navire qui emmènerait Jean-Paul hors de sa portée.

Après cette nuit, Henry se sentait une force surhumaine. Il s'était confessé à Jenova et elle ne s'était pas détournée de lui, comme il l'avait craint. Elle ne l'avait pas jugé coupable de n'avoir pu sauver tous ces pauvres gens, au contraire. « Vous n'étiez qu'un enfant », avait-elle dit. Elle lui avait pardonné alors que lui-même avait eu tant de mal à se pardonner… Elle l'aimait !

Ainsi, après toutes ces années d'errance, il avait trouvé son foyer. Sa vie à la cour et toutes ses maîtresses n'avaient été qu'une illusion, qui lui avait servi à repousser de sa mémoire les atrocités du château de Nuit.

— Milord, le navire est là !

Ils venaient d'arriver au sommet de la colline d'où l'on voyait tout le port. Le vaisseau, un petit bateau marchand sans grâce particulière, était encore amarré au quai, mais le capitaine et l'équipage semblaient s'agiter sur le pont.

Henry comprit très vite ce qui les empêchait de partir : l'étalon de Jean-Paul refusait de monter sur la planche étroite qui reliait le quai au navire. Un matelot tenait les rênes du cheval tandis qu'un autre tentait de le pousser par-derrière. Près d'eux, Jean-Paul criait des ordres impérieux à l'animal récalcitrant.

Soudain, l'étalon donna un grand coup de tête, et l'homme qui se tenait derrière lui tomba en arrière en criant. L'animal rua, apeuré, tandis que Jean-Paul essayait de le calmer. La robe noire du prêtre claquait au vent.

Henry s'élança sur le sentier qui menait au port. Il allait beaucoup trop vite sur la pente caillouteuse, mais il atteignit le quai sans encombre. L'étalon était de nouveau maîtrisé, et Jean-Paul tenait une conversation animée avec le capitaine. Henry donna un coup d'éperon à sa monture, et les membres d'équipage le virent alors s'avancer vers eux. Tous les matelots levèrent la tête vers lui, et quelqu'un le désigna en criant.

Le prêtre pivota et repéra Henry à son tour. Il s'immobilisa, laissant le vent plaquer son manteau sur lui, et son masque sur son visage. L'instant d'après, il avait bondi sur sa monture et s'élançait.

— Halte ! s'écria Henry.

Jean-Paul ne pouvait aller très loin, mais Henry savait qu'il tenterait tout pour s'échapper, et l'homme était rusé.

— Henry ! s'exclama Jean-Paul avec dédain. Quelle belle conclusion, n'est-ce pas ? Baldessare voulait me tuer mais, finalement, il me laisse aller. Sais-tu pourquoi, Bel Henry ?

— C'est toi, Souris, n'est-ce pas ? Je sais que c'est toi !

Le prêtre eut un soubresaut.

— Tu ne sais rien, répliqua-t-il d'une voix âpre. Tu n'as rien compris !

— J'ai pris la vie de ton père et tu me hais pour cela. Mais je suis allé te chercher, Souris, même après ce que tu as fait à cette jeune fille. Je suis allé dans ta chambre et tu n'y étais pas.

Il vit les épaules de Souris tressauter de rire.

— Ah ah ! cria-t-il d'une voix sonore, en dépit du vent et de son masque. Je n'étais pas dans ma chambre, j'étais avec elle… Elle était presque morte, mais je tenais à m'assurer qu'elle ne survivrait pas. Je voulais voir si je pouvais la faire crier une fois de plus. Oui, j'étais avec elle pendant que tu assassinais mon père et brûlais ma seule demeure.

Henry était au bord de la nausée. Il comprit soudain que Jenova avait raison : il n'était pas comme Souris et les autres monstres du château de Nuit. C'étaient eux qui avaient voulu le persuader de les rejoindre dans le crime et la torture.

Puis, sans rien dire, Jean-Paul rejeta son masque. Les cicatrices paraissaient obscènes dans la lumière cruelle du matin. Elles étaient pires encore que ce que Henry avait imaginé, et le visage du prêtre semblait à peine humain. Mais, lorsqu'il tourna la tête, Henry reconnut le profil intact de Souris. Il revit l'adolescent qui l'avait protégé et sauvé plusieurs fois dans l'antre infernal du château de Nuit.

— J'ai cru mourir, dit Souris. J'étais brûlé de la tête aux pieds et je gisais au milieu des ruines fumantes où tu m'avais abandonné. Je savais que tu étais parti. Car qui d'autre que toi aurait pu brûler le château de Nuit ? Henry, l'ange vengeur !

— Tu aurais mieux fait de mourir, dit Henry, le cœur vide de pitié.

Souris retint sa monture qui caracolait. L'équipe du bateau était prête à appareiller.

— Ho ! Le prêtre ! cria le capitaine en s'avançant d'un air méfiant. Il faut que nous partions. Si vous voulez monter à bord, c'est le moment, mais pas avec votre cheval. Il a blessé un de mes matelots.

Souris lui jeta un regard froid.

— Je ne laisserai pas mon cheval. C'est mon ami.

Pour toute réponse, le capitaine haussa les épaules et tourna les talons en ordonnant à ses hommes de lever l'ancre.

Le prêtre se tourna vers Henry, grimaçant.

— Sais-tu pourquoi je ne suis pas mort, Bel Henry ? Tu vas bien rire... Les villageois, ces misérables créatures que nous tourmentions depuis si longtemps, sont venus dans les ruines du château, pour s'assurer que nous étions tous morts, et ils m'ont trouvé. J'étais tellement brûlé qu'ils ne pouvaient distinguer mes traits, mais je ne crois pas qu'ils aient jamais connu mon visage, de toute façon. Tout ce qu'ils voyaient, c'était un jeune garçon... et ils m'ont pris pour toi ! Oui, pour toi, leur ami qui essayait toujours de les aider, qui avait sauvé plus d'un paysan des griffes de mon père et de ses chasseurs... Je ne les ai pas détrompés. Ils m'ont ramené au village et m'ont soigné. Ils m'ont dit que Dieu m'avait sauvé parce que j'étais un saint. Ils m'ont envoyé dans un monastère pour que j'entre dans les ordres, oui, moi, parce qu'ils me prenaient pour un saint !

Souris riait tellement qu'il s'en étouffait.

— N'est-ce pas drôle, mon ami ?

Henry secoua la tête, de plus en plus écœuré.

— Tu aurais mieux fait d'utiliser ce miracle pour changer de vie, Souris. Comme je l'ai fait. Au lieu de cela, tu as choisi de cultiver ta haine. Tu as perdu ton temps.

— Oh, non ! J'ai bien fait d'attendre toutes ces années pour te revoir, Henry. C'était fort plaisant... Je t'ai fait danser au bout de ma corde, ah ah !

— Tu vas me suivre, à présent, répliqua Henry avec mépris. Il est temps que tu paies pour tes crimes.

Souris continuait à grimacer, immobile dans le vent qui faisait claquer son manteau autour de lui. Les deux hommes se défièrent du regard en silence, puis Souris jeta son masque, qui s'envola comme un sinistre oiseau noir.

— Si je dois mourir, cria Souris, ce sera de ma main !

Et, avant que Henry n'ait pu l'en empêcher, il fit tourner sa monture et s'élança à toute allure vers l'extrémité du quai.

Henry le suivit presque aussitôt, mais c'était déjà trop tard. Talonné par son maître, l'étalon sauta dans le vide. Ils restèrent suspendus en l'air un instant, puis chutèrent brutalement dans les flots gris.

Henry sauta à terre en hurlant des ordres et courut au bord du quai. Le cavalier et le cheval ne tardèrent pas à refaire surface, au milieu de l'écume. Non loin, le bateau qui venait de quitter le quai approchait. Pendant quelques secondes, Henry crut que les matelots allaient pouvoir récupérer Souris mais, soudain, il aperçut l'éclat d'un couteau. Le sang jaillit presque aussitôt.

L'instant d'après, le cheval cessa de se débattre et coula, entraînant l'homme accroché à son flanc. Bientôt, il ne resta plus rien que les rouleaux gris et froids enchevêtrant leur écume mousseuse.

Henry se redressa et essuya les embruns qui lui trempaient le visage. C'était fini. La dernière trace du château de Nuit venait de sombrer dans le néant. Désormais, il pouvait recommencer à vivre. Gunlinghorn l'attendait.

Épilogue

La chapelle de Gunlinghorn était remplie de roses et de chèvrefeuille, et leur parfum capiteux étourdissait Henry. À moins qu'il ne soit ivre de bonheur… Car, aujourd'hui, il épousait son unique amour, la femme de sa vie.

Près de lui, Reynard s'agitait. Henry lui jeta un bref coup d'œil. Reynard était en train d'échanger de doux regards avec lady Rhona, qu'il avait épousée à Pâques. Les jeunes mariés devaient quitter Gunlinghorn dès que le mariage de Henry et de Jenova aurait été célébré. Ils ne savaient pas encore où ils iraient, mais étaient tellement amoureux l'un de l'autre que cela n'avait pas d'importance.

Alfric avait survécu à l'agression de son père et était resté au château de Hilldown. Lorsqu'elle avait appris qu'il était blessé, Agetha s'était métamorphosée en harpie jusqu'à ce qu'on lui permette de le rejoindre. Elle l'avait si bien soigné qu'il s'était remis et, maintenant, à la surprise générale – mais pas à celle de Jenova –, elle devait épouser le jeune homme. Henry se méfiait encore de la proximité de tels voisins, mais, se disait-il, ils ne pourraient être pires que le vieux Baldessare.

Ce dernier était mort, assassiné par Souris. Plus personne ne connaissait le secret de Henry, désormais, hormis Jenova – et le roi. Car Henry avait avoué son passé à Guillaume, sachant qu'il ne connaîtrait de vraie rédemption qu'une fois qu'il l'aurait fait. Le roi était rentré en Angleterre après Pâques, furieux contre les barons qui avaient comploté contre lui. Mais Lanfranc avait réussi à dompter la rébellion avant le retour du souverain, et Henry l'avait aidé à vaincre deux cents Danois venus tardivement prêter main-forte aux conspirateurs. Aussi, lorsque Henry avait avoué au roi le rôle qu'il avait joué dans la destruction du château de Nuit, Guillaume s'était-il montré indulgent envers celui qui avait sauvé son trône.

Un murmure s'éleva dans le fond de la chapelle. Henry se tourna et vit Raf s'avancer dans l'allée, rayonnant dans une tunique et des chausses vertes brodées d'or. En approchant de Henry, l'enfant lui sourit, et Henry répondit d'un clin d'œil. Puis son attention fut attirée par la personne qui venait d'entrer à son tour dans la chapelle.

Jenova était entièrement vêtue de velours blanc, le tissu le plus cher d'Angleterre, le plus difficile à se procurer. Elle était d'une beauté à couper le souffle, d'une beauté de reine. Le velours soulignait les courbes harmonieuses de son corps. Un décolleté profond révélait sa gorge pleine, puis la robe soulignait la finesse de sa taille et s'ouvrait en plis généreux et souples sur ses longues jambes, effleurant les dalles de pierre à chacun des pas de la jeune femme. Des centaines de petites perles étaient cousues dans le tissu et le faisaient étinceler dans le soleil printanier, si bien que Henry était ébloui comme s'il venait de voir une étoile. Les cheveux dénoués de Jenova, ornés eux aussi de perles précieuses, bouclaient sur ses épaules et dans son dos. Le doux visage de son amour était aussi radieux que celui de Raf, et ses yeux verts ne quittaient pas Henry.

Jamais il n'aurait cru possible d'être aussi heureux... Désormais, songea-t-il, il n'enviait plus ses amis mariés. Jenova était toute sa vie, et il savait qu'il ne regretterait pas un seul instant l'éclat clinquant de la cour et les charmes vite épuisés de ses maîtresses.

Lorsqu'elle arriva à sa hauteur, il vit que ce n'était pas des perles qu'elle avait dans les cheveux, mais des fleurs.

Une cascade de chèvrefeuille qui la transformait en déesse du printemps... Il aurait voulu l'entraîner dans la prairie de Normandie où ils s'étaient embrassés pour la première fois, ôter la gangue douce et étincelante de sa robe, lentement, pour goûter avec volupté son corps soyeux...

— Puis-je embrasser ma fiancée ? demanda-t-il, une lueur provocante dans ses prunelles d'un bleu-violet.

Jenova se pencha vers lui.

— Un peu de patience, mon amour, murmura-t-elle à son oreille. Dans quelques secondes, vous pourrez embrasser votre femme.

— Dans ce cas, c'est encore mieux, chuchota-t-il.

Mais le chapelain les entendit et dut se retenir de sourire en prononçant, un instant plus tard, les paroles solennelles qui unissaient ces deux êtres pour l'éternité.

Le 16 mars :

Le chevalier et l'orpheline Jocelyne Kelley (n° 8179)
Au XIIe siècle, Aliénor d'Aquitaine demande à l'une de ses guerrières formées à l'abbaye de Saint-Jude, Elsbeth Braybrook, de partir pour le Pays de Galles afin de voler la légendaire « pierre parlante » qui aurait le pouvoir de provoquer la mort du roi Henri II. À l'intérieur du château où est gardée la pierre, elle est sauvée par Tarren, l'héritier illégitime du trône de Galles, et doit faire désormais route avec lui…

L'offrande irlandaise Pamela Clare (n° 8283)
Après l'emprisonnement de son père, Brighid se retrouve seule avec ses trois frères, des Irlandais patriotes qui comptent bien prendre leur revanche sur les Anglais. Mais la jeune fille est enlevée par lord Sheff lors d'une rébellion et doit servir de cadeau à Jamie, son meilleur ami. Heureusement, le jeune homme succombe au charme de Brighid et entreprend de la sauver des griffes de son ami.

Nouveau ! 2 rendez-vous mensuels aux alentours du 1er et du 15 de chaque mois.

Si vous aimez Aventures & Passions, laissez-vous tenter par :

Passion intense

Quand l'amour vous plonge dans un monde de sensualité

Le 16 février :

Une lady nommée Passion Lisa Valdez (n° 8239)
Passion se laisse aller dans les bras d'un inconnu au cours d'une exposition et découvre le plaisir des sens. Mark, lui, découvre la signification du prénom que porte si bien sa maîtresse. Entraînés dans un tourbillon de désirs, ils ignorent encore les épreuves qui les attendent…

Nouveau ! 1 rendez-vous mensuel aux alentours du 15 de chaque mois.

Romance
d'aujourd'hui

Le 16 février :

Entre deux flammes ☙ Lorraine Heath (n° 4044)

Rebecca, enceinte et abandonnée de Brett, accepte d'épouser le gentil Jake. Sans parvenir à oublier son premier amour. Mais quand Brett réapparaît et fait voler ses illusions en éclat, Rebecca réalise que c'est Jake qu'elle aime. Saura-t-elle le convaincre de son amour ?

Une nouvelle vie pour Norah ☙ Marcia Evanick (n° 8240)

Norah déménage et commence une nouvelle vie avec sa mère pour fuir son père devenu violent. Désormais, comment accorder sa confiance à un homme ? Comment dépasser sa peur et aimer ? C'est ce que Ned, son charmant voisin, va tenter de lui apprendre…

Nouveau ! 2 titres tous les deux mois aux alentours du 15.

Retrouvez également nos autres collections :

SUSPENSE

Le 2 février :

Hallucinations ☙ Mariah Stewart (n° 8235)

Leah cherche désespérément sa sœur Melissa, disparue depuis des années. Lambert, un assassin, la contacte : il sait où est le corps de Melissa. Mais il meurt avant de lui parler. Avec l'aide d'Ethan, biographe de Lambert, Leah mène l'enquête. Ensemble, ils sont pris dans un tourbillon d'aventures… Et de dangers.

Nouveau ! 1 rendez-vous mensuel aux alentours du 1er de chaque mois.

MONDES MYSTÉRIEUX

Le 2 février :

Une aventure de Vicky Nelson – 1, Le prix du sang ☙ Tanya Huff (n° 8236)

Toronto. Atteinte d'une maladie oculaire, Vicki Nelson lâche la police et devient détective privé. Au cours de sa première enquête, elle rencontre Henry, un vampire. Ensemble, ils vont enquêter pour démasquer celui qui a réveillé un monstre qui sème la terreur et jette le discrédit sur les vampires…

Le sortilège des gardiens ☙ Mary Jo Putney (n° 8237)

Angleterre, 1748. Simon fait partie des Gardiens, ces humains dotés de pouvoirs qui veillent sur la population. Mais il entre en lutte contre l'un des siens, Drayton, qui utilise sa magie pour faire le mal. Dans son combat, seule Meg, ancienne victime de Drayton, peut l'aider.

Nouveau ! 1 rendez-vous mensuel aux alentours du 1er de chaque mois.

Et toujours la reine du roman sentimental :

Barbara Cartland

Le 2 février :

La belle et le cavalier (n° 985) *Collect'or*

Une rose pour Almira (n° 8234)

Le 16 février :

Une alliance pour Ina (n° 4268)

Nouveau ! 2 rendez-vous mensuels aux alentours du 1er et du 15 de chaque mois.

8116

Composition IGS
Achevé d'imprimer en France (Manchecourt)
par Maury-Eurolivres
le 2 janvier 2007
Dépôt légal janvier 2007.
ISBN 978-2-290-00042-7
EAN 9782290000427

Éditions J'ai lu
87, quai Panhard-et-Levassor, 75013 Paris
Diffusion France et étranger : Flammarion